CATÁLOGO DE LUZES

José Eduardo Agualusa

CATÁLOGO DE LUZES
(os meus melhores contos)

GRYPHUS

Edição apoiada pela Direção Geral do Livro,
dos Arquivos e da Biblioteca (DGLAB)

Editoração Eletrônica
Rejane Megale

Revisão
Vera Villar

Capa
Mariana Newlands

Adequado ao novo acordo ortográfico da língua portuguesa

CIP-BRASIL. CATALOGAÇÃO-NA-FONTE
SINDICATO NACIONAL DOS EDITORES DE LIVROS, RJ

A224c
Agualusa, José Eduardo, 1960-
Catálogo de luzes: os meus melhores contos / José Eduardo Agualusa. - 1. ed. - Rio de Janeiro: Gryphus, 2013.
230 p.
(Identidades; 19)
ISBN 978-85-60610-97-6
1. Conto angolano. I. Título. II. Série.
13-00449.

CDD: 869.8996733
CDU: 821.134.3(673)-3

Gryphus Editora
Rua Major Rubens Vaz, 456 - Gávea - 22470-070
Rio de Janeiro, RJ - Tel (xx21) 2533-2508
www.gryphus.com.br - e-mail: gryphus@gryphus.com.br

Sumário

Prefácio

O que atrai primeiro é a diversidade. No Agualusa contista cabe um sem fim de temas em histórias que passeiam por continentes a nos encantar e fazer rir com o sem-fronteiras de suas engenhosidades. Os contos saltam do realismo fantástico para a política de nossos dias e desta para a religião; de fatos corriqueiros para conceitos filosóficos ou tiradas inusitadas com alta voltagem de humor. Assim acontece com a velha senhora desiludida com a luz elétrica de *Porque é tão importante ver estrelas*: "Tendo deixado de se confrontar, todas as noites, com o ilimitado, o infinito, a fantástica imensidão do universo – os homens perderam a humildade, e com a humildade perderam a razão, o desvario do mundo está na opinião dela, diretamente ligado ao êxodo rural e à multiplicação vertiginosa das grandes cidades."

Em outro momento, Hillary, o personagem que se confunde com aquela outra que todos conhecemos, mulher de Bill, nos diz: "Os tiranos abominam a cor. Alguém consegue imaginar Hitler, Mussolini, Franco, Salazar, ou Pinochet vestidos com as camisas estampadas de Nelson Mandela? (...) à medida que fomos enriquecendo, à medida que fomos ganhando poder, cada vez mais dinheiro e mais poder, eu fui perdendo a cor. O poder acinzenta as pessoas".

Em A Bigger splash um rapaz descobre que vai morrer e não revela a ninguém: "Não me assusta a morte; o que temo é a promiscuidade, ter de a partilhar, ter de viver com alguém até ao fim. A minha morte é um enigma íntimo". Intriga também que o doente, ao invés de desesperar-se, siga em conjecturas, não sobre o sentido da vida, mas sobre quadros falsos e flores de plástico de que desgosta por não serem flores: "Um óleo sobre tela é um óleo sobre tela. Uma aguarela é uma aguarela. Se eu fosse muito rico, comprava os originais. Se eu fosse pobre, não comprava *posters*. Os *posters*, sim, são flores de plástico."

Às vezes José (Agualusa) chega quieto, simples, para logo adiante desaguar sua escrita numa foz de fantasias. A gente se perde rio a-dentro sem saber o que é sonho ou realidade, pois que é tudo imaginação, essa realidade que se sonha acordado (como alguém já deve ter dito, certamente). Pode também ser calmo e poético como o homem que parecia um domingo: "Todos os meus dias são inúteis. Eu os passeio"; ou quando descreve a amante que é "bela como um abismo", ou ao refletir sobre um ocorrido: "Distraí-me uns poucos segundos, distraí-me a olhar borboletas, e quando dei por mim tinham passado os anos"; e ainda quanto ao passar das horas "o tempo enrosca-se aos seus pés como um cachorro vadio", ou ao passar de tudo: "o mundo passara por aquelas ruas e fora-se embora". E é linda a metáfora "a sombra de uma mangueira adoçava o ar".

Zé Eduardo é artificioso – disso há por toda parte nesses contos – e, se quer um exemplo, dou-lhe dois. Em *O inferno de Borges*, o poeta argentino que havia vislumbrado o pós-morte cercado de uma eterna biblioteca, chega ao céu e depara com intermináveis corredores de bananeiras. Compreende que deve ter sido confundido pelo Senhor Deus, com outro escritor, o colombiano, García Márquez. Num conto mais adiante, Deus, sempre um pouco atrapalhado, precisa de múltiplas tentativas para acertar a criação do anjo perfeito. Este vive entre nós e vaga sem asas, mas, sendo mais bem acabado aos olhos do Criador, é menos feliz – coitado! – do que outro, um fulano que pintou suas asas de rosa choque, se juntou a um bando de flamingos e até hoje pode ser visto por aí em certos crepúsculos inflamados.

Povoam os contos uma imensidão de bichos, aves migratórias enlouquecidas com o fulgor dos faróis, cabras eruditas que cresceram a comer literatura francesa, novelos de formigas, lagartos que gargalham, cobras empalhadas, e nada, nadinha de cães ou gatos domesticados. José é múltiplo, se interessa por toda coisa, mas até o que é comum, em suas histórias, ganha ar extraordinário: "em tudo o que realmente importa a vida tende a revelar-se mais criativa do que a melhor ficção". Pensava eu da mesma forma.

Pensava, até ler este *Catálogo de Luzes*.

Maitê Proença

D. Nicolau Água-Rosada e outras histórias verdadeiras e inverosímeis (1990)

A INACREDITÁVEL MAS VERDADEIRA ESTÓRIA DE D. NICOLAU ÁGUA-ROSADA

"Do Ambriz chega-nos a notícia de que o jovem príncipe do Congo, D. Nicolau Água-Rosada, terá sido barbaramente assassinado por uma multidão em fúria. Dizem-nos que os gentios da região atacaram uma feitoria inglesa em Quissembo, onde D. Nicolau se refugiara, raptando o desditoso moço, que mataram depois a golpes de machete (faca de mato), decepando-lhe os membros e levando em triunfo a cabeça espetada num pau. Aguarda-se confirmação desta notícia."

***in* "Boletin Official" de 25 de março de 1857**

O folheto era vermelho-grená e anunciava em vibrante e artificiosa retórica um extraordinário espetáculo de física recreativa, a realizar nesse domingo no Teatro Providência. Em letras mais pequenas, preveniam-se as senhoras e os cavalheiros de Luanda de que o mesmo espetáculo se realizaria uma semana depois, desta vez na ampla e acolhedora vivenda da firma *Carnegie & Co.*

D. Nicolau Água-Rosada e Sardónia leu o prospecto sem emoção particular, tão distante estava de saber que aquele anúncio o havia de levar à morte. Nesse domingo, engalanou-se a preceito e pelo fim da tarde tomou o caminho do teatro, onde se divertiu, mais do que previra, diante dos estranhos prodígios do Professor Jácome Ulisses Filho. Era este um homenzito amarelo e definhado, mas a quem a exuberância dos gestos, o enorme bigode retorcido e a alegria do sotaque brasileiro, conferiam incomum vivacidade. Apresentou o seu número como totalmente original, ainda não visto em parte alguma do mundo, a não ser em Paris, naturalmente, e tendo por base as experiências físico-químicas de Webber.

"O fenômeno que irão testemunhar, digníssimo público, não é obra de demiurgos nem de magos; é fruto de muitos anos de estudos científicos, de canseiras e trabalhos inumeráveis sobre a química do clorofórmio – a voz do químico subiu de tom – Excelentíssimas senhoras, ilustres cavalheiros, aquilo que vos vou mostrar nunca mais o haveis de esquecer."

E pôs-se a explicar como, através das suas pesquisas com o clorofórmio, alcançara a compreensão do estado de sonolência. E desenvolvera um processo capaz de induzir esse estado em pessoas ou animais, aligeirando-lhes a tal ponto o corpo, que era possível obter assim a sua suspensão no éter, vertical ou horizontalmente.

Chegado aqui, o físico fez subir ao palco uma sua filha, moça esbelta e delicada, a quem deu a cheirar o líquido de um frasquinho que trazia no bolso. A rapariga adormeceu instantaneamente, mas ao invés de se projetar no chão, num rumor de sedas, permaneceu imóvel e de pé, enquanto o pai, à sua volta, continuava a agitar o frasco que tinha na mão.

Em gestos dilatados, mas vagarosos, fez assim com que se volatilizasse todo o líquido; posto isto, agarrou a menina pela cintura, erguendo-a nos ares. Depois, largou-a e, contra toda a lógica, a gentil figurinha permaneceu onde estava, boiando a vinte centímetros do chão. Ouviram-se alguns risos nervosos, aplausos, e diversas expressões de agrado. O sábio agradeceu com um sorriso, pediu silêncio e, pegando novamente na menina, fez com que ela girasse no ar. Por fim deitou-a, flutuando a quase um metro de altura.

– Agora – disse, munindo-se de um arco de ferro – é preciso deixar bem claro que não há nesta experiência quaisquer artifícios: não há arames, cordéis ou fios transparentes. Apenas clorofórmio, senhores, tudo coisas que a ciência explica...

E, lentamente, atravessou o corpo da jovem por dentro do arco de ferro.

A sala, emocionada, ergueu-se numa enorme ovação. D. Nicolau, teso no seu fraque novo, ergueu-se também. Na verdade, nunca vira nada igual. Terminado o espetáculo, foi ter com Ezequiel de Sousa, pedindo-lhe que o apresentasse ao ilustre cientista. Ezequiel de Sousa era, por essa altura, um dos comerciantes mais ricos da cidade, e havia sido ele o responsável pela viagem do brasileiro a Luanda, pagando-lhe a travessia e alojando-o em sua casa. Naquele momento, inchava de vaidade, rodeado pela excitação de um grupo de cavalheiros e jovens senhoras, todos desejando conhecer melhor Jácome Filho. Quando chegou a vez de Nicolau, o comerciante apresentou-o como sendo o príncipe do Congo, filho do rei D. Henrique II, e logo nessa altura pareceu ao rapaz que um brilho de inusitado interesse surgira nos olhos do brasileiro. Pouco depois, achavam-se já em agradável palestra – o cientista querendo conhecer tudo sobre Angola, fazendo perguntas a que por vezes Nicolau não era capaz de responder.

Porque a noite estava esplêndida, foram instalar-se na esplanada do *Café Bijou* onde, entre cervejas e anedotas, o jovem príncipe acabou conduzindo o estrangeiro pelos atribulados caminhos da real genealogia do Congo.

D. Nicolau Água-Rosada e Sardónia era, com efeito, filho de Henrique II, coroado rei do Congo aos treze de janeiro de 1844, conforme consta do respetivo auto de aclamação, e da carta régia de reconhecimento, rubricada pela senhora Dona Maria. Com a morte do monarca, e em conformidade com as leis locais, sucedeu-lhe no trono um seu sobrinho, D. Pedro VI, devidamente coroado mediante a aprovação de sua majestade el-rei de Portugal, D. Luís I.

Ainda era viva Dona Maria quando foi Nicolau entregue por seu pai aos cuidados de um capitão português, Antônio Joaquim de Castro, o qual o trouxe consigo para Lisboa. Nesta cidade, o pequeno aprendeu as primeiras letras, alguns rudimentos de francês e todas as artes próprias de um cavalheiro – da equitação à esgrima. Quando, oito anos depois, regressou a Angola, era uma pessoa em tudo diferente da que de lá partira, e não se imaginava já capaz de se afeiçoar aos usos e costumes da sua gente, razão por que decidiu permanecer em Luanda, onde facilmente arranjou emprego na Junta de Fazenda Pública. O seu bom serviço de aptidões valeram-lhe ser promovido a escriturário, e, em 1857, era despachado para o lugar de escrivão da Junta de Fazenda, no distrito de Ambriz.

Na altura em que o seu destino se cruzou, irremediavelmente, com o do professor Jácome Filho, estava D. Nicolau de passagem por Luanda, para onde se deslocara com o intuito de visitar amigos.

Era um jovem alto, muito negro, de rosto simpático e trato afável, pouco dado às pândegas próprias da sua idade, e que ninguém sabia ter-se alguma vez deixado envolver em sarilhos, políticos ou outros.

A sua recusa em regressar a São Salvador do Congo, para ocupar o lugar que lhe competia na governação do reino, havia levantado contra si o ódio da sua própria gente. Mas, fora isso, não se lhe conheciam inimigos.

O professor Jácome Filho escutou a estória de Nicolau com uma atenção concentrada. Inquiriu pormenores, multiplicou as perguntas. Parecia particularmente interessado em saber o que Nicolau pensava acerca dos ideais autonomistas que, por essa altura, começavam a agitar as conversas dos luandenses. Ao jovem nunca tal assunto entusiasmara grandemente, mas sabia estarem nele envolvidos muitos cavalheiros ilustres da cidade, sobretudo ricos comerciantes, descontentes com a forma como a metrópole governava a colônia.

Despediram-se ao romper da alba. Jácome Filho, alegremente, lembrou-lhe que repetiria o seu número dali a uma semana e insistiu para que comparecesse. Dessa vez, o espetáculo teria lugar numa residência pertencente à firma inglesa *Carnegie & Co.* para um público selecionado. Nesta residência, conhecida por *Bungo House*, era tradição confraternizarem em animados serões, com música e teatro, a comunidade inglesa e as melhores famílias de Luanda. Alguns dos habituais frequentadores da casa tinham inclusive formado um grupo de teatro, a Sociedade Dramática Shakespeare, que representava as suas peças ora em inglês ora em português.

No domingo aprazado para a apresentação do extraordinário número científico de Jácome Filho, a *Bungo House* regurgitava de gente. Fazendo as honras à casa achava-se a esposa do vice-cônsul da Grã-Bretanha, senhora loiríssima e de grande beleza, com um perpétuo sorriso a iluminar-lhe o rosto. D. Nicolau, que nunca antes tinha tido o privilégio de visitar a vivenda, apresentou-se tímido e receoso, assombrado com o brilho dos lustres e com a elegância dos casais. Temia agora que, não tendo recebido nenhum convite formal, pudesse a sua presença ali ser considerada atrevida e menos própria. Arrependia-se já de ter dado ouvidos ao físico brasileiro, pessoa que ele mal conhecia e que, ademais, apenas o tinha convidado a visitar a *Bungo House* depois de muito bem bebido. Só sossegou quando viu chegar diante de si Jácome Filho, na companhia do dono da casa, William Newton, e estes se lhe dirigiram sem estranheza, pelo contrário, parecendo até muito agradados por o terem entre eles.

O serão decorreu da melhor forma: William Newton tocou na sua flauta temas populares irlandeses; o bacharel Alfredo Trony mostrou as suas habilidades de prestidigitador, e a bela Maria José Falcão cantou, muito bem, alguns trechos de ópera. A terminar, o professor Jácome Filho repetiu o seu número prodigioso mas, desta vez e porque o público o instasse entusiasmadamente a isso, adormeceu ainda mais três meninas.

Uma delas devia ser, porém, de natureza demasiado leve, ou o físico se terá excedido na aplicação do seu preparado – o certo é que, após profundamente adormecida, não ficou a moça apenas pairando no éter, como as restantes, mas começou a subir e foi subindo sempre, para grande espanto de todos os assistentes. Lenta e perigosamente ascendeu, rasando a chama aguda dos pesados lustres da sala, até se deter, por fim, contra o alto teto de mogno trabalho, de onde apenas pôde ser recuperada com o auxílio de um escadote. Tivesse a curiosa experiência sido realizada ao ar livre e a jovem estaria hoje a navegar entre as estrelas: insólito aeróstato; anjo sem asas, de amplo vestido tufado e colorido.

O coronel Arcênio de Carpo, que se deixava arrebatar facilmente por todo o tipo de novidades, queria à viva força arrancar ao cientista brasileiro o segredo do seu preparado:

– Uma descoberta dessas não deve servir apenas para distrair plateias – explicava com animação – ela pode ter incalculáveis aplicações práticas.

E visionava já um povo de nefelibatas, construindo entre as nuvens arco-íris de luz e água, fantásticos castelos transparentes; imensas escadarias, capazes de ligar a Terra ao estrado lunar.

Terminado o espetáculo, D. Nicolau preparava-se para sair, aturdido com todas as maravilhas dessa noite longa e memorável. Todavia, antes que tivesse tempo de se despedir de quem quer que fosse, William Newton tomou-o pelo braço e conduziu-o a uma saleta, no primeiro andar, onde o jovem descobriu, surpreso, o vice-cônsul do Reino Unido, em companhia de Ezequiel de Sousa e de outro cavalheiro africano. Os três fumavam tranquilamente, de perna traçada, mas mal o viram chegar levantaram-se e estenderam-lhe a mão. William Newton estava ainda a fazer as apresentações quando entrou, afogueado, o professor brasileiro. Foi este que, tossindo muito, explicou ao congolês o motivo pelo qual o haviam trazido ali:

– Sabemos que a política nunca o atraiu – começou por dizer Jácome Filho – porém, um cavalheiro como o senhor, em cujas veias corre o sangue mais nobre de África, não pode permanecer arredado do grandioso palco da História; um cavalheiro como o senhor, cuja generosidade todos reconhecem, não pode permanecer surdo aos gritos do seu próprio povo; um cavalheiro como o senhor tem a obrigação, o dever moral, de se afirmar pública e decididamente contra todas as humilhações, as extorsões e as violências que os portugueses vêm cometendo na região do Congo.

E o brasileiro foi-se entusiasmando cada vez mais, enrubescendo cada vez mais, num crescendo de fúria que parecia divertir o vice-cônsul, e que dois angolanos aprovavam, sorridentes. D. Nicolau, esse, tinha-se encolhido na sua cadeira, assustado com a verbosidade tonitruante do pequeno físico e com a delicadeza da situação. Quando falou foi para, timidamente, recordar aos ilustres cavalheiros ter-se ele afastado, de sua livre vontade, da luta política, não lhe parecendo, portanto, correto envolver-se agora em assuntos cujos pormenores ignorava.

– Pormenores! Não é de pormenores que lhe falamos, senhor! Queremos é que se junte a nós no combate às pretensões espúrias dos portugueses, essa sub-raça infeliz de esclavagistas, de escravonautas...

E depois, fazendo um grande esforço para se controlar, pediu a um dos africanos presentes, O Lima da Alfândega, que explicasse a Nicolau o que se pretendia dele.

– É simples – disse o angolense, um mulato ainda jovem, com pequenos óculos redondos e uma larga cabeça de grão-de-bico – você podia ir a Londres reclamar perante os tribunais britânicos os direitos que lhe são devidos sobre o Reino do Congo e as suas dependências. É sabido que Portugal ocupou ilegalmente toda a região entre o Ambriz e o cabo Molembo; ora, a Inglaterra está disposta a apoiar uma reclamação formal contra tal estado de coisas, sendo certo que outras nações partilham idênticos sentimentos de justiça. Com forte apoio internacional, o senhor D. Nicolau poderia até reclamar a independência de todo o Reino do Congo, gerando, assim estamos crentes, um mais amplo movimento de revolta contra o intolerável domínio português.

E o mulato prosseguiu o seu discurso, assegurando ao atônito escrivão que muitos comerciantes de Luanda haviam já aprovado tal projeto, não faltando outra coisa para o pôr em prática senão a anuência de uma única pessoa: ele, D. Nicolau Água-Rosada.

O príncipe puxou de um lenço e limpou nervosamente o rosto perlado de suor:

– Tudo isto me parece uma loucura – conseguiu dizer num fio de voz – e como me arranjaria eu para alcançar a Grã-Bretanha?

Foi a vez de o vice-cônsul sorrir, magnífico:

– Se a sua excelência aceitasse a ideia, a coroa britânica teria grande orgulho em colocar ao seu serviço um navio de guerra. É claro, convinha manter o maior sigilo acerca de todo aquele assunto até que se consumasse a chegada a Londres do senhor príncipe do Congo.

Felizmente, a costa angolana era vasta e pouco vigiada; seria fácil proceder ao embarque de D. Nicolau, mesmo na zona do Ambriz.

Não teve o desditoso escrivão tempo de acrescentar mais nada. Jácome Filho abrira já uma garrafa de espumante e enchia as taças:

– Meus senhores – gritava, excitado – brindemos à saúde de sua excelência, o futuro rei de Congo livre!

Ergueu a taça, e os outros repetiram-lhe o gesto.

Vinte e oito dias depois, num claro e quente domingo de março, achava-se D. Nicolau a caminho de Quissembo, localidade que não visitava desde criança e onde a *Carnegie & Co.* detinha um importante posto comercial. Devia, conforme o combinado, esperar ali a chegada de um vaso de guerra com pavilhão inglês.

Ia cheio de medo, e não eram infundadas as razões para tal. Na véspera, quando manifestara a um colega seu, tesoureiro da Fazendo, a sua intenção de dar um passeio ao Quissembo, este alarmara-se muito, fazendo-lhe ver a inconveniência de tal viagem, pois que os gentios do norte de Ambriz o não viam com bons olhos desde que ele abandonara o Congo, indo viver em trato íntimo com os brancos.

Agora, estendido na sua tipoia, que progredia aos sacões por entre os tortuosos caminhos do mato, D. Nicolau lamentava não ter seguido os conselhos do outro: tudo aquilo era um enorme equívoco, nunca deveria ter-se deixado enredar em tal aventura ou, pelo menos, ter aceitado embarcar em Quissembo.

De quando em quando, atirava olhares angustiados à sombra dos muxitos, temeroso de ver saltar do meio deles, em gritos ferozes, os guerreiros do seu pai. Por várias vezes mandou parar a tipoia para que um dos carregadores fosse espreitar à frente as condições do caminho. Já se avistavam os telhados da feitoria inglesa, e se aquietava o coração do jovem, quando remota mas estridentemente se ouviu o riso lúgubre de um bando de humbis[1].

Ao entrar no átrio da feitoria, onde o esperava, sorrindo, William Newton, D. Nicolau era um homem sem esperança.

Nunca se soube quem informou as gentes do Congo da presença, no Quissembo, do príncipe traidor. O que se sabe é que nessa mesma noite, um grande tropel de homens rodeou a feitoria, exigindo inflamadamente a cabeça de D. Nicolau. William Newton assomou conciliador à porta, mas foi recebido com injúrias e ameaças. O príncipe, gritavam os congoleses, tinha incorrido numa grande *cabala* e havia de ser agora julgado pelas leis do seu povo. Negou-se o inglês à satisfação do pedido.

– D. Nicolau – disse Newton, tentando iludir a turba – partiu hoje de manhã num navio de guerra.

Estas palavras mais não fizeram do que enraivecer os ânimos, já tão excitados. Alguns dos homens acenderam archotes e aproximaram-se com eles, dizendo irem atear foto à feitoria, caso lhes não fosse entregue D. Nicolau. Gigantesco na sua dignidade britânica, William Newton retirou-se para dentro e mandou içar a bandeira.

Então, num único movimento de fúria, súbito e irreprimível como uma rajada de vento, a multidão lançou-se para diante, quebrando tudo, arrombando portas e atravessando paredes.

D. Nicolau, que se havia refugiado nas traseiras do edifício, percebeu o fragor do desastre e, tomado de pânico, saltou de uma janela para o quintal. Sentindo já que lhe despedaçavam o corpo a golpes de machete, desatou a correr por entre as laranjeiras, papaieiras e goiabeiras, até embater com força no alto muro que circundava a propriedade. Desesperado, ouvindo aproximar-se o alarido, lembrou-se da oferta que, à despedida, lhe fizera Jácome Filho. A tremer imensamente, meteu a mão no bolso direito do casaco e dele retirou um pequeno frasco de vidro azul.

Os primeiros negros a alcançarem o muro não encontraram nada a não ser, caído por terra, um frasquinho de vidro. Depois, um deles alçou os olhos ao céu e gritou varado de espanto. Contra a lua imensa, redonda e branca como uma moeda de prata, recortava-se frágil a silhueta de um homem.

Serenamente, como um navio naufragado entre algas e corais, D. Nicolau dormia. E subia, subia sempre.

---

1 **Humbi**: pássaro preto, que em certas épocas do ano aparece em bandos no espaço alto, soltando pios estridentes. A aparição destas aves pressagia desgraças.

A QUEDA DE SANTA-MARIA

"[...] nas cercanias de Pungo Andongo, por exemplo, existe um buraco de onde brota constantemente uma pestilência que os indígenas na região acreditam possuir propriedades curativas. Dizem ainda que, em certas épocas do ano, se escutam vozes vindas do interior do buraco [...]"

in **"O Echo de Angola", de 20 de janeiro de 1882**

Foi por uma noite de nuvens baixas, por uma dessas noites tão desprovidas de luz que a brisa parece feita de musgo e o próprio ar de limos e de lodo. Roberto Santa-Maria, escriturário natural de Ambaca, vinha de visitar a noiva nos penedos de Pungo Andongo, quando, de repente, sentiu o chão dissolver-se debaixo de si e caiu, caiu, caiu, ininterrupta e longamente, numa queda que parecia não ter fim.

Acordou embrulhado em espessas teias de aranha, e logo ali percebeu que lhes devia a vida, visto que fora caindo por entre elas como quem desliza entre cortinas de seda, chegara assim ao chão, mais leve do que um breve pássaro. Durante as primeiras horas, acreditou haver caído no inferno, não só devido à profundidade do lugar, mas sobretudo por causa do insuportável cheiro a carne podre. Preso de um infinito horror, tateou em volta, mas não encontrou nada a não ser úmidas paredes de terra e formas móveis de pequenos insetos. Compreendeu depois que caíra sobre um ninho de formigas-cadáver e teve então a certeza de que já estava morto, pois mesmo que alguma vez saísse dali, nunca mais aquele cheiro se lhe desentranharia do corpo.

Sete semanas mais tarde, Afonso-o-Caçador passou pelo local acompanhado por uma vintena de serviçais e igual número de cães, e deu com o improvável buraco no chão. Curioso, ajoelhou-se sobre ele e gritou para dentro, tentando avaliar pelo eco a profundidade do poço. O grito rolou pelas paredes e despenhou-se, desmedido e múltiplo, dentro da cabeça de Roberto Santa-Maria, como uma trovoada no interior de uma catedral. O ambaquista demorou a levantar-se e a gritar também, fraco como estava de andar há cinquenta e um dias a sorver apenas a umidade das pedras e a comer aranhas e formigas-cadáver.

Afonso estranhou o eco, em particular porque lhe chegaram dois, e o segundo era triste e descorado, como uma lombriga da terra. Gritou de novo e dessa vez o grito-lombriga chegou antes do seu.

– Sukuama! – espantou-se o caçador – está um homem lá dentro...

E logo mandou que lhe fossem procurar uma corda para libertar o infeliz. Veio a corda, e com ela muito gentio das redondezas, alarmado pela notícia de que Afonso pretendia extrair um homem de dentro de um buraco.

Lançada a corda para dentro do poço, Santa-Maria agarrou-se a ela e os serviçais começaram a puxar, trabalho facilitado pelo pouco peso do desditoso escriturário. Já tinham puxado muitos metros de corda e ainda faltavam puxar outros tantos quando principiou a ascender do buraco um bafo pútrido a pauis antigos e em breve o ar estava tão insalubre que parecia que tinham morto ali mil dinossauros.

Roberto Santa-Maria assomou à luz e ninguém o reconheceu, pois trazia a pele inteiramente recoberta por um veludo verde e os cogumelos brotavam-lhe dos cabelos como se fossem pequenas serpentes em posição de ataque.

Houve primeiro um estático segundo de assombro e depois a multidão virou-se para trás e começou a fugir, os mais novos atropelando os mais velhos e estes uns aos outros, num irreprimível furor de manada enlouquecida.

Menor não foi o susto de Roberto Santa-Maria ao ver toda a gente a fugir de si. Depois, mais calmo, sacudiu os cogumelos dos cabelos, mas foi incapaz de se limpar dos fungos que lhe cobriam a pele. Desalentado, pôs-se a caminhar em direção ao norte, murmurando pragas contra a sua sorte maldita. Adiante dele caminhava o cheiro: um cheiro inconcebível a cidades destroçadas, silencioso e triste, como um amor sem esperança.

De maneira que antes mesmo do escrivão atingir as cercanias de Ambaca, já uma brisa carregada de presságios e de melancolia afugentara o povo, os bois, as aves e até os bichos silvestres. Roberto Santa-Maria encontrou à sua frente só sanzalas sem vida e foi-as atravessando uma por uma, dentro de um silêncio tão intenso que o respirar das árvores se tornara audível.

Ao declinar a tarde, encontrou um velho a quem o excesso dos anos enovelara a tal ponto o quebrantado corpo que nele se não distinguia extremidade alguma, quase se confundindo com turva pedra ou chamuscado pedaço de madeira. O velho viu-o aproximar-se com os olhos abertos de estupor e assim se manteve até que Roberto lhe tocou com a ponta dos dedos. Então desdobrou-se como um bicho-da-conta e largou a correr, numa gritaria capaz de despertar os anjos no regaço do Senhor.

Foi este o primeiro milagre de Santa-Maria.

Mais depressa que o vento se espalhou a novidade da cura, e logo no dia seguinte um grupo de aflitos seguiu o caminho inverso do desgraçado cheiro que para sempre se colara ao escrivão, encontrou-o, desesperado e pensativo, junto ao buraco de onde, acreditava agora, nunca deveria ter saído. Vendo-os chegar, julgou Roberto que os traziam propósitos assassinos e de um pulo lançou-se dentro do poço.

A partir desse dia, o lugar passou a receber a visita de grande número de peregrinos, trazidos de longe pelo rumor dos milagres que ali se produziam. Vinham escutar a voz do buraco e respirar o ar apodrecido que dele se desprendia e que, segundo a crença popular, tinha a virtude de curar as mais insólitas malformações do corpo humano.

HÁ OUTRAS FORÇAS

"[...] o tambi, o quilemba (alembamento), o mbulungu, o saquelamento, o chinguilamento, e a upanda, que ainda praticam. Os calundus, os mutacalombos, as muondonas, etc., em que os povos africanos creem com uma fé fervorosa, dão uma ideia tristíssima da ineficácia das missões civilizadoras europeias que há centenas de anos vêm tentando convertê-los e instruí-los. Porque é que os governos, para implantarem a sua civilização e manterem a autoridade não procuram, como faziam os romanos com as suas conquistas, destruir o que África tiver de mau e de nocivo?!"

De um artigo de Cordeiro da Matta
n' "O Comércio de Angola"
de 25 de dezembro de 1892

"há outras forças / cuja razão persiste oculta / Nem tudo o que existe se revela / nem tudo o que está à vista é evidente"

Anúncio publicado n' "O Triunfo de Angola"
de 27 de outubro de 1890

Três minutos antes de desembarcar em Luanda, Carlos Marimont era ainda o mais perfeito exemplar do peralvilho lusitano: empertigado e desdenhoso, os seus gestos lentos libertavam fragrâncias francesas, quando, delicadamente, acariciava o verniz do bigode ou encaixava no olho direito o monóculo que pertencera ao pai.

Viera toda a viagem encolhido na sua cabine, morto de tédio e de enjoo, maldizendo a hora em que aceitara o convite do tio, Joaquim Marimont, para visitar Angola. Trouxera-o um inquieto e vago desejo de aventura, e o empenho de conhecer de perto os negócios do tio, de quem era o único herdeiro.

Quando lhe vieram dizer que o navio atracara, calçou, suspirando, um par de luvas, pôs a cartola na cabeça e, pegando na bengala de marfim, saiu para a chuva. A borrasca envolveu-o imediatamente num turbilhão de lama e de lodo. Antes mesmo de tocar com os pés a confusão do cais, já Carlos Marimont perdera a cartola, o monóculo e a soberba, e era apenas um entre os passageiros aflitos, lutando para não ser carregado pelo vento ou naufragar no tumulto de água e de gente em que se transformara o porto.

Este infeliz desembarque indispô-lo logo, definitivamente, contra a África. Ao entusiasmo do tio, que procurava interessá-lo pela vida da colônia, respondia com uma indiferença gelada. Passava o tempo a queixar-se da inclemência do sol ou da violência das chuvas, da sujidade das ruas, da pestilência dos ares, da insalubridade das águas, da indolência dos negros, do despudor das negras, da sordidez das crianças, da desonestidade dos comerciantes, da estupidez dos burgueses, da impiedade dos padres, da cobardia e desleixo da elite militar, da má catadura das damas, da degenerescência da raça, da apatia das tardes...

Joaquim Marimont, que não tinha filhos e sempre havia visto no sobrinho o continuador dos seus negócios, desesperava diante da firmeza daquele rancor, cujos motivos não conseguia penetrar. Para seduzir o rapaz, tentou de tudo, chegando ao ponto de organizar na Ilha uma festa surpresa, em sua homenagem, para a qual convidou as famílias mais notáveis da cidade. Foi acontecimento aparatoso, que durante muitos dias encheu de espanto as conversas de Luanda. Carlos Marimont, porém, recusou-se a comparecer.

– Este – disse-lhe – é o Dr. Fernando Jorge, advogado da Firma. Trouxe-o aqui porque tenho intenção de alterar o meu testamento. Prefiro distribuir toda a fortuna que possuo entre os malandros desta cidade a entregá-la nas mãos de alguém que tão ostensivamente me despreza.

Carlos Marimont sentiu-se empalidecer. Balbuciou um protesto: «que não senhor», tinha o tio no mais elevado apreço.

O comerciante calou-o com um gesto brusco:

– Muito bem, muito bem. Dou-lhe, então, uma oportunidade de mostrar esse seu elevado apreço, senão por mim, ao menos pela atividade comercial.

E explicou-lhe que a Firma possuía uma feitoria, na Barra do Dande, cujo responsável falecera recentemente. Era necessário alguém de confiança que fosse verificar as contas e prover ao andamento dos negócios. Ele, Carlos, poderia bem encarregar-se disso.

A Barra do Dante dista cerca de quarenta quilômetros de Luanda e era, na época em que tiveram lugar os casos que aqui se relatam, uma povoação de alguma importância. Diante da vida espraiava-se uma paisagem deslumbrante: o rio, numa largura de quase duzentos e cinquenta metros, e depois, na outra margem, o verde transbordante dos pantanais, que se iam perder muito ao longe, contra os morros de Catumbo e de Libongo.

Carlos Marimont, todavia, não foi capaz de apreciar o encanto da paisagem. Chegou à Barra do Dande após dois dias de uma viagem tormentosa, com os ossos todos desconjuntados pelos solavancos da tipoia e a convicção profunda de que uma formilha lhe entrara por um dos ouvidos durante o sono e lhe estava agora a devorar o cérebro. Sentia confusamente o inseto a progredir no interior do seu próprio crânio, à medida que lhe comia os nomes das coisas, os risos e as lágrimas, o musgo dos sonhos e a tépida penumbra das suas mais antigas recordações. O enfermeiro a quem consultou diagnosticou-lhe um ataque de malária, mas foi incapaz de o arrancar às areias movediças do torpor e da melancolia em que o jovem rapidamente se afundava.

No dia seguinte, encontraram-no já tão fraco que o enfermeiro desaconselhou o seu regresso a Luanda, certo de que a viagem acabaria com ele. Terá sido também o mesmo enfermeiro, um mulato com o nome inverosímil de Armelindo Perna Torta Cardante, quem primeiro se lembrou do Velho-da-Gruta: um quimbanda natural de São Tomé que um dia surgira trazido pelas ondas e se estabelecera junto à praia, numa gruta do Morro da Cara, rapidamente transformada em lugar de peregrinação para toda a sorte de enfeitiçados e de outros doentes sem esperança.

Ao princípio, o jovem peralvilho recusou com horror a sugestão de Cardante: ele consultar um feiticeiro? Ele, que lavava as intimidades com perfume francês e frequentava os salões eruditos da Sociedade de Geografia? Nunca!

Depois, à medida que se lhe apagavam da memória as palavras mais elementares, a angústia foi vencendo o orgulho. Tomou a decisão de visitar o quimbanda no entardecer aflitivo em que quis recordar o rosto da mãe e não o conseguiu. Sentia crescer dentro da cabeça um prurido insuportável: quase podia ver o caminhar delicado da formiga, entranhando-se cada vez mais entre os sombrios escombros do seu passado.

Estava tão fraco que, para que não caísse, tiveram de o amarrar à tipoia. Era uma madrugada de muito sol e o caminho para a gruta do quimbanda tinha já uma comprida fila de povo. Com o enfermeiro a comandar, armado de cacete e cavalo-marinho, foram afastando os numerosos doentes: velhos de excessiva idade, moças de espuma nos lábios e olhos de fogo, cegos e paralíticos, todos acompanhados de muita família e criação doméstica – cabras, porcos e galinhas, até um boi! – oferendas para apaziguar as sereias ou obsequiar o feiticeiro.

Por incrível que pareça, Carlos Marimont começou a recuperar forças enquanto a tipoia avançava por entre a multidão de enfeitiçados, de tal modo que, ao atingirem as proximidades da gruta, foi possível libertarem-no das cordas e ele percorreu os últimos metros por seus próprios pés.

O quimbanda era um negro lúgubre e fatigado, como um navio fantasma, e estava no meio de um pequeno riacho, com água até aos joelhos, ocupado em tratar uma garota dos seus quinze anos. Vestia um casaco preto, muito justo, e um comprido pano preso à cintura. Tinha (como sempre) os olhos fechados, e murmurava uma ladainha qualquer, ao mesmo tempo que, com gestos lentos, passava um pedaço de sabão pelo corpo da rapariga. Esta, firmemente sustida por dois homens, parecia tomada de uma grande excitação, com os músculos todos retesados e o rosto transformado numa máscara de raiva, O feiticeiro ensaboava-a minuciosamente, detendo-se de quando em quando para retirar da espuma pequenos objetos agudos: finas agulhas, lâminas de metal, pregos e até um dente de jacaré. De cada vez que o fazia, a multidão vibrava em exclamações de espanto, e a moça retorcia-se e gemia numa voz transtornada de cadela com cio.

Havia enfeitiçados que deixavam no banho uma assombrosa quantidade de quimbembeques, sendo mujumbu corrente que do flanco de um carregador bailundo o quimbanda extraíra certa vez a folha completa e oxidada de uma velha faca do mato; e isto deixando limpo e intacto o corpo do paciente. Acerca do feiticeiro corriam, aliás, as mais desgarradas estórias. Dizia-se, por exemplo, que se alimentava como as salamandras, do lume das fogueiras, e que tinha demônios aprisionados no interior das pupilas, razão porque jamais descerrava os olhos.

Carlos Marimont viu-o proceder à lavagem da jovem, primeiro apenas com curiosidade, depois com espanto e choque, e, por fim, com a desilusão furiosa de um marido enganado:

– É um logro! – Gritou – É uma trapaça indecente! Ele tem todas essas porcarias escondidas no interior do sabão...

Fez-se um silêncio de mármore. Depois, grave como um Deus antigo, o velho quimbanda virou-se para o rapaz e abriu os olhos. Carlos Marimont levou as mãos ao peito, o seu rosto tornou-se turvo e pesado como um céu de tempestade e, dobrando-se sobre si próprio, começou a cair. Devagar, muito devagar.

Em Luanda, Joana Marimont recusou-se a aceitar as explicações de Cardante e exigiu que fosse feita uma autópsia ao cadáver do sobrinho.

Calhou a operação a um médico de avançada idade, o Dr. Murteira, a cujas mãos decrépitas e gastas já há muito tempo só se confiavam comprovados defuntos, para que descobrisse, através da sua análise, onde, como e quanto penetrara neles a triste serpente da morte. O moribundo necropsista cumpria a sua função com cansaço e indiferença, mas meticulosamente, retalhando as carnes e separando as vísceras, uma a uma, até que da confusão de sangue em que transformava os cadáveres fosse impossível extrair qualquer conclusão (ou, pelo mesmo motivo, qualquer conclusão fosse possível). Voltava, então, a colocar as tripas no lugar de onde as julgava ter tirado, acontecendo, no entanto, com muita frequência que lhe sobravam órgãos. A esses guardava-os num saquinho e trazia-os para casa para alimentar os cães.

Foi, pois, o Dr. Murteira quem procedeu à autópsia de Carlos Marimont. E, claro, ninguém acreditou nele quando o viram surgir, atônito e tremente, jurando e rejurando que o coração do morto estava atulhado de pequenas lâminas de aço.

O DEMIURGO

"Santa renitente? – Segundo rumores que agitam a cidade teria aparecido a imagem de uma mulher em uma das paredes da Igreja de Nossa Senhora do Carmo, às Ingombotas. A dita imagem voltou, contudo, a desaparecer, sem que dela restassem quaisquer sinais. Dado o estado de sujidade e de torpeza em que a excelentíssima Câmara mantém as Ingombotas, é de supor que a Santa, com o susto, tenha optado pelo regresso ao divino Éden."

***in* "O Futuro de Angola" de 12 de outubro de 1888**

Ao princípio, parecia apenas uma pequena sombra, difusa e parda, sem contornos precisos, nem formas definidas. Estava na parede virada para nascente, junto ao nicho onde São Jorge combatia o Dragão dos Abismos: o cônego Nascimento deu com ela e pensou que se tratasse de uma mancha de umidade. Estranhou um pouco: nunca na igreja houvera problemas de infiltração de águas. Mesmo nas épocas mais úmidas, quando os pobres casebres da vizinha rugiam de dores, com os alicerces devorados pelo musgo e por minúsculos cogumelos pálidos, mesmo nessas alturas a veneranda construção seiscentista permanecia enxuta e soalheira.

Dias depois, contudo, o pároco topou de novo com a mancha e dessa vez afligiu-se porque os contornos dela se haviam alargado e lhe lembraram, de súbito, o tronco nu de uma mulher. Aborrecido consigo próprio, fez o sinal da cruz, ao mesmo tempo em que gritava pelo sacristão e lhe pedia que passasse uma demão de cal pelas paredes da igreja.

O pároco Nascimento era um homenzito de pele muito negra, já entrado nos anos, mas tão direito como um oficial de Infantaria. Numa terra e numa época de escassas virtudes, como era a Luanda do século XIX, o velho sacerdote tinha ganho merecida fama de santo austero e incorrupto. Ninguém lhe conhecia vícios e mesmo os homens da sua geração não se lembravam de o ter surpreendido jamais em situações comprometedoras. Aos íntimos, o pároco confidenciava que enquanto jovem seminarista sofrera também os ardores próprios da idade, mas soubera sempre dominá-los à custa de intermináveis caçadas até às cercanias de Ambaca ou de penitências mais agrestes e menos públicas. Agora, aos setenta e cinco anos, a sua virilidade apagara-se definitivamente e podia adormecer tranquilo, sem receio de que sem sonhos o assaltassem (antigo e repetido pesadelo) as onze mil virgens.

Por isso se afligira o pároco ao perceber na mancha que alastrava na parede a silhueta de um tronco nu de uma mulher. Julgou que de novo estivesse a ser vítima de desejos recalcados, dos exageros de uma imaginação pervertida; que fosse ainda o Maldito a tentá-lo com o isco da carne. O sacristão, porém, teve, ao olhar para a parede, reação idêntica à sua e isso deixou-o ainda mais perturbado. A natureza, filosofou de si para si, urde às vezes trabalhosos acasos. E aconselhou o moleque a não poupar na cal:

– É apenas uma mancha de umidade – disse, sem convicção alguma – coisa sem importância...

Não demorou muito tempo a desenganar-se. Passadas semanas, a mancha reaparecia, e desta vez com contornos tão precisos e um tal rigor de pormenores que não era já possível tentar não ver nela mais do que inocente sombra: na parede desenhava-se, com escândalo e luxúria, a figura nua de uma jovem ninfa, os túrgidos seios diretamente apontados aos olhos de São Jorge, que, no seu nicho, persistia em combater o Dragão.

Aflito e iracundo, certo de estar a ser vítima de uma partida obscena, de ímpia obstinação de algum anarquista louco (e eles eram tantos), o infeliz pároco foi fechar a igreja e ele próprio tratou de cobrir com cal a imagem blasfema. Depois, mais vale prevenir do que remediar, chamou o sacristão e ordenou-lhe que, a partir desse dia, passasse a dormir no recinto sagrado:

– Temo – confidenciou ao perplexo ajudante – que na renegada época em que vivemos, alguém tente penetrar na nossa igreja para roubar os castiçais ou desrespeitar a Deus.

E foi assim que o miúdo Jeremias Afonso da Silva passou a pernoitar na casa do Senhor, enovelado aos pés de Cristo, vigiando o sono dos santos com a mesma determinação com que o seu pai, o velho dembo de Nabuangongo, D. Mateus Ribeiro Afonso da Silva, vigiava em vida as suas quinze mulheres.

De nada serviu, porém, tal vigilância. Ao contrário, os cuidados do padre acabaram trazendo resultados desastrosos, pois dessa vez o primeiro a perceber o ressurgimento da despudorada ninfa foi Jeremias, e este não guardou para si a descoberta. Naquela mesma manhã, ao chegar à igreja, o pároco Nascimento deparou com uma pequena multidão que se comprimia junto ao nicho de São Jorge. Na parede, vitoriosa e sorridente, a jovem cortesã mostrava não já os seios altos, mas também a curva do ventre, sem que até onde fosse possível adivinhar nada a cobrisse.

Tomado de fúria e de pânico, o padre enxotou a multidão de peregrinos, caiu sobre Jeremias aos bofetões (ele que nunca batera em ninguém!) e depois fechou-se na sacristia a chorar alto.

Mais calmo, e após muito ponderar, decidiu simplesmente encostar à parede onde aparecera a sacrílega e despudorada figura da ninfa nua, o pesado armário que habitualmente utilizava para guardar os paramentos e alguns utensílios de culto. E se assim o pensou, melhor o fez.

Nessa tarde, durante a missa das seis, crucificou com uma alegria feroz, e durante mais de duas horas, a multidão nervosa e defraudada que até ali se deslocara para ver com os próprios olhos aquilo a que alguns já chamavam o milagre da Santa Rameira.

Padre Nascimento recordaria para sempre aquela missa como a mais concorrida de todas as que oficiara ao longo da sua vida. No sermão, que arrastaria por um tempo excessivo, pregou minuciosamente sobre a quantidade e a qualidade dos artifícios utilizados pelo Maldito para iludir as almas, citando versículos da bíblia e inventando outros (como era seu hábito), numa profusão de imagens que assombrariam durante meses os sonhos das criancinhas presentes.

O episódio da Santa Rameira alimentou ainda muitas conversas, mas pouco a pouco foi adormecendo, mesmo nas bocas mais viciosas da cidade. De resto, a opinião geral era de que tudo aquilo não tinha sido outra coisa senão uma extraordinária partida de algum artista anticlerical, e muitos apontavam o dedo ao degredado Cândido Franco, antigo aluno de Belas-Artes a quem as extremadas convicções libertárias haviam arrastado até Angola.

Já o próprio pároco Nascimento quase se esquecera daqueles absurdos casos quando, uma bela madrugada, viu chegar diante de si o miúdo Jeremias, os olhos esbugalhados e tremendo todo como um xinguilamento.

Só na igreja o padre percebeu o que lhe induzira aquele estado: aparecendo por detrás do armário, alongando-se até ao nicho de São Jorge, viam-se uma série de figuras enlaçadas, de homens e mulheres em posições de manifesto indecoro. Afastado o pesado móvel, deram com uma orgia violenta e indescritível, no centro da qual continuava a sorrir a imagem da Santa Rameira.

Diante do imenso desastre, o pároco ganhou de súbito uma serenidade que a si próprio causou espanto. Sem sequer levantar a voz, impôs ao sacristão um silêncio severo; ordenou-lhe depois que trouxesse a cal e teimosamente voltou a pintar a parede.

– Assim farei – disse – quantas vezes for necessário.

A tarde do dia seguinte deu com o pároco a caminho da Barra do Quanza, onde sabia poder encontrar o frade Nicolau. Não foi difícil. À medida que se aproximava, ia ouvindo falar cada vez mais dele, e a partir de certo ponto o nome do exorcista estava em todas as bocas. De tal forma que sem nunca o ter visto antes lhe acabou construindo o resto e o encontro com o velho foi como um reencontro.

Nicolau dos Anjos era obviamente um alienígena. Um ser de outras dimensões. Um falcão entre pardais. Um cristal na lama impura. O que nele impressionava não eram os olhos (como sempre acontece nos profetas) nem a branca, longa e desgrenhada barba, porque a trazia curta e tinha a cor amarga do lume das queimadas. O que nele indelevelmente marcava quem quer que o visse, era a autoridade dos gestos. A maneira triste de caminhar sem mover os pés. A forma como as suas mãos seguravam o ar e nele deixavam impresso uma angústia infinda.

Expulso de diversas ordens religiosas por insistir em praticar exercícios reservados apenas aos grandes santos, como a levitação ou a ubiquidade, Nicolau dos Anjos internara-se em África para esquecer Deus e os homens. Os anos de retiro e de privações não tinham feito, porém, outra coisa senão aguçar nele o sentido do divino e a capacidade de operar maravilhas. Sem muito bem se dar conta disso, atordoado pela magnitude da sua própria arte, começou por curar enfermos e acabou exorcizando demônios, arredando cazumbis e desencantando cassacambes.

O pároco Nascimento encontrou-o rodeado por uma turba fervorosa de conversos e não foi sem dificuldade que conseguiu entranhar-se nela e chegar junto do admirável velho. A este não pareceu perturbar a inverosímil história das imagens blasfemas. Escutou o padre em silêncio e de olhos fechados, acariciando com a ponta dos dedos o dorso de um macaquito que mantinha ao colo. E, quando o padre se calou, permaneceu calado. Nervoso, o pároco repetiu a história e implorou o auxílio do velho. Nada; o outro parecia simplesmente não estar ali.

Confuso e humilhado, maldizendo o impulso que o levara a procurar o exorcista, o pároco Nascimento virou-lhe costas, subiu para a sua machila e ordenou aos carregadores que tomassem o caminho de Luanda. Ao entardecer do dia seguinte, entrava na cidade, e antes mesmo de alcançar as Ingombotas já sabia que Nicolau se antecipara a ele, porque Jeremias lhe veio ao encontro, dizendo ter descoberto, nessa madrugada, um estranho velho dentro da igreja.

Com efeito, encontrou o exorcista sentado defronte da parede fatídica, exatamente na mesma posição em que se lembrava de o ter deixado. Para inquietação do pároco, percebia-se na parede o ressurgimento das imoralíssimas figuras, embora ainda apenas se adivinhasse delas as formas mais notáveis.

O exorcista tinha os olhos muito abertos e fixava-os na mancha correspondente à da Santa Rameira, enquanto movia os lábios com pausada lentidão.

Nascimento aproximou-se dele e pôde perceber com assombro que falava com voz de mulher, mas não foi capaz de compreender aquilo que dizia.

Passados instantes, o velho pareceu começar a emergir daquela espécie de transe e, virando-se para o padre, perguntou-lhe se sabia que em tempo a igreja servira de quartel. O pároco disse que sim.

– Severino de Sousa mostrou-me certa vez um documento no qual se afirmava ter esta igreja sido utilizada como quartel da polícia. Mas isso foi no século passado; ninguém em Luanda se recorda já de tal...

Devagar, o exorcista levantou as mãos:

– Em 1742 – murmurou em voz audível, mas remota – na noite de 25 de julho, os três soldados de serviço trouxeram da rua um grupo de meretrizes e com elas comerciaram favores. Ao amanhecer, foram surpreendidos pelo capitão da guarda (um homem severíssimo) e do confronto que se seguiu nenhum sobreviveu.

O exorcista fez uma pausa:

– Agora – disse – já podem dormir em paz.

Na parede em frente, viam-se apenas sombras difusas. Mas, prisioneiro do seu nicho, São Jorge não vencera ainda o Dragão da Maldade...

A BOCA DA TERRA

"Um desaparecimento - De Mucaba chega-nos a notícia do desaparecimento do aventureiro italiano Carlo Esmeraldi, que entre nós havia granjeado tantas simpatias. A coluna que acompanhava o intrépido italiano terá sido dizimada pela doença do sono (hoxa), que no interior do país tantas vítimas continua a fazer."

***in* "O Correio de Loanda" de 23 de setembro de 1898**

Afonso, o caçador, viu-o desaparecer na tarde imóvel, trágica e silenciosa como uma fotogravura. Ia montado em um boi-cavalo, trajando impecavelmente de branco, e levava a cabeça protegida por um largo chapéu de palha. Aquela foi a última vez que Afonso o viu. Mas claro que, na altura, não sabia disso (não podia saber) e assim despediu-se dele com um gesto obsceno, que era a maneira que o caçador tinha de dizer adeus a quem mais amava.

A natureza alegre e delicada de Carlos Esmeraldi, a sua verbosidade extravagante, os fatinhos de bom corte com que gostava de se pavonear pela cidade alta, a habilidade com que seduzia as damas e bailava as valsinhas da moda, tudo isso irritara inicialmente Afonso, a ponto de o ter feito recusar com desprezo as primeiras propostas que o outro lhe avançara.

Para que finalmente aceitasse servir de guia ao aventureiro, comprometendo-se a levá-lo até às quedas de Calandula, foi necessário este desembolsar muitos contos de reis. E, mesmo assim, o caçador mostrou-se desagradável e mal lhe dirigiu a palavra durante a primeira semana de viagem. Mas aconteceu, então, o episódio da onça, e a partir daí começou a desenvolver-se entre ambos uma grande amizade.

Por isso, naquela hora em que o viu pela última vez, a magra figura diluída dentro da poeira luminescente do entardecer, Afonso ergueu o braço e, num gesto obsceno, atirou-lhe um palavrão.

Dois meses depois, alguém lhe disse haver encontrado Esmeraldi em São José de Encoge. Mais tarde ainda, soube por um mercador de borracha que o aventureiro fora visto ao largo de Quivoenga, tentando, sem sucesso, desenterrar o beque de um navio que misteriosamente ali fora parar.

Quando recebeu a carta, não tinha notícias dele há quase catorze meses. Carta é como quem diz. O que o velho Quissongo lhe entregou mereceria mais a designação de diário, não fosse o facto de estar dirigida a si. Eram quase trinta páginas de uma caligrafia apertada e irregular, nas quais, ora em português, ora em francês, espanhol ou italiano, Esmeraldi lhe dava conta das suas assombrosas peregrinações pelo interior do país. Detinha-se de início em Quivoenga, povoação nos arredores da qual descobrira um cemitério gentílico e neste o beque inteiro de um navio de alto bordo e remota construção.

– Estou – escrevia Esmeraldi – profundamente impressionado. Quem trouxe esta peça para aqui? E de que maneira a trouxe? E com que fins?

Explicava, depois, tratar-se de um grande e sólido beque, de cujo centro se destacava a graciosa escultura de uma ninfa.

"A tantas milhas da costa" – escrevia ainda o aventureiro – "a insólita presença desta peça é um desafio à imaginação".

A seguir, deixava Quivoenga, entranhando-se na floresta, e a partir daí a sua caligrafia tornava-se mais nervosa, o texto multiplicava-se em hiatos e, por vezes, o sentido das frases perdia-se por entre uma confusão de observações desconexas. Repetida e obcessivamente, Esmeraldi denunciava a existência de uma "geografia perversa", mas era difícil perceber o exato significado de tal expressão.

"Existem" – escrevia o italiano – "perversões naturais. Geografias secretas. Fenômenos aberrantes e monstruosos. Estranhos animais habitam o coração das montanhas..."

E adiante:

"O Umbigo do mundo! Aqui, onde agora me encontro, não há pássaros no céu. As grandes árvores estão curvadas para ocidente, e se pegarmos numa pedra e a lançarmos na vertical, ela descreverá uma eclipse e cairá também na mesma direção. A dois dias de onde neste momento nos encontramos, desatrelamos o pesado carro bôer da respetiva junta de bois, e ele subiu, sozinho, uma colina com um desnível de 14 graus!"

E já nas últimas páginas:

"Não me peças nomes. Neste lugar maldito os nomes são malditos e de todas as formas nenhum mapa os conhece. A Terra, aqui, devora-se a si própria. Não é uma fenda que eu imagino existir ao fundo da ravina: é uma boca!"

Ao despedir-se, Esmeraldi evocava a cena da onça, para confessar que, na altura, tinha sentido muito medo:

" Mas o medo que sinto agora" – concluía – "não se compara ao que senti então. Não sei o que me aguarda, mas sei que vou descer sozinho até ao fundo da ravina. A única forma de vencer o medo é encará-lo nos olhos. Quando falhaste o tiro e a onça saltou, o que eu fiz não foi salvar-te a ti: o que eu fiz foi matar o meu medo, salvando-se a mim".

Havia ainda um *Post Scriptum*:

"Aconteça o que acontecer, sejamos racionais. O que me espera não é com certeza a entrada para o inferno (esta é a ingênua convicção dos meus carregadores!) Uma aberração gravitacional da magnitude daquela que presenciamos pode explicar-se pela existência, no fundo da fenda, de uma massa de incrível densidade. Talvez tenha caído aqui um meteorito; uma pedra não necessariamente de grandes dimensões, mas muito, muito pesada. Tão densa e tão pesada que seja capaz de atrair tudo o que lhe esteja próximo, alimentando, assim, ainda mais, o seu próprio peso e densidade: uma boca! Uma boca voraz, insana e insaciável.

Lembra-te do Carlo, Afonso! Até um dia..."

Através do velho Quissongo, ficou Afonso a saber ter sido a carta entregue numa fazenda de Quibocolo por um negro andrajoso e desvairado, que se dizia natural de Luanda e ter feito parte da quibuca de Carlo Esmeraldi. O homem estava atacado pela hoxa e mal o recolheram afundou-se num sono espesso, do qual só saía para implorar água e misericórdia de um padre. Nos seus delírios, falava de um buraco que engolia os pássaros do céu e onde o demônio edificara a sua casa.

Velho Caxombo sonhou com o mar

"Ataque de Quissondes – um dos laboratórios experimentais do ilustre professor Carlos Eduardo Noronha de Mello e Silva Franco, na Quissama, foi completamente devastado por um ataque de formiga vermelha. Segundo o professor Silva Franco, que se encontra em Angola ao serviço da Real Sociedade Britânica de Zoologia, os quissondes devoraram uma coleção de ofídios embalsamados que lhe haviam demorado oito anos a completar. No desastre pereceu ainda o guarda do laboratório."

in "A Gazeta de Loanda" de 12 de março de 1898

Na última tarde da sua vida, quando depois do costumeiro almoço de funge e quizaca se estendeu na esteira para gozar a sesta, o velho Caxombo sonhou com o mar. Mas ao acordar já não se lembrava disso, e mesmo que se lembrasse não teria atribuído a tal fato importância alguma. Para ele, que fora criado por um branco e pensava em português, o mar era apenas o mar.

Assim, e até quase à hora do sol-pôr, esse dia foi para o velho Caxombo igual a todos os outros. Já há oito anos que tinha aquele emprego como guarda de uma pequena estação de empalhamento de cobras, em pleno sertão da Quissama. Fora o professor Silva Franco que lhe obtivera o lugar, salvando-o, assim, de morrer na miséria, pois Caxombo estava, então, a dobrar o cabo dos sessenta e deixara de poder exercer com a agilidade requerida o seu antigo míster de carregador de maxilas. Agora envelhecia tranquilamente, entregue à íntima e minuciosa tarefa de imaginar a sua própria morte. Via-se a morrer de muitas maneiras, convicto de que, se as conseguisse idear a todas, nenhuma delas se concretizaria. Mas, a despeito de tal obsessão, não intuiu nem naquele dia, nem nos que o precederam, quaisquer sinais aziagos.

Ao velho Caxombo, aquele ofício de guarda pesava pouco, pois a Estação situava-se em lugar remoto e o gentio das redondezas era pacato e sem cobiça. De tempos a tempos, o professor Silva Franco aparecia no local, acompanhado por um mulato de nome Souza, e nessas alturas o velho Caxombo ajudava os dois a bater o mato à caça de cobras raras. Mas a maior parte dos dias passava-

-os ele sem ocupação alguma, entretido tão somente a imaginar as circunstâncias em que ocorreria o seu próprio falecimento.

Naquela tarde, portanto, o velho Caxombo despertou de sua sesta com a quietude de sempre e sem se lembrar já de que sonhara com o mar. O sol declinava quando, numa angústia crescente, se deu conta de que qualquer coisa estava errada. Qualquer coisa estava errada e ele não sabia o que era. De súbito, compreendeu: o silêncio enchia tudo. Um silêncio espesso como uma noite sem lua. Não havia pássaros. Todos os pássaros se tinham ido embora.

O velho Caxombo saiu para o meio do capinzal, fazendo um enorme esforço para escutar fosse o que fosse. A princípio, conseguia apenas distinguir o sussurro da brisa a enroscar-se no capim. Depois, pouco a pouco, começou a perceber um crepitar abafado; um ruído distante, mas cada vez mais firme.

Trepou a custo até ao topo de um morrozinho fronteiro, e daí alargou os olhos pela planície. Na direção de onde vinha o ruído o capim arfava, para baixo e para cima, animado por uma força que não podia ser a do vento.

– Quissondes! – exclamou o velho. E viu-os um por um, milhões de pequenos assassinos ansiosos, a progredirem rápida e inexoravelmente em direção a si.

Primeiro, ocorreu-lhe lançar fogo ao sertão. Mas era a época das chuvas e o capim estava verde, dificilmente arderia. Fugir também não era possível. Ele estava velho, muito velho, e o corpo não suportaria o esforço.

– Aqui está – pensou desesperado – uma morte que nunca imaginei.

Entrou para dentro da casa e fechou a porta.

– Não! – gritou alto e com raiva – não vou morrer assim!

Dentro em pouco as formigas começariam a penetrar por baixo da porta, pela janela quebrada, por todas as fendas, buracos e interstícios da pequena casa.

– Resta-me pouco tempo – murmurou o velho. E pôs-se a procurar no armário um veneno qualquer. Se tinha de morrer, morreria, ao menos, de uma forma rápida e menos estúpida. Então, de repente, deu com o garrafão de ácido sulfúrico e começou a rir. Não, não morreria! Sempre a rir, pegou em quatro alguidares, dos grandes, colocou cada um deles debaixo dos pés da pesada mesa da sala, e distribuiu por todos o conteúdo do garrafão. Depois, serviu-se generosamente de vinho, de fungi e de peixe seco, e trepou para o tampo da mesa, disposto a enfrentar o cerco dos quissondes.

Os primeiros apareceram por debaixo da porta, isolados e tontos, farejando o ar com as compridas antenas. Corriam em círculos, paravam e corriam de novo, e o velho Caxombo conseguia ver distintamente a forma como moviam as pinças, entrechocando-as, como um açougueiro a amolar as facas.

Desvairadas com a presença do velho, trepavam aos montões pelos alguidares, para logo recuarem, atingidas pelas emanações do ácido. Caxombo, com uma garrafa de vinho na mão, ria-se em gargalhadas histéricas, cuspia nas formigas e troçava delas:

– Ninguém come o velho Caxombo – gritava com o gargalo meio enfiado na boca, o vinho escorrendo-lhe pelo queixo – Caxombo é muito mais espertíssimo que as formigas...

Não foi.

Mas só demasiado tarde se apercebeu disso. Os quissondes haviam começado a escalar as paredes e corriam decididos pelo teto, concentrando-se exatamente por cima da mesa, onde o velho continuava a rir e a beber. Ao dar por que as formigas trepavam pelas paredes, Caxombo seguiu-lhes com os olhos o trajeto e o riso morreu-lhe nos lábios, subitamente sem sangue. Os insetos tinham-se enovelado em grades bolas sobre a sua cabeça e uma delas oscilava já, prestes a cair.

Então, Caxombo dobrou-se sobre si mesmo, como um bicho-de-conta, e enterrando a cabeça entre as mãos, fechou os olhos.

– Estou a sonhar – gemeu baixinho – é claro que estou a sonhar.

Fronteiras Perdidas
(1998)

Dos perigos do riso

Só quando paramos o jipe é que os vi. Estavam ali, à beira da estrada, meio escondidos pelo fragor do crepúsculo – o velho e os seus lagartos. Eram lagartos enormes e tinham o pescoço enrugado como o do velho e os mesmos olhos miúdos e misteriosos. Ele reparou no meu interesse e disse o preço:

– Cinco milhões, paizinho. Cada um.

Pareceu-me um preço justo. Valia a pena discutir:

– Cinco milhões?! Por cinco milhões só se eles falassem...

O velho olhou-me muito sério:

– Falar, falam pouco, sim, meu pai. Mas riem muito.

Riam, os lagartos?! Riam de quê? O velho encolheu os ombros. Ele não sabia. Riam à toa, como os malucos, riam uns com os outros enquanto tomavam sol. Achei que só por causa daquela resposta o velho merecia o dinheiro. Dei-lhe as cinco notas, que ele alisou cuidadosamente antes de as guardar no bolso. Depois entregou-me o maior dos lagartos:

– Chama-se Leopoldino este e é o mais espertíssimo.

Quis saber o que ele comia. O velho explicou-me que o bicho sabia tratar de si. Alimentava-se de moscas, baratas, mosquitos, mantinha a casa livre de insetos. Tentei brincar:

– E além disso podemos contar-lhe anedotas, não é?

O velho não me respondeu. Debruçou-se sobre os lagartos e disse-lhes qualquer coisa. Pareceu-me que falava uma língua trazida de outro mundo. Falava uma brisa, um sopro, um rumorzinho vegetal e úmido. Entrei no jipe e fiquei a vê-lo desaparecer, uma sombra dentro da noite escura, com a sensação de que era ele que tinha feito troça de mim. Porém, quando estávamos quase a chegar ao Sumbe, o lagarto começou a rir. Sei que parece estranho, mas é a pura verdade: Leopoldino ria. Não ria exatamente como uma pessoa, claro, ria como uma pessoa semelhante a um lagarto, mas ria. Eram gargalhadas secas, cínicas, que estalavam dentro do jipe de uma forma vagamente assustadora. Eu ouvi-o e não tive vontade de rir. O meu amigo, que conduzia o jipe, ficou ainda mais inquieto:

– Essa besta está a rir-se de quê?

Encolhi os ombros (como fizera o velho). E eu sabia? Talvez ele fosse de rir à toa, como os malucos. Disse-lhe que os lagartos daquela espécie comunicam uns com os outros, às gargalhadas, enquanto tomam sol. O meu amigo, no entanto, tinha outra opinião:

– Não! – disse – É óbvio que está a rir-se de nós!...

Aquela suposição instalou a desconfiança dentro do jipe.

Abri a caixa de sapatos onde guardara Leopoldino e coloquei-o à nossa frente no tablier. Os olhos dele eram muito antigos. Todo ele era muito antigo. Observámo-nos os três em silêncio. Leopoldino tinha um olhar desafiador, talvez um pouco arrogante, mas não descobri naqueles olhos o mínimo lampejo de ironia. Tentei tranquilizar o meu amigo:

– Os papagaios riem, até falam, mas o riso deles, ou aquilo que dizem, não tem significado nenhum. Ora os répteis são parentes das aves, porque é que não podem existir lagartos capazes de imitar o riso dos homens?

O meu amigo começava a ficar nervoso:

– Não me lixes! Sei muito bem quando é que um lagarto se está a rir de mim...

Colocada a questão daquela maneira, já era um assunto pessoal. Uma gargalhada é muitas vezes pior do que o pior insulto. Ainda por cima, o riso de Leopoldino deixava campo aberto a todas as especulações: podia estar a rir-se da nossa humana fealdade (para os répteis devemos ser muito feios); podia estar a rir-se da estupidez de dois sujeitos que compram um lagarto, na estrada Luanda-Sumbe, por cinco milhões de kwanzas; ou talvez soubesse alguma coisa (sobre nós) que seria preferível que ninguém soubesse (nem sequer a nossa consciência). Disse isto apenas para fazer conversa, mas o meu pobre amigo levou-me a sério:

– Deve ser por causa daquilo com a Ana – murmurou sombriamente – O maldito bicho sabe coisas de mais.

Eu ignorava o que é que tinha acontecido entre ele e a Ana; nem sequer sabia quem era a Ana, mas achei melhor ficar calado. Devia ter sido alguma coisa de um ridículo estupendo. Se ele me contasse, talvez eu não fosse capaz de conter o riso. E se eu me risse, naquela altura, isso seria o fim da nossa amizade.

– O pior ainda não te disse – confessei – a acreditar no velho, ele também é capaz de falar.

– Ele fala, o animal fala?! Não, isso já é de mais!...

Encostou o jipe na berma da estrada, mantendo os faróis acesos, e saltou para o asfalto. Na mão direita segurava uma pistola.

– Vou executar esse muadiê!...

Era a primeira vez que eu o via com uma arma. Saí do jipe em sobressalto:

– É claro que não vais. O lagarto é meu.

Ele olhou para mim e percebi que não estava a brincar. O meu amigo tinha passado pela guerra. Dois anos no Cuíto Cuanavale.

– O lagarto é meu – disse-lhe – deixa-me ser eu a tratar disso.

Tirei-lhe a pistola da mão, agarrei na caixa de sapatos onde estava Leopoldino e afastei-me alguns metros para o interior do mato. Os faróis do jipe iluminavam o capim seco, os altos catos, o largo contorno de um embondeiro. Na noite imensa, límpida, estrelada, só se escutava o cantar rouco de um grilo. Pousei a caixa no chão, apontei para ela e disparei três tiros. Quando o eco do último disparo se dispersou fez-se um fantástico silêncio. E então, subitamente, uma rajada de metralhadora, à minha esquerda, alvoroçou a noite. Fiquei um instante transido de pavor e depois voltei-me na direção do jipe e comecei a correr. Atrás de mim, sobrepondo-se ao fragor do tiroteio, ouvi distintamente a gargalhada seca de Leopoldino. O meu amigo já estava ao volante:

– Despacha-te muadiê, pouca sorte, parece que começaste uma guerra.

Enquanto mergulhávamos velozmente na noite, de luzes apagadas, ele voltou-se para mim:

– Mataste o bicho?

Respondi com um grunhido. O que eu queria era sair dali.

– Tinha de ser – disse o meu amigo, e o sorriso dele brilhou na escuridão. – O tipo sabia demais!...

Os mistérios do mundo

Não gosto de aeroportos nem de aviões. Não é que tenha medo de voar. Tenho medo, isso sim, do aparato policial. Por outro lado incomoda-me a ideia de ficar sentado durante seis horas, às vezes mais, junto de um desconhecido. As pessoas olham para mim, reparam no meu silêncio concentrado e pensam que estou com medo. Há sempre aquelas que tentam conversar. Foi o que aconteceu naquele voo de Luanda para Lisboa. O meu vizinho era alto, magro, seco e flexível como um arbusto, e tinha aquele modo um pouco solene de falar que os padres aprendem nos seminários.

– É a primeira vez que anda de avião?

Eu sabia que ele me ia perguntar aquilo. Perguntam sempre. Virei o rosto e fingi que era surdo. Porém, ao contrário do que seria de esperar, a minha antipatia não o desanimou. Contou-me que havia frequentado o seminário de Luanda (bingo!), até ser expulso por conduta imoral. Tive vontade de perguntar o que é que ele entendia por conduta imoral, mas isso seria quebrar um princípio e, portanto, permaneci mudo. Sebastião – chamava-se Sebastião – continuou a sua história. Expulso do seminário, empregou-se algum tempo numa agência funerária. Nesse ofício conheceu muitas viúvas. Ele utilizava o verbo conhecer no sentido bíblico:

– Conheci muitas viúvas – disse-me com um sorriso cúmplice – conheci-as, o ilustre sabe, conheci-as bem.

Conheceu uma particularmente bem. O filho da viúva é que não gostou daquele tão íntimo conhecimento.

– Por desgraça – continuou Sebastião – o indivíduo em causa era inspetor policial e logo inimizou comigo, foi esse o princípio da minha ruína. Eu, que nunca tive entendimento de coisas políticas, a minha vida era só a morte dos outros, fui de repente acusado por murmurações, intrigas que me diziam ligado aos terroristas.

Prevenido pela viúva de que ia ser preso, Sebastião fugiu para o Congo, e ali, durante dez anos, fez de tudo um pouco:

– Fui taxeiro, sapateiro, porteiro na boate de um português, fui até padre – disse isto olhando para mim de uma forma oblíqua. – Além disso aprendi coisas, outras artes, o ilustre não imagina os mistérios do mundo.

A frase, lançada assim, acima das nuvens, a novecentos quilômetros por hora, despertou-me a curiosidade. Fiquei à espera de que ele prosseguisse. Sebastião, porém, fechou os olhos, cruzou os braços e não disse mais nada. Esperei até a curiosidade se tornar insuportável:

– E então? O que é que aprendeu?

Silêncio. Sebastião dormia.

Acordou duas horas mais tarde, espreguiçou-se, estalou os dedos, levantou-se e pediu licença para passar. Vi-o dirigir-se à casa de banho, cerimonioso, fúnebre, como quem se prepara para ajoelhar num confessionário. Adormeci.

Não devo ter dormido muito tempo. Lembro-me que despertei com um rumor de vozes. Vinha lá da frente, da primeira classe, e rolava em crescendo na nossa direção. Julguei que fosse um bêbado, uma discussão entre bêbados, qualquer coisa desse gênero. A seguir passou uma hospedeira a correr. Algumas pessoas levantaram-se, tentando perceber a origem de tanto alvoroço, ouviram-se gritos, e a mesma hospedeira reapareceu, enfurecida, obrigando toda a gente a reocupar os seus assentos. Atrás de mim uma senhora começou a rezar.

A voz do comandante, macia e sedutora como a de um vendedor de perfumes, refez por breves instantes a ordem perdida:

– Senhores passageiros, apertem os cintos e mantenham a calma. Por razões de ordem técnica vamos ter de fazer uma breve paragem em Dacar. Aterraremos dentro de vinte e cinco minutos.

– É uma cobra! – assegurou um jovem de cabeça inteiramente rapada, o crânio luminoso coberto de suor – Encontraram uma cobra na classe executiva.

A notícia prosperou, cresceu, e em poucos minutos ganhou diversas versões:

– Tem asas!...

– Asas?! Quem é que tem asas?...

– A cobra! A cobra tem asas!

Atrás de mim a senhora rezava em latim. O careca desapareceu na direção da classe executiva para regressar, radiante, poucos minutos depois:

– Já sei tudo – disse – a cobra, afinal, é um feiticeiro zairense.

Sugeri uma versão menos fantástica: uma cobra, provavelmente transportada num saco por um passageiro zairense (na República Democrática do Congo comem-se cobras), teria conseguido soltar-se e fora encontrada na classe executiva. Ninguém me deu ouvidos. Em Luanda correm com frequência relatos sobre feiticeiros zairenses que se transformam em cobras para matar pessoas. Houve até o caso de um crocodilo que apareceu num musseque, em plena estação seca, e longe, muito longe, de qualquer rio ou lago. A população matou-o a tiro e à catanada: era um feiticeiro.

Aterramos num clima de quase histeria. As hospedeiras tiraram-nos do aparelho aos empurrões e juntaram-nos a todos numa pequena sala. O cheiro a urina e a suor prendia-se à alma. Procurei Sebastião, mas ele tinha desaparecido. Voltei a vê-lo, horas depois, quando deixamos a sala para retomarmos os nossos lugares no avião. Estava parado, debaixo do sol, cercado por um cordão de polícias.

– Estão a ver? – disse o careca – É o feiticeiro!

Sebastião voltou-se, os nossos olhares cruzaram-se, e ele cumprimentou-me com um leve aceno de cabeça. Ignorei-o. Não queria que me julgassem seu amigo

– Santo Deus, uma cobra, e com asas!

Ninguém imagina os mistérios do mundo.

O TAXISTA DE JESUS

– O amigo acredita em Deus?

A pergunta apanhou-me desprevenido. Deus? Eu estava dentro de um táxi, tinha fechado a porta e indicado o destino. Ainda pensei em sair mas o carro já corria, às curvas, por entre o trânsito transtornado de Lisboa. Assim, acomodei-me no assento, suspirei fundo e preparei-me para o pior.

– Pois olhe – continuou o homem – eu também não acreditava. Um dia, porém, estava aqui, ao volante, olhei para trás e quem é que vi sentado, muito sentado mesmo, onde agora está vossa excelência? Nosso Senhor Jesus Cristo!...

Reparei melhor no taxista: era um sujeito sem grande relevo, quero eu dizer, olhava-se para ele e estava ali, mas olhava-se para outro lado e era como se o pobre tivesse deixado de existir. Um tipo assim, tão desartificioso, não se diria capaz de ficções. Por isso inclinei-me para a frente e quis saber o que achara ele de Jesus Cristo.

– Uma simpatia, amigo, um príncipe. Mas se você o visse não o reconheceria. Cortou o cabelo, tirou a barba, parece outro.

E ele, como o reconhecera? O taxista encolheu os ombros:

– Não o reconheci; Jesus revelou-se. Disse-me: filho, eu sou o Cristo, e então eu olhei para trás, aqui pelo retrovisor, e vi aquele arco de luz na cabeça dele.

Estendeu-me uma resma de papéis coloridos:

– Não acredita? Leia, são as minhas conversas com Jesus. Ele aparece-me todas as sextas-feiras.

Aparecia às sextas, sentado no banco de trás, e saía sempre no Mosteiro dos Jerónimos. O taxista regressava imediatamente a casa. Tinha de escrever as palavras do filho de Deus, porque se não o fizesse depressa esquecia-se:

– A minha memória, o senhor compreende, já não é a melhor.

Cada folheto colorido trazia uma conversa com Jesus. O taxista vendia um conjunto de cinco por trezentos escudos. Dez custavam quinhentos.

– Estou a fazer um bom preço – assegurou – veja bem, trata-se de informação atualizada e confidencial. Não é como a Bíblia, um livro antigo, ultrapassado.

Devolvi-lhe os folhetos e disse-lhe que mesmo assim continuava a não acreditar em Deus. O homem suspirou:

– E em extraterrestres, o amigo acredita?

Para os ateus ele vendia vídeos com imagens de discos voadores. Disse-lhe que também não acreditava em extraterrestres:

– Só acredito no Saci Pererê.

Um hotel entre palmeiras

Para a Elke

Chamava-se Hotel Gaivota e ficava quase escondido por detrás de uma enorme duna, numa praia deserta da Paraíba. Vi-o de longe e, à luz incerta do entardecer, pareceu-me uma esplêndida toalha de renda, como aquelas que se vendem na Feira de Caruaru, estendida entre palmeiras altas. Quando me aproximei, percebi que o edifício inteiro fora construído com os tijolos dispostos lado a lado – e não no enfiamento uns dos outros, como é usual – para que o ar pudesse circular livremente através dos orifícios. Mais tarde pude confirmar as virtudes deste ardil: os quartos, embora pequenos, permaneciam sempre frescos. À noite, estendido, na minha cama, eu ouvia a brisa atravessar as paredes, e era como se o prédio inteiro respirasse.

Cheguei exausto. Tinha caminhado durante dois dias, seguindo sempre à beira-mar, desde uma pequena aldeia de pescadores. A acreditar nos guias turísticos, os seus habitantes seriam os últimos sobreviventes de uma tribo indígena outrora próspera e poderosa. Eu achei-os semelhantes aos camponeses do interior: eram mais ou menos pretos, uns, e outros pardos, e uma meia dúzia quase brancos, índios? Talvez algum vago guerreiro tupi sobrevivesse de fato dentro deles, de lança erguida, na curva submersa de uma artéria, junto ao coração. Mas não se dava por isso.

Depois de dois dias debaixo do sol eu estava embriagado pelo excesso de luz. Cruzei a porta, subi os dois degraus que davam para a receção, pousei a mochila sobre uma mesa. Não havia ninguém. Esperei um pouco e a seguir bati três vezes na madeira. Silêncio. Vindo de fora, chegava até mim o fresco rumor do mar, o alvoroço dos pássaros, o lento bailado das folhas das palmeiras. Bati de novo, e dessa vez ouvi um vago assobio; depois vi entrar um homem muito velho, muito negro, de tronco nu e bermudas largas, arrastando com esforço uma perna de pau.

Expliquei-lhe que queria um quarto. O velho abriu um enorme sorriso e eu vi -com surpresa – que tinha os dentes todos. Esperei que dissesse qualquer coisa. Ele, porém, não falou. Agarrou na mochila e levou-me até um dos quartos. Não falou nunca, nem nesse dia, nem nos quinze que se seguiram. Talvez fosse mudo.

Não tinha a intenção de me demorar por ali. Mas era tudo tão silencioso que fui ficando. Acordava cedo, muito cedo, e ia para a praia. O mar estava sempre cálido e límpido. Estendia-me de costas, a flutuar, como se ainda não tivesse nascido. Depois regressava ao hotel e escrevia. Ao meio-dia, no salão abandonado, o velho servia-me o almoço: carne seca, feijão preto e arroz. A cerveja vinha morna, mas não havia outra coisa para beber. Às vezes, de manhã, nem sequer havia água corrente no banheiro e eu tinha de lavar os dentes com cerveja.

Lembrei-me de um episódio, em 1989, quando após longos anos de ausência regressei a Angola, integrado numa delegação de jovens exilados. O regime angolano, sobressaltado pelo desmoronar do Muro de Berlim, procurava mostrar ao mundo um outro rosto, mais de acordo com as tendências da moda, e aquela visita fazia parte dessa estratégia. Ficámos alojados num hotel pertencente ao partido, numa falésia sobre a praia, a alguns quilômetros de Luanda. Não nos faltava nada, a não ser a água. Quando abríamos as torneiras, nas casas de banho, elas estremeciam, uivavam tristemente, sopravam uma ventosidade escura e depois morriam. Água? Nem um fio. Em contrapartida, havia em cada quarto um armário cheio de garrafas de *whisky*.

Uma tarde, desesperado com o mortal miasma que se desprendia da casa de banho, contaminando tudo – inclusive os meus sonhos – despejei as garrafas no depósito do autoclismo. A notícia de que um dos membros da delegação utilizava *whisky* para limpar a sanita espalhou-se depressa. Dois dias depois o secretário-geral da juventude do partido mandou chamar-me:

– É verdade que o camarada utiliza *whisky* para limpar a retrete?

Disse-lhe que sim, que tinha feito isso uma vez, mas que depois não me tinham voltado a oferecer *whisky*. O homem mostrou-se impressionado:

– Camarada, era *whisky* de 12 anos! Não se importa de fazer isso com coca-cola?

Contei este episódio ao velhote. Escutou atentamente, enquanto puxava o fumo do seu eterno cachimbo, mas nem sequer sorriu. Acho que não acreditou em mim.

Um dia regressei da praia e ele não estava no hotel. Não apareceu à hora do almoço, nem ao entardecer, e na manhã seguinte encontrei o cachimbo abandonado na areia, em frente ao mar. Fiquei ainda aquela noite e de madrugada fui-me embora. Levei dez a doze horas até alcançar uma pequena povoação. Sentei-me num bar, junto à praia, uma casinha de pau a pique, adobe e colmo, e enquanto bebia um suco de mangaba contei a minha história ao barraqueiro. Ele abanou a cabeça:

– Pode ser não, moço – disse – esse hotel está abandonado faz mais de quinze anos.

É por isso que eu acredito em Saci Pererê.

Plácido Domingo contempla o rio, em Corumbá

Há algum tempo que pretendo contar a história de Plácido Domingo. Hesitei em fazê-lo porque já existe o Plácido Domingo, o tenor, mas nunca me conformei com isso. Certos nomes deviam ser obedecidos, isto é, deviam implicar um destino.

Na minha história, Plácido Domingo está velho. É um homem de pele dourada, seco, rosto esculpido a duros golpes de navalha, gestos demorados, e o verbo arcaico, cerimonioso, de um cavalheiro do século dezanove. Vive em Corumbá, pequena cidade nas margens do rio Paraguai, junto à fronteira com a Bolívia. Imagino-o a descer todas as tardes a mesma rua deserta. Vejo-o sentar-se no café, junto ao cais, de frente para as largas águas do rio. O dono do café, um índio melancólico, cumprimenta-o sem se mover:

– Boas tardes *señor* Plácido!

O velho responde inclinando levemente a cabeça. Com as lentas mãos, desdobra o lenço e limpa o suor da testa. O tempo enrosca-se aos seus pés como um cachorro vadio.

Plácido Domingo, o meu personagem, esconde, debaixo do grande sol de Corumbá, sob a mansidão de um quotidiano sempre igual, um antigo segredo. Na cidade ninguém sabe de onde ele veio. Chegou há vinte anos, num vapor cansado, alugou um quarto no Hotel Paraíso, e por ali ficou.

Uma vez por semana, aos domingos, cruza a fronteira e vai até Puerto Suarez. Encontraram-no uma vez remexendo velhos trastes, cobertos de poeira, num sombrio barraco de bugres, e foi quanto bastou para que dissessem que se dedicava a comprar e a vender as famosas cabeças reduzidas dos jívaros. Insinuaram-se até coisas piores.

Sentado na sua cadeira, Plácido Domingo espera que o índio lhe traga, como todas as tardes, o caldo de piranha. Leva devagar a colher à boca e deixa que o calor lhe dilate o peito. Revigorado, abraça-se à bengala e fica ali, a olhar o rio, à espera de que a noite se deite por inteiro, como uma manta de estrelas, sobre os sobrados tristes, a imensa planície inundada, a áspera gritaria dos pássaros.

Foi naquele café, precisamente àquela hora, que eu o encontrei. Assim que o vi soube que era ele. Tinha comigo velhas fotografias. Numa delas, Plácido Domingo estava vestido de camuflado e estudava um mapa. Era um homem bonito, alto e sólido, de bigode e pera ao estilo da época – todos os homens queriam ficar parecidos com Lenine. Numa outra fotografia aparecia encostado a um jipe, sorrindo, rodeado por jovens guerrilheiros. Havia ainda uma imagem preciosa: Plácido Domingo, com uma metralhadora a tiracolo, ao lado de Agostinho Neto e Mário Pinto de Andrade. Coloquei as fotografias em cima da mesa:

– Comandante Maciel?

Ia a dizer, presumo, mas contive-me. O velho olhou para mim sem surpresa:

– Demorou muito, meu jovem.

Eu estava em Corumbá há uma semana. Tinha viajado durante dois dias, de ónibus, entre o Rio de Janeiro e Campo Grande. Em Campo Grande entrevistei o poeta Manoel de Barros. Já a caminho de Corumbá, enquanto o ónibus seguia aos solavancos por uma estrada de terra, tive tempo para reler a minha coleção de artigos sobre o Comandante Maciel. Pouca gente conhecia o seu verdadeiro nome: Plácido Afonso Domingo. Em 1962, ele era capitão do exército português. Nesse ano, numa operação cujo escândalo o regime de Salazar não conseguiu sufocar, desviou um avião para Brazaville e juntou-se aos guerrilheiros do MPLA. Desaparecia o Capitão Afonso Domingo e nascia um mito: o comandante Maciel. Após a Revolução de abril, desembarcou no aeroporto de Luanda, com outros dirigentes do movimento, e foi levado em ombros por uma multidão eufórica.

A estrada corria por entre lagoas brilhantes. Vi os jacarés adormecidos ao sol. Vi uma sucuri enrolada num pau. Pouco a pouco, o céu mudou de cor e as árvores encheram-se de pássaros: garças de asas luminosas, araras vermelhas, bandos de periquitos. As primeiras luzes de Corumbá brilhavam na noite quando me lembrei da velha cidade do Dondo (Plácido Domingo era do Dondo).

Na manhã seguinte, ao contemplar o rio, eu compreendi o que tinha levado o velho guerrilheiro a ficar ali. Aquele era o rio Quanza. As casas, adormecidas ao sol, repetiam o claro desenho das ruas do Dondo. Atordoado pelo calor, voltei a experimentar o estranho sentimento de me encontrar num lugar esquecido. O mundo passara por aquelas ruas e fora-se embora. O branco casario do porto pertencia a uma outra era, quando o futuro começava em Corumbá. Um velho pescador, limpando o suor do rosto com a ponta da camisa, contou-me que a cidade já fora o maior porto da América Latina. Eu conhecia a história. Primeiro a opulência, o fausto, a seguir a notícia de que o comboio avançara do litoral até uma cidade próxima, deixando o rio de ser o principal caminho. E depois o abandono.

Risquei a segunda pergunta do meu caderno de apontamentos:

– Porque decidiu viver em Corumbá?

A primeira pergunta, na verdade, é que me tinha feito percorrer aquela distância toda:

– O senhor saiu de Angola em 1975 e não regressou. O que aconteceu?

Plácido Domingo estava à espera que eu lhe perguntasse aquilo. Acho que tinha esperado vinte anos:

– Muito provavelmente, você vai-se arrepender de me ter feito essa pergunta...

Em 1975, toda a gente acreditava que ele seria nomeado ministro da Defesa. Porém, poucas semanas antes da Independência, Agostinho Neto enviou-o a Cuba, numa missão secreta, e nunca mais ninguém o viu. Disseram que a FNLA o tinha atraído para uma armadilha. Disseram que se zangara com Fidel Castro. Disseram que havia fugido com uma fortuna em diamantes. Disseram que morrera em Havana de um ataque cardíaco.

– Disseram muita coisa acerca de mim – concordou Plácido Domingo – e nem se aproximaram da verdade.

Calou-se e eu pensei que ele não me iria responder. Mas respondeu:

– Trabalhei sempre para os portugueses. Era, digamos assim, agente da Direção-Geral de Segurança, a PIDE. Quando desviei o avião para Kinshasa levava como missão infiltrar-me nas estruturas do MPLA, e foi isso que fiz.

Compreendi que me teria contado toda a história, ainda que eu não lhe fizesse nenhuma pergunta. Ele precisava de contar aquilo a alguém para que a sua vida parecesse ter sentido.

– A revolução apanhou-nos de surpresa. Num dia tínhamos o terrorismo quase controlado e no dia seguinte os terroristas estavam no poder.

Calou-se outra vez. Um barco apitou longamente enquanto se afundava na noite. O velho quis saber se Lúcio Lara já tinha morrido. E Iko Carreira? Eu disse-lhe que, tecnicamente, os dois ainda estavam vivos. Ele suspirou:

– Imagine uma criança segurando um papagaio de papel. Imagine que alguém aparece de repente e, com uma lâmina, corta o cordel que segura o papagaio. Quando se deu o 25 de Abril eu senti-me como esse papagaio. Num dia tinha uma pátria, tinha uma missão, era um soldado e cumpria ordens. No dia seguinte, Portugal, aquele Portugal que era a minha pátria, já não existia, já não existia quem segurava os cordéis. Tudo isso tinha deixado de existir e eu era realmente um terrorista pago por Moscovo.

Levantou-se e apontou com a bengala na direção do rio:

– O Quanza, não acha?

Perguntei-lhe se mais alguém, em Angola, conhecia aquela história. Plácido Domingo olhou para mim como se eu fosse uma criança:

– Tínhamos muita gente infiltrada no movimento, é claro, e dois ou três jovens em posições importantes. Esses ficaram ao lado dos comunistas e hoje, possivelmente, ocupam posições ainda mais importantes.

Entregou-me as fotografias:

– Fique com elas. Esse homem não sou eu.

A VOLTA AO MUNDO EM ELEVADOR

O rapazinho encostou uma pistola à nuca do ascensorista e ordenou-lhe num fio de voz (estava em pânico), que levasse a máquina até Havana, Cuba. Por uma dessas incríveis coincidências do destino, o ascensorista era um velho exilado cubano. Combatera na Sierra Maestra ao lado de Camilo Cienfuegos, tinha entrado em Havana, ombro a ombro com Fidel Castro, cortara cana, nos campos da revolução, juntamente com Ernesto Che Guevara. Não demorou muito, porém, a aborrecer-se com o novo regime, e numa tarde escura lançou-se ao mar, num pequeno bote, rumo à Liberdade e à perpétua solidão dos exilados.

Isto explica o que aconteceu a seguir: ao invés de cumprir as instruções do terrorista, o velho carregou num botão vermelho e o elevador estremeceu poderosamente, soltou um queixume desesperado, e deteve-se morto entre dois andares.

– Cuba? – rugiu – Nem morto!

O terrorista tinha previsto vários cenários, mas não aquele. Era um garoto magro, estrábico, com o medo estampado no rosto. Os seus olhos de camaleão giraram nas órbitas, cada um para o seu lado, e este estranho prodígio inquietou ainda mais os passageiros.

– Por favor – insistiu – preciso chegar a Cuba.

Os passageiros, dois homens e três mulheres, não percebiam o que se estava a passar. Um turista alemão, que tinha desembarcado nesse mesmo dia no Recife, julgou que aquilo fosse um assalto e, tirando a carteira, ofereceu-a ao rapazinho. Ele agarrou-a com a mão esquerda, assustado, e depois atirou-a ao chão. Nesse momento, o ascensorista levantou-se do seu banco. O jovem deu um salto para trás, apontou-lhe a arma à cabeça e disparou. O estrondo sacudiu o elevador. Quando os passageiros abriram os olhos viram que o velho continuava vivo. Um fio de sangue corria-lhe da orelha direita.

– Jesus! – suspirou o rapaz – Eu não queria atirar!...

E depois, quase em prantos, contou a sua triste história. Ele tinha vindo para o Recife numa manifestação do Movimento dos Sem-Terra. Há dois anos que vagueava pelo sertão, de um lado para o outro, montando e desmontando tendas e ouvindo as histórias dos dirigentes do movimento. Eles estavam sempre a falar em Cuba. Disseram-lhe que na ilha de Fidel Castro a terra pertence ao povo, explicaram-lhe que na alegre pátria da rumba não existem analfabetos, nem desempregados, vagabundos, meninos de rua, prostitutas ou homossexuais. Em Cuba, elucidaram-no, também não existe poluição atmosférica, uma vez que toda a gente anda de bicicleta, e nem pessoas obesas (porque toda a gente anda de bicicleta e além disso não comem doces).

Severino, o jovem terrorista, disse que tinha nascido no Piauí, num lugar chamado Piuíxe (o lugar chama-se na realidade Pio IX, eu passei por lá), e que era a primeira vez que visitava uma grande cidade. Ao princípio, ocorrera-lhe desviar um ônibus, mas achara-os muito grandes, ruidosos, demasiado atarefados. Os ascensores pareciam-lhe mais à medida dos seus propósitos. Pensava que aqueles quartinhos podiam viajar para qualquer parte, dentro da cidade, como faziam as carruagens do metrô. Julgou que os elevadores fossem o metrô dos ricos, uma espécie de táxis capazes de circular entre os diferentes hotéis, as residências e os palácios.

O ascensorista sacudiu a cabeça, compadecido:

– Ouve, filho, esta máquina sobe e desce, e portanto, é certo, podemos dizer que é um meio de transporte. Mas não consigo sair deste edifício. Ainda que quisesse nunca poderia levar-te para Havana.

Pronunciou as últimas palavras com tristeza. Tinha saudades de Havana.

As negociações para a libertação dos passageiros prolongaram-se pela tarde inteira. O representante de Cuba instalou-se no terceiro andar, o alemão no segundo e o português no primeiro (no elevador estava também um homem de negócios do Porto). No andar térreo ficou a polícia. O diplomata cubano, que viera propositadamente de Brasília, fez amizade com o ascensorista. Eram ambos de Santa Clara e tinham estudado piano com Rubem González. Quando finalmente a polícia tirou Severino do elevador, chorando como uma criança, ambos se mostravam desolados:

– Devias tê-lo levado contigo para Havana – disse o ascensorista – fazia-lhe bem andar de bicicleta.

O diplomata sorriu:

– E tu, gusano, quando voltas?

O outro ignorou a provocação:

– Se vires o senhor González – disse – dá-lhe cumprimentos meus.

Não há mais lugar de origem

A cama era um móvel insensato, com pernas altíssimas, de tal forma que o colchão ficava suspenso a uns dois metros de altura. Estendi-me nela e fiquei à espera de que o sono me levasse dali. No quarto ao lado ouvi Raquel gritar qualquer coisa em inglês, e depois em alemão. Tinha-me prevenido:

– Sou sonâmbula. Falo alto de noite, posso até gritar, e às vezes choro.

Mais tarde ouvi-a respirar como se estivesse muito perto de mim, como se estivesse no meu quarto, rondando furtiva debaixo da cama. Não podia ser. Ela tinha deixado a porta da sala aberta e eu via-a, estendida no sofá, a magnífica cabeleira de finas tranças rubras brilhando na penumbra. Rosana e Zélia, um duo de brasileiras radicadas em Frankfurt, cantavam baixinho: *Não há mais lugar de origem / a origem é existir / não me diga de onde eu sou / eu sou, não sou, eu estou aqui*. É um bom disco, aquele, mas no Brasil ninguém conhece as duas cantoras.

Lembrei-me sem motivo aparente de uma outra noite, em Kuala Lumpur, num hotel onde decidi entrar apenas porque se chamava Terminus, e esse nome me trazia recordações de infância. Já era demasiado tarde, já tinha pago o quarto, quando reparei nas meninas sentadas em silêncio, no corredor, à luz crepuscular de pequenas velas aromáticas.

– São bailarinas – sussurrou o recepcionista. Eu devo ter feito um ar um tanto cético, porque ele insistiu – Efetivamente são bailarinas, senhor.

Talvez fossem, mas não estavam ali para dançar. Toda a noite as ouvi suspirar, gemer, gritar, no quarto ao lado, no outro, e no andar de cima, enquanto o ventilador varria o ar com os seus braços curvos, varria o calor, a umidade, os confusos sonhos dos viajantes apanhados na armadilha.

Os cabelos de Raquel possuíam uma luz autônoma. Podia vê-la, podia imaginar o seu corpo esguio, coberto apenas por um edredão de penas, mas continuava a ouvi-la respirar, muito perto de mim, quase ao meu ouvido, no silêncio puríssimo das duas da madrugada. Adormeci e sonhei que viajava num comboio com destino a Berlim. Atravessávamos uma extensa paisagem de arvoredo úmido. Ao meu lado, um homem mudava de raça, como um camaleão, consoante na carruagem estivessem sobretudo brancos, negros, chineses ou indianos. O comboio parou num apeadeiro e saíram todos. Percorreu a seguir uma longa planície de ciprestes escuros e depois entrou num túnel. Passaram-se os minutos, as horas, e nunca mais ascendia à superfície. Preocupado, fui à procura de alguém e descobri que estava sozinho. Passaram-se os dias. O comboio continuava a atravessar o túnel. Decidi então urinar nas cadeiras para ver se aparecia alguém. Tinha a certeza de que, estando na Alemanha, se urinasse nas cadeiras iria aparecer alguém. Apareceu o homem que mudava de raça. Era preto como eu (naquele sonho eu era preto), mas parecia-se muito com Fernando Pessoa.

– Os brancos – disse-me – vão ficar chateados.

Desabotoou as calças e urinou também. Quando acordei, a noite, lá fora, era ainda mais compacta. Naquela casa tudo parecia tocado pela solidão. Raquel tinha-me mostrado alguns discos de música angolana, velhos discos em vinil, do princípio dos anos setenta.

– Às vezes coloco um disco desses e danço um merengue.

Eu não disse nada. Há vinte anos que ninguém em Angola dança merengue. Imaginei-a, aos domingos de manhã, chorando na mesa da cozinha.

– Quando era criança – contou-me ela – os meninos, na escola, chamavam-me Fronteiras Perdidas, porque em certos dias eu parecia mulata, e noutros acordava com cara de branca. Acho que essa alcunha marcou o meu destino.

Disse-lhe que certos povos, em África, acreditam que o nome guarda a essência do indivíduo, o seu futuro e o seu passado. Por isso têm um nome público e outro secreto, o verdadeiro, utilizado apenas em cerimônias restritas. Fui inventando a história à medida que a contava. Disse-lhe que, nessas nações africanas, o pior que pode acontecer a alguém é que o seu nome verdadeiro se torne do conhecimento geral. Isso é pior do que morrer. Talvez ela se chamasse realmente Fronteiras Perdidas, e não Raquel (afinal o que é que significa Raquel?), mas seria melhor manter isso em segredo. Raquel riu-se e ofereceu-me um sorvete de pétalas de rosa. Tinha um sabor escuro – a terra molhada – que se entranhava na alma.

Agora dormia. O cabelo dela iluminava a casa.

Eles não são como nós

Judas é verdade que foi traidor, mas com lanternas adiante; traçou a traição às escuras, mas executou-a muito às claras. O polvo escurecendo-se a si tira a vista aos outros, e a primeira traição e roubo que faz é à luz para que não distinga as cores.

Pde. Antônio Vieira

O que naquela noite salvou Dona Filipinha de Carpo foi o padre Antônio Vieira. A velha senhora tinha-se deitado a ler o «Sermão aos Peixes» e tão encantada ficara com o discurso do jesuíta que às duas horas da manhã ainda estava acordada. Foi assim que ouviu, no quarto de Carolina, o furtivo ranger da janela a abrir-se e depois, com toda a certeza, passos de homem. Levantou-se em camisa de noite (uma espantosa camisa em seda estampada que Charles lhe trouxera de Singapura) e avançou pelo corredor, segura de que finalmente estava a acontecer-lhe aquilo que há muitos anos receava. Quando abriu a porta, viu um homem debruçado sobre a menina, viu que ela dormia, viu a faca, e soube o que ia acontecer em seguida.

– Não faça isso – disse baixinho – ela só tem quinze anos.

O homem voltou-se em silêncio e, apontando-lhe a faca, murmurou:

– Se gritares matamos-te já!

Estava assustado. Dona Filipinha teve pena dele:

– Pouse a faca – disse-lhe – E vamos conversar.

O homem tinha um ar feroz, mas ao mesmo tempo desamparado. Vestia uma velha farda do exército, muito gasta, e trazia umas sandálias abertas, que deixavam ver as unhas pintadas, uma de cada cor. Olhou-a com raiva:

– Conversar? Conversar não nos mata a fome!

A velha senhora sorriu:

– É verdade! Vamos então para a cozinha e eu sirvo-lhe uma sopa quente. E depois, se quiser, podemos conversar.

O homem seguiu-a de rosto fechado. Na cozinha, sentou-se, pousou a faca na mesa, e só então pareceu tranquilizar-se um pouco.

– No Cuíto – disse – sonhávamos todas as noites com comida.

Dona Filipinha olhou-o enquanto preparava a sopa:

– Então você esteve no Cuíto?...

O homem não pareceu ouvi-la:

– Isso foi antes de começarmos a comer os mortos. Agora já só sonhamos com eles.

Pegou na faca e cortou um pão. Cortou uma grossa fatia de queijo e meteu-a no pão. Comeu tudo sem respirar. Dona Filipinha colocou-lhe o prato de sopa à frente e uma colher. Ele afastou a colher, pegou no prato com ambos as mãos e sorveu a sopa:

– Se estivesses a dormir, tínhamos-te cortado o pescoço – disse – A ti e à tua filha.

Dona Filipinha voltou a encher-lhe o prato:

– Como é que você se chama?

O homem encolheu os ombros:

– Nós não temos nome!

Lá fora ouviram-se tiros. Uma primeira rajada, muito perto, e logo outra ao longe. Uma voz cansada gritou qualquer coisa. A seguir não se ouviu mais nada.

– É assim todas as noites – disse a senhora – a semana passada encontrei um cadáver nas escadas. Tinham-lhe cortado os dedos. Contei oito espalhados pelo chão. Alguém me disse que era um bandido.

O homem olhou com estranheza as próprias mãos. Pegou na colher e comeu em silêncio o resto da sopa. Falava como se estivesse sozinho.

– Estávamos seminaristas, mas o seminário fechou. Então fomos professores nas jornadas de alfabetização e depois nos alistaram nas forças armadas. Fizemos a guerra durante vinte anos. Matamos e morremos muitíssimo.

Voltou-se para Dona Filipinha:

– Sobraram poucos para contar como foi!

Esfregou o rosto e ficou outra vez em silêncio. Se fechasse os olhos, podia pensar-se que adormecera. Uma cama rangeu no andar de cima. Uma mulher começou a gemer enquanto a cama rangia. Era como se estivesse ali, dobrada sobre a mesa da cozinha, tensa e suando, mordendo os lençóis e gemendo ao compasso da cama.

– Arranja-nos um saco – pediu o homem. – Não temos a noite inteira.

Dona Filipinha entregou-lhe um saco de couro, largo e fundo, e ele levantou-se, abriu as gavetas e começou a recolher os talheres de prata. Nesse momento, Carolina entrou na cozinha, inteiramente nua, no esplendor alucinado dos seus quinze anos. Ficou um momento parada debaixo da luz, piscando os olhos, como uma gazela surpreendida em pleno sono:

– Vinha buscar um copo de leite – disse – Não sabia que estava gente aqui.

Dona Filipinha empurrou-a com ternura:

– Vai para o teu quarto menina. Eu já te levo o leite.

O homem sacudiu a cabeça:

– Não devia deixá-la andar assim. Não neste tempo, não neste país.

A senhora ficou aflita:

– É ainda uma criança. Podia ser sua filha.

Disse aquilo sem grande convicção. Quando Carolina tinha doze anos tirara-a da casa da família porque os cinco irmãos, todos mais velhos, se aproveitavam dela (a mãe dizia que era ela que se aproveitava deles). Agora via-a crescer belíssima, inquietante, e sentia que estava a criar uma flor carnívora. Quis falar de outra coisa mas não lhe ocorreu mais nada.

– Tenho medo dela – murmurou – Não é como nós.

Pela primeira vez o homem olhou-a nos olhos:

– Este país também já não é o nosso – disse baixando a voz – é o país deles. Deus abandonou-nos e o mundo esqueceu-se de nós.

Pousou o saco sobre a mesa:

– Tens joias?

Dona Filipinha foi ao quarto buscar a caixa onde guardava as joias, abriu-a e despejou tudo dentro do saco. A voz tremeu-lhe um pouco:

– Não tenho mais nada.

O homem apontou para o anel de ouro que ela trazia no dedo mínimo da mão esquerda.

– Esse também!

A senhora suspirou fundo e encarou-o:

– Não pode ser. Foi oferta da minha avó, que por sua vez o herdou da mãe. Está na família há quatro gerações. Este fica comigo.

O homem agarrou-lhe na mão e tirou-lhe o anel. A seguir colocou o saco ao ombro, saiu da cozinha, abriu a porta da rua e foi-se embora. Dona Filipinha esperou que ele descesse as escadas. Depois voltou à cozinha e encheu um copo com leite. Nesse momento, ouviu-se lá fora um tumulto de vozes, gente a correr, uma rajada rápida, risos. Carolina, nua, estava debruçada na janela do quarto:

– Más notícias! – gritou para dentro – Limparam o teu amigo!...

Dona Filipinha pousou o copo de leite na mesinha de cabeceira e sentou-se na cama. Sentia-se muito cansada:

– Não era meu amigo – disse – E de qualquer forma já estava morto.

O Evangelho segundo a Serpente

O Mercedes estava parado diante do Palácio de Dona Ana Joaquina. Vi-o de longe, brilhando ao luar, como uma joia caída na lama. Achei que era um local um pouco estranho para estacionar um carro daqueles. O palácio estava completamente silencioso. Através da larga porta, entreaberta, dançava a luz triste de uma fogueira. Eu não queria olhar para o velho edifício. Veio-me à memória o rosto de um amigo, morto, dentro do seu caixão. O caixão tinha uma pequena janela, à altura da cabeça, e eu espreitei e pude vê-lo. Aquilo tinha sido o meu amigo.

Era a mesma coisa com o palácio: aquilo tinha sido o Palácio de Dona Ana Joaquina. Agora era um destroço numa cidade destroçada. Uma ruína humilhada, profanada por vagabundos, prostitutas, uma pobre gente sem eira nem beira. Senti-me, de repente, muito órfão.

Naquele momento uma voz chamou-me: «jovem, por obséquio...». Vi que a janela posterior do Mercedes estava aberta e aproximei-me. Antes de distinguir o rosto do homem, vi a pistola, vi a mão dele segurando a pistola:

– O seu relógio, jovem, por obséquio. E depois a carteira...

Fiquei estupidamente a olhar para ele. O homem sorriu:

– Desculpe, meu jovem, devia-o ter prevenido. Isto é uma expropriação.

Entreguei-lhe o relógio e a carteira. Agora podia vê-lo muito bem: o homem tinha o rosto perfeito do Denzel Washington. Vestia um fato cinzento, gravata azul, e na lapela trazia um alfinete com a bandeira de Angola. A minha surpresa pareceu diverti-lo. Guardou a carteira e o relógio e depois abriu a porta:

– Não quer entrar?

Não era uma pergunta, evidentemente, era uma ordem. Chegou-se para o outro lado e eu entrei. O carro tinha estofos de couro. Cheirava a couro e a perfume. O motorista estava fardado como um general.

– Está tudo bem, Higino – disse-lhe Denzel Washington – vamos para a Ilha.

O Mercedes avançou sem ruído através da cidade.

– Ninguém lhe disse que é perigoso passear em Luanda a uma hora destas?

Eu não estava a passear. Mas preferi ficar calado. Talvez aquilo fosse apenas uma brincadeira. Alcançamos a marginal sem encontrar vivalma, depois dobramos para a Ilha, passando pela Fortaleza, e finalmente paramos sobre a praia, voltados para o espelho luminoso da baía. Denzel Washington saiu do carro e com um gesto largo apontou para a cidade:

– Estás a ver isto? É tudo nosso! Eu conheço-te, conheço-te muito bem. Fazes parte desses que dizem que nós estamos a roubar Angola. Mas vocês esquecem-se de que somos independentes, tudo isto é nosso, e ninguém rouba aquilo que é seu.

Dei-me conta de que ele tinha começado a tratar-me por tu. Aquela intimidade enfureceu-me. O tipo ficara-me com a carteira e o relógio, levara-me à força até ali, e agora tratava-me por tu? Saí do carro, atirei com a porta, e disse-lhe que não estava disposto a conversar com bandidos. O homem sorriu (Denzel Washington teria sorrido assim) e prosseguiu o discurso:

– Também dizem que nós destruímos este país. Destruir? Estamos simplesmente a reajustá-lo à África, aos nossos hábitos culturais. Luanda, por exemplo, era uma cidade europeia, um corpo estranho relativamente ao resto do país. Foi preciso corrompê-la para a libertar.

E a miséria? A miséria, na perspetival dele, é necessária:

– A desigualdade social favorece o desenvolvimento: os pobres invejam os ricos e por isso trabalham. Os muito pobres trabalham para não morrerem de fome.

Deixei-o falar. Queria voltar para casa e estender-me na cama. Ele percebeu o meu cansaço:

– Vou deixar-te aqui – disse – mas primeiro dás-me os teus sapatos.

Tirei os sapatos e Higino, o motorista, guardou-os na bagageira. Denzel Washington reocupou o seu assento e fechou a porta. Acenou-me, num gesto distraído, enquanto o Mercedes se afastava. Parecia um chefe de Estado.

Voltei a pé, descalço, na direção do Palácio de Dona Ana Joaquina. Já tinha andado bastante, estava em frente da Embaixada de Itália, quando um vulto feminino se destacou das sombras. Era uma menina dos seus dezasseis anos. Trazia o cabelo repartido em finas e compridas tranças, que lhe davam pela cintura e a faziam parecer mais alta. Parou mesmo à minha frente.

– És italiano?

Apanhado de surpresa disse-lhe a verdade:

– Não, creio que sou daqui.

Ela olhou-me de alto a baixo, reparou nos meus pés descalços, e riu-se. «Estou a ver», troçou.

Virou costas e foi-se embora, sem olhar para trás.

O carro malhado

Certa ocasião, em Luanda, um polícia mandou parar o carro em que eu seguia, em trabalho de reportagem, com um motorista e um fotógrafo. Era um homenzinho magro, bigode fino, olhos assustados, certamente com vários filhos, de várias mulheres, para sustentar. Pediu os documentos, estudou-os com atenção, e não encontrando qualquer irregularidade pôs-se tristemente a cofiar o bigode. Por fim, deu a volta ao carro, apalpando-o, como um médico a analisar um paciente. Regressou mais triste, ainda mais magro, com o fino bigode caído sobre os lábios.

Mas eis que uma súbita inspiração lhe iluminou o olhar. Voltou a pedir o livrete e apontando para a carroçaria, corrigida com massa devido a um acidente, anunciou em triunfo:

– Aqui, no livrete, diz que este veículo é branco e eu estou a ver que ele é malhado! Os senhores queiram fazer o favor de abandonar a viatura.

Naquele momento, todo ele era polícia. Saímos e ficamos os três, parados, debaixo do sol, a olhar para aquela autoridade. O motorista tentou argumentar:

– Camarada, sem ofensa, malhadas são as vacas.

Então o homem mudou de tom e de postura, e de repente já não era polícia e sim um ladrão sem escolha, magríssimo, um pequeno larápio miserável, roubando para matar a fome:

– Está muito calor – murmurou – eu agradecia uma gasosa.

Dei-lhe o dinheiro, e ele guardou-o no bolso, num gesto ansioso, como se tivesse receio que eu voltasse atrás. Depois endireitou-se, fez continência, e autorizou-nos a reentrar no carro:

– Está tudo muito certo – disse – mas que o veículo é malhado, lá isso é.

Passei por um sonho

Começou com um sonho. Afinal, é como começa quase tudo. Justo Santana, enfermeiro de profissão, sonhou um pássaro.

– Passei por um sonho – disse à mulher quando esta acordou – e vi um pássaro.

A mulher quis saber que espécie de pássaro, mas Justo Santana não foi capaz de precisar. Era um pássaro grande, grave, branco como um ferro incandescente, e com umas asas ainda mais brilhosas, que o dito pássaro usava sempre abertas, de tal maneira que fazia lembrar Jesus Cristo pregado na cruz.

– Fui sonhado por ti – disse-lhe o pássaro – com o fim de esclarecer o espírito dos Homens e de trazer a liberdade a este pobre país.

O discurso do pássaro assustou o enfermeiro, homem simples, tímido, avesso a confrontos, e sem qualquer vocação para a política.

– Foi apenas um sonho – disse à mulher – um sonho estúpido.

Na noite seguinte, porém, o pássaro voltou a aparecer-lhe. Estava ainda mais branco, mais trágico, e parecia aborrecido com o desinteresse do enfermeiro:

– Ordeno-te que vás por esse país afora e digas a todos os homens que se preparem para um mundo novo. Os brancos vão partir e os pretos ocuparão as casas, os palácios, as igrejas e os quartéis, e a liberdade há de reinar para sempre.

Dizendo isto sacudiu as asas e as suas penas espalharam-se pelo quarto:

– Com estas minhas penas hás de curar os enfermos – disse o pássaro – e assim até os mais incrédulos acreditarão em ti e seguirão os teus passos.

Quando Justo Santana despertou, o quarto brilhava com o esplendor das penas. Na manhã desse mesmo dia o enfermeiro serviu-se de uma delas para curar um homem com elefantíase, e à tardinha devolveu a vista a um cego. Passado apenas um mês, a sua fama de santo e milagreiro já se espalhara muito para além das margens do rio Zaire, e à porta da sua casa ia crescendo uma multidão de padecentes. Alguns tinham vindo de muito longe, a pé, ou em improvisadas padiolas, e chegavam cobertos por uma idêntica poeira vermelha – bonecos de barro à espera de um sopro divino.

Justo Santana colocava na boca dos enfermos uma pena do pássaro, como se fosse uma hóstia, e estes imediatamente ganhavam renovado alento. Enquanto fazia isto, o enfermeiro repetia os discursos do pássaro, incapaz de compreender a fúria daquelas palavras e o alcance delas. Todas as noites sonhava com a ave, e todas as noites esta o forçava a decorar um discurso novo, após sacudia as asas, espalhando pelo ar morto do quarto as penas milagrosas.

– Se esse pássaro continuar assim tão generoso – disse Justo Santana à mulher – ainda o hei de ver transformado numa alma depenada.

Isto durou um ano. Então, numa manhã de cacimbo, apareceram quatro soldados à porta da casa, afastaram com rancor a multidão de desvalidos, e levaram Justo Santana. O infeliz foi acusado de fomentar o terrorismo e a sublevação, e desterrado para uma praia remota, em pleno deserto do Namibe, onde passou a exercer o ofício de faroleiro.

Quando o encontrei, muitos anos depois, em Luanda, ele falou-me desse desterro com nostalgia:

– Foi a melhor época da minha vida.

Encontrei-o doente, estendido numa larga cama de ferro, sob lençóis muito brancos. No quarto havia apenas a cama e um pequeno crucifixo preso à parede. Na sala ao lado, os devotos rezavam murmurosas ladainhas. Aquela era a sede da Igreja do Divino Espírito. Não tinha sido nada fácil chegar até junto do enfermeiro: os seus seguidores guardavam-no como a uma relíquia – na verdade, mantinham-no preso ali, naquele quarto, quase isolado do mundo, desde 1975.

A melhor época da vida de Justo Santana terminou de forma trágica, numa noite de tempestade, quando um bando de aves migratórias caiu sobre o farol. Enlouquecidas pela luz, as avezinhas batiam contra o cristal até quebrarem as asas, sendo depois arrastadas pelo vento. Isto está sempre a acontecer. Milhares de aves migratórias morrem todos os anos traídas pelo fulgor dos faróis. Naquela noite, desrespeitando as normas, Justo Santana foi em socorro das aves e desligou o farol. Teve pouca sorte: um barco com tropas, de regresso à metrópole, perdeu-se na escuridão e encalhou na praia. Dessa vez o enfermeiro foi julgado, condenado a quinze anos de prisão, e enviado para o Tarrafal, em Cabo Verde. Foi solto com a Revolução de abril e regressou a Angola.

Quando o visitei, antes de me ir embora, quis saber se o pássaro ainda lhe frequentava os sonhos. Ele olhou em redor para se certificar de que estávamos sozinhos:

– Estrangulei-o – segredou com um sorriso cúmplice – mas enquanto eu for vivo não conte isto a ninguém.

Por que é tão importante ver as estrelas

Para o Malé

Esta é a história verdadeira do meu amigo Fortunato, que numa madrugada de pouca sorte acordou nu no corredor de um grande hotel londrino. Fortunato, alto funcionário da administração do Estado, em Luanda, tinha ido a Londres participar num encontro internacional de burocratas. Técnico competente, homem de cultura e de bom gosto, incorruptível por natureza e educação, o meu amigo sofre amargamente com a situação do país e a imagem de Angola no exterior. Ele acredita, um pouco ingenuamente, que cabe a todos os técnicos honestos a missão de melhorar essa imagem.

Nos países da Europa ocidental é fácil a qualquer funcionário manter intacta a integridade moral. O difícil, na verdade, é ser corrupto. Exige, no mínimo, alguma coragem e imaginação. Num país essencialmente corrupto acontece o inverso: um funcionário incorruptível é olhado com suspeita e revolta por toda a gente; com suspeita porque ninguém acredita na sua incorruptibilidade («alguma coisa aquele tipo deve estar a esconder»); com revolta porque perturba a lucrativa atividade dos outros. Deste modo, ao burocrata incorruptível de um país corrupto não basta a firmeza das convicções morais - ele tem de ter o dobro da coragem de um funcionário venal europeu. E, ao contrário deste, não ganha nada com isso.

Faço estas observações para melhor esclarecer a personalidade do meu amigo. Fortunato partiu para Londres decidido a mostrar ao mundo a competência, o rigor e a honestidade dos quadros angolanos. Logo na primeira noite, recusou o convite de um grupo de colegas portugueses, que insistiam em o levar a um espetáculo de travestis, («com gajos tão femininos que ao pé deles as mulheres parecem imitações») e ficou no quarto a estudar os *dossiers*. Deitou-se cedo, inteiramente nu, e adormeceu. A meio da noite levantou-se para urinar. Desde criança que Fortunato se levanta de noite, e vai confusamente, sem interromper o sono, fazer o seu xixi. Naquela noite ele fez xixi sem problemas, mas ao regressar confundiu a porta do quarto com a da casa de banho, saiu para o corredor, sempre sonambulando, tropeçou num largo sofá, meio afundado na penumbra, e estendeu-se nele. Acordou de madrugada, trémulo de frio, sem saber onde estava. Quando finalmente compreendeu o que lhe tinha acontecido levantou-se num salto, lançou-se em direção à porta do quarto... E encontrou-a fechada!

– Pensei em suicidar-me, mas não tinha como. Ali estava eu, às seis da manhã, um preto nu no corredor de um dos melhores hotéis de Londres.

Afastada a hipótese de suicídio, Fortunato lembrou-se da avó. Todos os homens que choraram, durante a infância, no regaço de uma avó, lembram-se dela nas situações de maior desespero. A avó de Fortunato nasceu em Calomboloca e viu pela primeira vez a luz elétrica, já adulta, quando o marido a levou para Luanda. Ao contrário do que seria de esperar, não ficou encantada. Na opinião da velha senhora o esplendor elétrico das grandes cidades, ao ocultar o brilho das estrelas, prejudicou a humanidade. Ela acha que, tendo deixado de ver as estrelas – tendo deixado de se confrontar, todas as noites, com o ilimitado, o infinito, a fantástica imensidão do universo – os homens perderam a humildade, e com a humildade perderam a razão. O desvario do mundo está, na opinião dela, diretamente ligado ao êxodo rural e à multiplicação vertiginosa das grandes cidades.

Fortunato, nu, encostado à porta do quarto, teve algum tempo para meditar na filosofia da avó. Achou que aquilo fazia sentido:

– Compreendi de repente a tremenda desimportância da minha nudez.

Entrou no elevador, desceu até à recepção, e pediu que lhe abrissem a porta do quarto, pois tinha-a fechado inadvertidamente. O recepcionista, um irlandês muito ruivo, muito irlandês, olhou para ele e o que viu foi um homem íntegro. Estava nu? O recepcionista não o saberia dizer. Era uma dignidade aquele homem. Procurou a chave e foi abrir-lhe a porta.

A NOITE EM QUE PRENDERAM O PAI NATAL

O velho Pascoal tinha uma barba comprida, branca, muito branca, que lhe caía em tumulto pelo peito. Estilo? Não: era desleixo, desleixo mesmo, puríssima, genuína miséria. Mas foi por causa daquela barba que ele conseguiu trabalho. Por isso e por ter nascido albino, pele de osga e piscos olhinhos cor-de-rosa, sempre escondidos por detrás de uns enormes óculos escuros. Naquela época, já nem pensava mais em procurar emprego, certo de que morreria em breve numa rua qualquer da cidade, mais de tristeza do que de fome, pois para se alimentar bastava-lhe a sopa que todas as noites lhe dava o General, e uma ou outra côdea de pão descoberta nos contentores. À noite, dormia na cervejaria, na mesa de bilhar, enrolado num cobertor, outro favor do General, e sonhava com a piscina.

Tinha trabalhado quarenta anos na piscina - desde o primeiro dia! - como zelador. Sabia ler, contar, e ainda todas as devoções que aprendera na Missão, sem falar na honestidade, higiene, amor ao trabalho. Os brancos gostavam dele, era Pascoal para aqui, Pascoal para ali, confiavam-lhe as crianças pequenas, alguns até o convidavam para jogar futebol (foi um bom guarda-redes), outros segredavam confidências, pediam o quarto emprestado para fazer namoros. O quarto de Pascoal ficava junto aos vestiários masculinos. Aquela era a sua casa. Os brancos davam-lhe palmadas nas costas:

- Pascoal, o único preto em Angola que tem casa com piscina.

Riam-se:

- Pascoal, o preto mais branco de África.

Contavam piadas sobre albinos:

- Conheces aquela do soba, no Dia da Raça, que foi convidado para discursar? O gajo subiu ao palanque, afinou a voz e começou: «Aqui em Angola somos todos portugueses, brancos, pretos, mulatos e albinos, todos portugueses».

Os pretos, pelo contrário, não gostavam de Pascoal. As mulheres muxoxavam, cuspiam quando ele passava, ou, pior do que isso, fingiam nem sequer o ver. As crianças saltavam o muro, madrugadinha, e lançavam-se à piscina. Ele tinha de se levantar, em cuecas, para os tirar de lá. Um dia comprou uma espingarda de chumbo, uma pressão-de-ar em segunda mão, e passou a disparar contra elas, emboscado por detrás das acácias.

Quando os portugueses fugiram, Pascoal compreendeu que os dias felizes haviam chegado ao fim. Assistiu com desgosto à entrada dos guerrilheiros, aos tiros, ao saque das casas. O que mais lhe custou, nos meses seguintes, foi vê-los entrar na piscina, "camarada" para aqui, "camarada" para ali, como se já ninguém tivesse nome. As crianças, as mesmas que antigamente, que Pascoal expulsava a tiros de pressão-de-ar, faziam xixi do alto das pranchas. Até que, numa certa tarde, faltou a água. Não veio no dia seguinte, nem no outro, nem nunca mais. O cloro acabou pouco depois. A piscina murchou. Ficou amarela, de um amarelo baço, ficou ainda mais baça, e subitamente encheu-se de rãs. Ao princípio, Pascoal tentou combater a invasão indo buscar a espingarda. Não resultou. Quanto mais rãs matava, mais rãs apareciam, rãs felizes, enormes, que nas noites de lua cheia cantavam até de madrugada, abafando o eco dos tiros, ao longe, e o latido dos cães.

Uma espécie de cansaço desceu por sobre as casas, e a cidade começou a morrer. África – vamos chamar-lhe assim – voltou a apoderar-se do que fora seu. Abriram-se cacimbas nos quintais. Acenderam-se fogueiras nos jardins. O capim rompeu o asfalto, invadiu os passeios, os muros, os pátios. Mulheres pilavam milho nos salões. Os frigoríficos passaram a servir para guardar sapatos. Pianos deram excelentes coelheiras. Gerações de cabras cresceram a comer bibliotecas, cabras eruditas, especializadas em literatura francesa, umas, outras em finanças ou arquitetura. Pascoal esvaziou a piscina, limpou-a, juntou todo o dinheiro que tinha e comprou galinhas. Pediu desculpa à piscina:

– Amiga – disse-lhe – é só por alguns meses. Vou vender ovos, vendo os pintos e compro água boa, compro cloro, vais voltar a ser bonita como antigamente.

Os tempos que se seguiram, porém, foram ainda piores. Uma tarde, apareceram soldados e levaram as galinhas. Pascoal não disse nada. Devia, talvez, ter dito alguma coisa.

– Esse albino está armado em arrogante – irritou-se um soldado – Deve pensar que é branco, vejam só, um branco de imitação.

Bateram-lhe. Deixaram-no como morto dentro da piscina. Meses depois, vieram outros soldados. Tinham-lhes dito que ali havia um albino que criava galinhas, e como não encontraram nenhuma, é claro, bateram-lhe também.

A guerra regressou com muita raiva. Aviões bombardearam a cidade, o que restava dela, durante cinquenta e cinco dias. Ao trigésimo sexto, uma das bombas destruiu a piscina. Durante semanas, andou Pascoal à deriva por entre os escombros.

Uma vez apareceram três homens de jipe, um branco, um mulato, um preto, e todos de casaco e gravata.

– Meu Deus, meu Deus! – Lamentou o mulato, fazendo com a mão um largo gesto de desânimo – Foi um urbicídio isto, um urbicídio.

Pascoal não sabia o significado da palavra mas gostou dela. «Foi um urbicídio», repetiu, e ainda hoje, sempre que se lembra da piscina, fica horas a remoer aquela frase: «Foi um urbicídio, aquilo, um urbicídio.» Uma tropa de brancos muito estrangeiros, todos com chapeuzinhos azuis, recolheu-o numa madrugada de chuva e trouxe-o para Luanda. Ficou dois dias no hospital, onde lhe trataram das feridas e lhe deram de comer. Depois mandaram-no embora. O velho passou a viver na rua. Um dia, era dezembro e fazia muito calor, o indiano do novo supermercado, na Mutamba, veio falar com ele:

– Precisamos de um Pai Natal – disse-lhe – contigo poupávamos na barba e, além disso, como tens um tipo nórdico, ficava a coisa mais autêntica. Estamos a dar três milhões por dia. Serve?

A função dele era ficar em frente ao supermercado, vestido com um pijama vermelho, e de barrete na cabeça. Como estava magrinho, foi necessário amarrarem-lhe duas almofadas na barriga. Pascoal sofria com o calor, suava o dia inteiro debaixo do sol mas, pela primeira vez ao fim de muitos anos, sentia-se feliz. Assim vestido, com um saco na mão, ele oferecia prendas às criancinhas (preservativos doados por uma organização não-governamental sueca ao Ministério da Saúde) e convidava os pais a entrar na loja.

«Sou o Pai Natal cambulador», explicou ao General.

Cambulador foi ofício em Angola até à primeira metade deste século: gente contratada para aliciar clientes à porta dos estabelecimentos comerciais. Cada dia Pascoal gostava mais daquele trabalho. As crianças corriam para ele de braços abertos. As mulheres riam-se, cúmplices, piscavam-lhe o olho (nunca nenhuma mulher lhe tinha sorrido); os homens cumprimentavam-no com deferência:

– Boa tarde, Pai Natal! Este ano como é que estamos de prendas?

O velho apreciava sobretudo o espanto dos meninos da rua. Faziam roda. Pediam muita licença para tocar o saco. Um, pequenino, fraquinho, segurou-lhe as calças:

– Paizinho Natal – implorou – me dá um balão.

Pascoal tinha instruções severas para só oferecer preservativos às crianças acompanhadas, e mesmo assim dependia do aspeto da companhia. O contrato era claro: meninos da rua deviam ser enxotados.

Ao fim da segunda semana, quando a loja fechou, Pascoal decidiu não tirar o disfarce e foi naquele escândalo para a cervejaria. O General viu-o e não disse nada. Serviu-lhe a sopa em silêncio.

– Faz muita miséria neste país – queixou-se o velho enquanto sorvia a sopa – o crime recompensa.

Nessa noite não sonhou com a piscina. Viu uma senhora muito bonita descer do céu e pousar na beira da mesa de bilhar. A senhora usava um vestido comprido com pedrinhas brilhantes e uma coroa dourada na cabeça. A luz saltava-lhe da pele como se ela fosse um candeeiro.

– Tu és o Pai Natal – disse-lhe a senhora – Mandei-te aqui para ajudar os meninos despardalados. Vai à loja, guarda os brinquedos no saco e distribui-os pelas crianças.

O velho acordou estremunhado. Na noite densa, em redor da mesa de bilhar, flutuava uma poeira incandescente. Voltou a enrolar-se no cobertor mas não conseguiu adormecer. Levantou-se, vestiu-se de Pai Natal, pegou no saco e saiu para a rua. Em pouco tempo chegou à Mutamba. A loja brilhava, enorme na praça deserta, como um disco voador. As *Barbies* ocupavam a montra principal, cada uma no seu vestido, mas todas com o mesmo sorriso entediado. Na outra montra estavam os monstros mecânicos, as pistolas de plástico, os carrinhos elétricos. Pascoal sabia que se partisse o vidro dessa montra, conseguiria passar a mão através das grades e abrir a porta. Pegou numa pedra e partiu o vidro. Já estava a sair, com o saco completamente cheio, quando apareceu um polícia. No mesmo instante, atrás dele, acendeu-se uma acácia, na esquina, e Pascoal viu a senhora, a sorrir para ele, flutuando sobre o lume das flores. O polícia não pareceu dar por nada.

– Velho sem vergonha – gritou – Vais dizer-me o que levas nesse saco?

Pascoal sentiu que a sua boca se abria, sem que fosse essa a sua vontade, e ouviu-se a dizer:

– São rosas, senhor.

O polícia olhou-o confuso:

– Rosas? O velho está cacimbado...

Deu-lhe uma chapada com as costas da mão. Tirou a pistola do coldre, apontou-a à cabeça dele e gritou:

– São rosas? Então mostra-me lá essas rosas!

O velho hesitou um momento. Depois voltou a olhar para a acácia em flor e viu outra vez a senhora sorrindo para ele, belíssima, toda ela uma festa de luz. Pegou no saco e despejou-o aos pés do guarda. Eram rosas, realmente – de plástico.

Mas eram rosas.

A substância do amor e outras crônicas (2000)

O Inferno de Borges

Para a Alexandra Lucas Coelho

Jorge Luís Borges soube que tinha morrido quando, tendo fechado os olhos para melhor escutar o longínquo rumor da noite crescendo sobre Genebra, começou a ver. Distinguiu primeiro uma luz vermelha, muito intensa, e compreendeu que era o fulgor do sol filtrado pelas suas pálpebras. Abriu os olhos, inclinou o rosto, e viu uma fileira de densas sombras verdes. Estava estendido de costas numa plantação de bananeiras. Aquilo deixou-o de mau humor. Bananeiras?! Ele sempre imaginara o paraíso como uma enorme biblioteca: uma sucessão interminável de corredores, escadas e outros corredores, ainda mais escadas e novos corredores, e todos eles com livros empilhados até ao teto.

Levantou-se. Endireitou-se com dificuldade, sentindo-se desconfortável dentro do próprio corpo subitamente rejuvenescido (quando morremos reencarnamos jovens e Borges não se recordava de como isso era.) Caminhou devagar entre as bananeiras. Parecia-lhe pouco provável encontrar ali alguém conhecido, ou seja, alguém de quem tivesse lido algo. Ou alguém sobre quem tivesse lido algo. Nesse caso seria alguém um pouco menos conhecido, ou um pouco menos alguém, ou ambas as coisas.

A plantação prolongava-se por toda a eternidade. Uma dúvida começou a atormentá-lo: talvez estivesse, afinal, não no paraíso, mas no inferno. Para onde quer que olhasse só avistava as largas folhas verdes, os pesados cachos amarelos, e sobre essa idêntica paisagem um céu imensamente azul. Borges lamentava a ausência de livros. Se ali ao menos existissem tigres - tigres metafóricos, claro, com um alfabeto secreto gravado nas manchas do dorso -, se houvesse algures um labirinto, ou uma esquina cor-de-rosa (bastava-lhe a esquina), mas não: só avistava bananeiras, bananeiras, ainda bananeiras. Bananeiras a perder de vista.

Percorreu sem cansaço, mas com crescente fastio, a infinita plantação. Era como se andasse em círculos. Era como se não andasse. Fazia-lhe falta a cegueira. Cego, o que não via tinha mais cores do que aquilo - além do mistério, claro. Como é que um homem morre na Suíça e ressuscita para a vida eterna entre bananeiras?

Borges não gostava da América Latina. A Argentina, como se sabe, é um país europeu (ou quase), que por desgraça faz fronteira com o Brasil, Chile, Uruguai e Paraguai. Para Borges, aquele quase sempre foi um espinho cravado no fundo da alma. Isso e a vizinhança. Os índios ele ainda tolerava. Tinham fornecido bons motivos para a literatura e além disso estavam mortos. O pior eram os negros e os mestiços, gente capaz de transformar o grande drama da vida – da vida, meu Deus! – numa festa ruidosa. Borges sentia-se europeu. Gostava de ler os clássicos gregos (gostaria de os ter lido em grego). Gostava do silêncio poderoso das velhas catedrais.

Foi então que a viu. À sua frente uma mulher flutuava, pálida e nua, sobre as bananeiras. A mulher dormia, com o rosto voltado para o sol e as mãos pousadas sobre os seios, e era belíssima, mas isso para Borges não tinha grande importância (a especialidade dele sempre foram os tigres). Horrorizado compreendeu o equívoco. Deus confundira-o com outro escritor latino-americano. Aquele paraíso fora construído, só podia ter sido construído, a pensar em Gabriel García Marquez.

Jorge Luís Borges sentou-se sobre a terra úmida. Levantou o braço, colheu uma banana, descascou-a e comeu-a. Pensou em Gabriel García Marquez e voltou a experimentar o intolerável tormento da inveja. Um dia o escritor colombiano fechará os olhos, para melhor escutar o rumor longínquo da noite, e quando os reabrir estará deitado de costas sobre o lajedo frio de uma biblioteca. Caminhará pelos corredores, subirá escadas, atravessará outros corredores, ainda mais escadas e novos corredores, e em todos eles encontrará livros, milhares, milhões de livros. Um labirinto infinito, forrado de estantes até o teto, e nessas estantes todos os livros escritos e por escrever, todas as combinações possíveis de palavras em todas as línguas dos homens.

Jorge Luís Borges descascou outra banana e nesse momento um sorriso – ou algo como um sorriso – iluminou-lhe o rosto. Começava a adivinhar naquele equívoco cruel um inesperado sentido: sendo certo que o paraíso do outro era agora o inferno dele, então o paraíso dele haveria de ser, certamente, o inferno do outro.

Borges terminou de descascar a banana e comeu-a. Era boa. Era um bom inferno, aquele.

O Assalto

Juliana parou o carro no sinal vermelho. O que é que eu estava a pensar naquele momento? Nos dias seguintes, só isso a afligia. Ela assegura que tinha acabado de descobrir alguma coisa muito importante. Mas como se achava meio adormecida – depois de doze horas de trabalho na urgência do hospital– o mais provável é que não tivesse importância nenhuma.

(Uma noite sonhei que um gato, grande como um boi, me segredava um verso. No meu sonho era um verso extraordinário. Tudo o que tinha escrito antes, desde os meus vinte e anos, não valia aquele verso. Tentei acordar. Acreditei que me levantava, várias vezes, para logo descobrir que continuava mergulhado nas águas fundas do sono. Finalmente consegui abrir os olhos, sentei-me na cama, encontrei uma esferográfica na mesinha de cabeceira e rabisquei o verso na capa de um livro – «The Big Sea», de Langston Hughes. Acordei na manhã seguinte com a boca amarga e o sentimento inquietante de que alguma coisa de assombroso havia acontecido. Lembrava-me do sonho, do gato pastando num prado imensamente verde, mas não do verso. Felizmente, pensei, tinha-o escrito. Agarrei no livro e li: «o dia estava cheio de cebolas»).

Regresso àquele instante em que Juliana, agarrando-se ao volante com a força do desespero, para que não a arrastasse a correnteza do sono, parou o carro no sinal vermelho. Pensaria, talvez, em cebolas. Ou não: podemos aceitar que, como ela insiste, havia descoberto algo transcendente. Não o saberemos nunca. A porta direita abriu-se e um garoto dos seus quinze anos, com o corpo volátil de uma bailarina clássica, entrou no carro. Quando Juliana percebeu havia mais dois rapazes no banco de trás.

A madrugada espreguiçava-se sobre a cidade. As garças dormiam ainda, elegantíssimas, nos ramos das casuarinas. As águas da lagoa brilhavam de torpor. Jesus Cristo flutuava, de costas, iluminado pela luz melancólica dos projetores. Juliana percebeu que não podia contar com ele. O rapaz, ao seu lado, mostrou-lhe um revólver:

– É o seguinte, simpatia, ou você passa a carteira ou mando bala.

Juliana descansou o rosto no volante. Nas últimas doze horas tinha visto muita coisa: meninas arrancadas à feroz inépcia de abortadeiras de favela, uma velhinha estuprada, homens cortados à faca, um jovem com duas balas alojadas na coluna depois de uma briga sem pretexto num botequim. Viveria. Viveria para sempre numa cadeira de rodas.

– E aí, Pretinho? – sussurrou um dos garotos – parece que a moça dormiu.

– Qual é, mano! – espantou-se o outro – Maior falta de respeito. Nunca vi ninguém dormir durante um assalto.

Dormir seria bom. Juliana voltou-se na direção do rapaz:

– Quer saber de uma coisa? Eu sou médica, não tenho medo de morrer. Meu medo é ficar aleijada. Vou agarrar essa pistola e colocar em cima do meu coração. Então você pode atirar.

Desabotoou a blusa, agarrou na mão do rapaz, espantada com a sua própria firmeza, e colocou o revólver contra o peito.

– Me mata!

O menino olhou-a com susto:

– Mato coisa nenhuma, tia, que é isso?

– Não vai matar?! Então fora do meu carro! …

– Vamos embora, Pretinho – implorou um dos rapazes – a moça está muito doida.

Saíram os três. Juliana fiou sozinha. O que é que estava a pensar antes de ser interrompida? Nos dias seguintes só isso a afligia.

Havia muito sol do outro lado

Aquilo tornara-se um vício. Ele ouvia um telefone a tocar e logo estendia o braço e levantava o auscultador.

– E se fosse para mim?

Os amigos faziam troça:

– No consultório do teu dentista?

Uma noite estava sozinho, no Rossio, à espera de um táxi, quando o telefone tocou numa cabina ao lado. Era o fim da noite e chovia: uma água mole, desesperançada, tão leve que parecia emergir do próprio chão. Ruben enfiou as mãos nos bolsos do casaco.

– É claro que não vou atender – disse alto – Não pode ser para mim. Se atender este telefone é porque estou a enlouquecer.

O telefone voltou a tocar. Não chegou a tocar cinco vezes. Ele correu para a cabina e atendeu.

– Está?

Estava muito sol do outro lado. Era, tinha de ser, uma tarde de sol.

– Posso falar com o Gustavo?

A voz dela iluminou a cabina. Ruben pensou em dizer que era o Gustavo. Estava ali, àquela hora absurda, abandonado como um náufrago na mais triste noite do mundo. Tinho o direito de ser o Gustavo (fosse o Gustavo quem fosse).

– Você não vai acreditar – disse – A sua chamada foi parar a uma cabina telefônica.

Ela riu-se. Meu Deus – pensou Ruben – era como beber sol pelos ouvidos.

– Não brinques! És tu, Gustavo, não és? …

Sim, ele tinha o direito de ser o Gustavo:

– Infelizmente não. Você ligou para uma cabina telefônica, no Rossio, eu estava à espera de um táxi e atendi.

Quase acrescentou: «pensei que pudesse ser para mim». Felizmente não disse nada. Ela voltou a rir-se:

– Desculpa. Que vergonha… Nem sequer sei como você se chama.

Ruben apresentou-se:

– Ruben, 34 anos, trabalho em publicidade.

Pediu-lhe o número de telefone e ligou, utilizando o cartão de crédito. Aquela chamada ficou-lhe muito cara. Casaram oito meses depois. Ele diz a toda a gente que foi o destino. Ela, pelo sim pelo não, proibiu-o de atender telefones.

A SUBSTÂNCIA DO AMOR

Ela ainda o amava: «O amor é apenas o princípio do ódio». Dizia estas coisas terríveis com uma convicção que assustava as amigas. Não, já não o amava, como podia amar?

(Dizia isto em prantos).

«O amor? O amor é uma vertigem. Fechamos os olhos e quando os abrimos o nosso amor quer matar-nos. O amor está para o ódio como a flor para o fruto. Há amores que não frutificam, é verdade, são amores menores. O grande amor passa. Só o ódio fica».

Dizia isto com furor. Rasgou todas as fotografias. A seguir voltou a colá-las. Precisava de ver o rosto dele para melhor o poder odiar.

As amigas tinham a certeza: «Tu ainda o amas». Ela encolhia os ombros: «Os corais» - dizia- «são os animais mais inteligentes da criação porque se reproduzem sem que haja necessidade de qualquer contacto entre o macho e a fêmea».

Depois Ele telefonou. Mandou-lhe flores. Ofereceu-lhe, no Natal, um vestido espantoso – e acertou no número e na cor e Ela achou-se linda quando se viu ao espelho. « O ódio», explicou às amigas, «é uma vertigem. Fechamos os olhos e quando os abrimos o nosso ódio quer beijar-nos».

Voltou a colocar as fotografias nas molduras. E sempre que as amigas lhe perguntavam pelos corais Ela sorria: «não, não, os corais, pensando melhor, não devem ser uma das formas de vida mais inteligentes do planeta. Não há no mundo nada melhor do que o aconchego de um abraço».

Teria sido um falso ódio ou seria aquilo, pelo contrário, um amor espúrio? Ela passara do pessimismo mais feroz a um otimismo à prova de bala: «o verdadeiro amor é contraditório». Agora tinha a certeza de que seria feliz para sempre – e infeliz algumas vezes:

– É preciso conhecer a noite para apreciar o dia.

As amigas cansaram-se dos seus aforismos. Uma irritou-se:

– Achas que sabes realmente tudo sobre o amor?

Ela estava tão feliz que não se importou. Não sabia, claro, porque «todo o amor é um mistério». Mas estava feliz e a felicidade fazia-lhe bem à pele: «Deviam isolar a substância do amor e colocá-la nos cremes de beleza». Também deixara de sentir dores de cabeça e passara a dormir melhor. Decidiu mudar-se para a casa dele. Amava-o tanto que aceitou o cão dentro de casa (detestava cães). Amava-o tanto que se conformou com o facto de Ele não fazer a barba todos os dias. Foram de férias a Cuba e quando regressaram Ela descobriu que estava grávida:

– Eventualmente – explicou às amigas– os corpos dilatam com o amor.

Com isto, sim, toda a gente concordou.

O Homem que parecia um domingo
(2002)

O HOMEM QUE PARECIA UM DOMINGO

O Velho Fausto parecia um domingo. Costumava vê-lo, manhã cedo, cruzar o passeio, pisando sem ruído as flores das acácias, muito aprumado no seu fato de linho branco, chapéu de palha, laço e bengala, e tão sem pressa, meu Deus!, cumprimentando com acenos lentos (largos sorrisos) a turba ansiosa. Um dia alguém o provocou:

- Afinal, o que faz você nos dias úteis?

Ele sorriu, ainda mais generoso, e o claro fulgor dos seus dentes perfeitos cegou o atrevido:

- Todos os meus dias são inúteis - respondeu com solene orgulho - Eu os passeio.

Durante muitos anos, devo confessar, quis ser como ele. Hoje sei que pecava por excessiva ambição.

Trabalhando intensamente, qualquer pessoa é capaz de alcançar, no fim da vida, relativa prosperidade e a admiração dos outros. Um ladrão hábil pode ficar rico em dez ou quinze anos. A conquista do poder também impõe considerável esforço; isto, já para não falar em santidade ou heroicidade. A inutilidade, porém, exige algo mais difícil: talento. Nem todos podem ser inúteis, realmente inúteis, da mesma forma que poucos conseguem fazer chorar um violino. Também nem todos merecem ser inúteis. Fausto, sim, era inútil - e merecia-o. Foi, enquanto viveu, ocioso e magnífico como uma tela de Gauguin.

Depois veio a Revolução. Nenhuma revolução tolera pessoas desnecessárias. Nas revoluções há os revolucionários e os reacionários; não há lugar para observadores e muito menos para imprestáveis. Fausto percebeu isso num dia em que, tendo decidido passar pela Cervejaria Biker para refrescar a alma, encontrou a velha e gloriosa catedral da boêmia luandense transformada numa espécie de centro cultural. Alguém se tinha lembrado de organizar ali uma receção a um poeta, antigo preso político, há poucos dias regressado do Tarrafal. O poeta era um homenzinho miúdo, de densa barba negra, rosto pálido, liso como o de uma criança, mãos muito finas, de dedos longos, que se moviam com veemência, como se fossem independentes do corpo. Leu alguns poemas e contou histórias da cadeia. Explicou que, para conseguir sobreviver à solidão e ao desespero, fechado sozinho numa minúscula cela escura, se entretivera durante anos a amestrar insetos. Em particular, fizera amizade com uma barata, um bicho amável e inteligente, à qual ensinara a dançar. O poeta calou-se, a cabeça entre as mãos, enquanto na sala se fazia um silêncio comovido. Então Fausto levantou-se e pediu a palavra:

– O que aconteceu à barata?

A pergunta ecoou na sala como um traque. Alguém gritou: «Fascista!» Um tipo alto, de bigodes, sentado ao lado do escritor, encolheu os ombros:

– Calma! O camarada que falou é um notório vadio.

O desprezo com que disse aquilo serenou os ânimos. Encontrei Fausto, horas mais tarde, ainda na mesma mesa. Ardia ao lume brando do crepúsculo. «Gostaria realmente de saber o que aconteceu à barata», disse-me com tristeza. Ele queria saber que gênero de música dançava o inseto: rumba, valsa, a velha rebita? Recomendei-lhe mais cuidado com a língua. Podia-se ser preso, naquela época, por coisas assim. Fausto encolheu os ombros, cético, terminou de beber a sua cerveja e foi-se embora. Morreu, tempos depois, atropelado por um camião do exército.

Voltei a lembrar-me dele quando, há poucos dias, um amigo me disse ter descoberto no Cemitério do Alto das Cruzes uma lápide partida: «Aqui repousa Fausto Bendito. Foi ele quem renunciou à vida / podeis continuar a ocupar o seu lugar / vós, que nos roubastes / Não foi, nunca foi, renunciou-se / atingiu o zero». Reconheci os versos de Agostinho Neto, musicados depois pelos Irmãos Kafala no belo álbum «Salipo». «E agora vivei, cantai, chorai / e agora casai-vos, matai-vos / embriagai-vos / e agora dai esmolas aos pobres / nada me pode interessar / que não sou, não sou / Atingi o zero / Nada me pode interessar / Não sou, não sou / Atingi o zero.»

Dê aos seus filhos um passado melhor

Achei-o logo improvável. Era albino – tão albino que ofuscava. Suponho que fosse o albino de um albino. A carapinha, cortada rente, irradiava em redor da larga cabeça de peixe-boi uma aura miraculosa. Gordo, sem ser flácido, tinha umas mãozinhas de viúva, ternas e minúsculas, que volteavam à toa, autônomas, enquanto falava. Os olhos espreitavam-me à traição. Quero dizer, um dos olhos fixava-se numa porta, o outro na porta oposta, mas na realidade, como depressa descobri, era para mim que ambos olhavam. A pele do pescoço, rugosa, áspera, purpurina, lembrava a de um paquiderme. Nu, inteiramente nu, arriscava-se a ser confundido com um elefante cor-de-rosa. Talvez por isso se vestisse de forma tão pesada. Mesmo ali, no *Chega de Saudade*, um dos mais animados bares do Mitte, entre jovens alemães tropicalizados e alguns genuínos capoeiristas baianos, mesmo ali, dizia, quase sufocava, enfiado num fato azul-escuro, gravata às riscas, fino sapato de laca. Sentado ao seu lado estava um tipo sombrio. Foi este quem me chamou:

– Só me lembro muito vagamente – disse-me, declamando, com a voz luminosa, a dicção perfeita de Caetano Veloso – *Correndo você vinha, quando de repente, seu sorriso, que era muito branco, me encontrou.*

Achei que estivesse bêbado. O albino soltou uma sonora gargalhada:

Não se iluda – preveniu – O meu amigo é alemão. Não entende uma única palavra de português. Mas conhece de cor todos os sucessos da bossa nova...

Apontou uma cadeira e convidou-me a sentar. Disse que era angolano. Explicou que conhecera o outro quinze anos antes, quando estudava economia socialista em Berlim, na extinta República Democrática Alemã. Suspirou:

– Aqui, onde estamos agora, neste bairro, não havia nada. Suspirou mais profundamente e eu percebi que tinha saudades desse tempo: "era só escuridão!"

Esta saudade perversa da escuridão encontra-se mais disseminada do que se possa pensar entre os alemães provenientes da Alemanha comunista. Falamos sobre isso. O albino disse-me que havia regressado a Luanda dois anos após a queda do muro. Lamentamos as agruras da pátria. Finalmente, perguntei-lhe o que fazia em Angola. Ele estendeu-me um cartão de visitas. Li:

Prodígio Cláudio
Dê aos seus filhos um passado melhor

– Estou no ramo do passado – disse-me muito sério – O passado, pelo menos em Angola, é um negócio com futuro.

Eu estava perplexo:

-Você é historiador?

– Historiador? Não, não, eu não estudo o passado. Vendo-o...

– Como?!

– Sim, sim, mais-velho, vendo-o. Os meus clientes são pessoas com dinheiro. Eles têm o futuro assegurado, o que lhes falta é o passado. Qual é a coisa que um novo-rico mais ambiciona?

Fez a pergunta e olhou atentamente para ambas as portas. Isto é, olhou para mim, à espera de uma resposta. É difícil conversar com alguém que parece estar a olhar para duas direções diferentes ao mesmo tempo, enquanto na verdade nos estuda. Isso, as mãozinhas esvoaçantes, a claridade impossível daquele rosto, tudo me afligia.

– O quê?

– Ser um rico antigo, mais-velho. Ter nascido em berço de ouro. Ter pergaminhos...

O alemão interrompeu-o:

– *A gente trabalha o ano inteiro por um momento de* sonho – disse – *Para fazer a fantasia de rei, ou de pirata, ou jardineira. E tudo se acabar na quarta-feira.*

Prodígio Cláudio ignorou-o:

– Vendo aos meus clientes um passado novinho em folha. Traço-lhes a árvore genealógica. Dou-lhes as fotografias dos avôs e bisavôs, gente finíssima, junto com a respectiva biografia. Não deixo nada ao acaso.

Contou que só uma vez tivera problemas, depois de vender a um general – sujeito de origem muito humilde, que enriquecera traficando diamantes – um retrato a óleo de Frederick Douglass. Com a sua farta cabeleira branca, porte aristocrático, o famoso herói afro-americano, tornado célebre no século XIX pelos vigorosos discursos contra a escravatura, deu um belo bisavô luandense. Um dia, no entanto, o general recebeu a visita de um empresário americano.

– Esse – disse, orgulhoso, apontando o retrato – era o meu bisavô. Foi um rico comerciante de escravos.

Prodígio riu ao lembrar o caso:

– O americano zangou-se com o meu general e eu quase levei um tiro!

O alemão aproveitou o silêncio para erguer o copo:

– *Chega de saudade* – proclamou – *A realidade é que não há paz, não há beleza. É só tristeza e a melancolia que não sai de mim. Não sai de mim, não sai.*

Para alguém que não entendia uma palavra de português ele acertava quase sempre.

O preto da Mouraria

– Um gajo olha para o Castelo de São Jorge, pá, e pensa que aquelas coisas, as ameias, estão ali há gerações. Tretas! Foi o Salazar, o Velho Botas, quem mandou pôr aquilo lá em cima. Na opinião dele, um castelo sem ameias, topas?, era assim uma espécie de contradição nos termos. Castelo sem ameias, rei sem coroa, pássaro sem asas. Mulher sem... Topas?.

Mais ou menos, há meia hora que me esforço por seguir o raciocínio dele, mas Amadeu bebeu demais, derrapa nas curvas:

– É como aquele filme, *A Praia*, com o Leonardo di Cáprio, topas? Os gajos, os americanos, para quem uma paradisíaca praia tropical, na Tailândia, se parecesse, segundo eles, com uma paradisíaca praia tropical, sabes o que fizeram? Deram cabo daquilo. Fizeram dunas artificiais, plantaram palmeiras de plástico, ficou assim uma coisa do tipo *Colombo Shopping Center*, topas?!

Eu ainda não consigo perceber:

– E o que diabo isso tem a ver contigo?

Ele olha-me ofendido, os olhos turvados pelo álcool e pelas lágrimas:

– Não percebes? Acho que ainda não estás a topar, meu! Sou eu o castelo. E essa praia, na Tailândia, também sou eu.

Ficamos os dois em silêncio. Amadeu conta-me isto, ou melhor canta-me isto, como se fosse um fado. Ele sofre de pselismo, como prefere dizer, se bem que para toda a gente é simplesmente gago. Também lhe chamam tartamudo, travado, tartamelo, essas coisas. Quando criança, porém, Amadeu descobriu que cantando conseguia iludir o percalço e com isso fez-se fadista. Gaba-se de conseguir transformar qualquer texto, por mais insosso, num fadinho airoso. A Lista Telefônica, por exemplo, o Calendário das Marés, o Teorema de Pitágoras. O certo é que fala como se cantasse e por isso as pessoas o evitam quando estão muito apressadas.

Voltemos aos castelos: Amadeu nasceu na Mouraria e criou-se por aqui mesmo. Entre mulheres de má fama, vinho tinto, sardinhas assadas pelo São João. Ninguém estranharia que se tornasse fadista a não ser por causa de um pormenor, e não me refiro à gaguez, ele canta bem, porém – eis o tremendo pormenor – é preto. A mãe era uma varina cabo-verdiana, o pai, marinheiro de Cabinda. "Afinal, de onde és tu?", perguntam-lhe com frequência. Ele encolhe os ombros e explica que nasceu na Mouraria.

– Sim, mas o teu pai, o marinheiro, era de onde? Cabinda? Então és angolano.

Isto irrita o meu amigo:

– Porra! Como posso ser angolano se nunca fui a Angola, e além disso a minha mãe era de Cabo Verde?

Os outros ignoram a questão:

– Então és africano, pronto, pá, não te chateies.

Ele gostaria de ser, apenas, um preto da Mouraria. Fadista, já agora, mas talvez isso seja muita pretensão.

– Devias cantar *rap* – dizem-lhe – *rap*, sim, é música de pretos.

Amadeu está cansado:

– Querem à força transformar-me num preto americano, como esses putos das gangues, coitados, que não sabem de que terras são.

Há quem beba para esquecer. Amadeu não gosta de vinho, nem sequer de cerveja, mas bebe para que os outros não o esqueçam, quero dizer, para que se lembrem sempre de que ele é um legítimo filho de Lisboa. O vinho, compreendo de repente, são as ameias. A pequena cruz, pendurada ao pescoço num cordão de prata – ameias. O leão do Sporting – ameias. A pose de malandro, o calão reles, afadistado, a maneira de andar – ameias, tudo isso ameias. Ou dunas, palmeiras de plástico numa praia tropical. Olho-o sem saber o que dizer. Está uma tarde macia e a vista, dali, da Costa do Castelo, onde estamos, regenera a alma.

– O que há de falso nesse castelo – queixa-se ainda Amadeu, apontando num gesto cansado para trás, para o alto – é que o torna verosímil. Tem graça isto, não tem? Se fosse autêntico ninguém acreditaria nele.

Não sei se Amadeu está realmente bêbado. Mas está triste, com certeza:

– Isto aqui, antigamente, quero dizer, muitíssimo antigamente, era cheio de pretos. Devia ter sido português nessa altura, há cinco séculos, podia ter sido mouro e português, como esse nosso castelo, e toda a gente acharia natural. Agora é demasiado tarde, ou ainda demasiado cedo, não sei bem.

Ficamos outra vez em silêncio. Eu a pensar que também os putos das gangues usam ameias: *rap*, *dread locks*, gírias em inglês. Amadeu pelo menos mascara-se de alfacinha para parecer o que é. Os miúdos, ele tem razão, mascaram-se de americanos – o que nunca serão. Ameias num castelo de fantasia. Palmeiras de plástico numa praia artificial. Despeço-me e vou-me embora.

Acho que perdi a confiança no Castelo de São Jorge.

Três histórias do nosso tempo

(primeira história: a operação)

Ele já tinha dito que sim, que estava disposto a ser operado, mas mudou de ideias quando lhe apresentaram o cirurgião: uma ruiva lindíssima, com umas pernas tão altas que parecia impossível que fossem todas dela, e uns lábios fartos, macios, nos quais nem um santo conseguiria pensar sem, por instantes, se deixar cair em tentação.

– Essa mulher não se aproxima de mim. Não quero uma mulher bonita a remexer nas minhas vísceras enquanto eu durmo.

Sentia-se constrangido. Se ainda estivesse em boa forma, lá por dentro, tudo bem, mas naquele estado, nem pensar! Expor o corpo pelo avesso, expô-lo realmente, em carne viva, com os seus segredos mais escabrosos – tão secretos que nem ele próprio estava a par dos pormenores – parecia-lhe algo de uma intimidade que excedia em muito o ato do amor.

– E se for uma mulher feia? – sugeriu um amigo.

Ele refletiu alguns minutos. Não, nem sequer uma mulher feia. As mulheres não sabem ficar caladas; mal saísse da sala de operações iria telefonar a todas as amigas, gabando-se de que lhe tinha visto a pleura, e tecendo comentários torpes sobre o seu estado, tamanho, essas coisas. Era melhor não arriscar.

– Certo. Então será um homem!

– Um homem? E tu achas que eu deixo um homem pôr-me as mãos nas tripas?! Olha bem para mim, pá, parece-te que durmo numa caixa?

– Numa caixa?!

– Sim, numa caixa, como as bonecas. Achas-me com cara de boneca?

– Calma. O que acontece é que assim esgotas todas as alternativas. Afinal, quem é que pode fazer essa operação?

Ele abanou a cabeça.

– Não sei – murmurou por fim, derrotado – Só se for a minha mãe.

(segunda história: um mistério)

O menino acordou com um olhar de assombro. Não falou a manhã inteira. Ao sentar-se para almoçar, porém, anunciou:

– Sou um mistério!

O pai não soube o que lhe responder. O que se diz a uma criança de seis anos e meio quando ela descobre a verdade – e a verdade é um deserto sem fim?

À noite, parecia um pouco mais tranquilo. Comeu bem e foi-se deitar. O pai começou a ler-lhe uma história idiota sobre cinco coelhinhos de férias na floresta. Já a lera antes, pelo menos umas dez vezes, sempre por insistência do filho. Quanto mais a lia mais idiota a achava. Naquela noite o menino pediu-lhe para parar:

– Não gosto dessa história – disse – lê-me antes a Lista Telefônica.

O pai assustou-se. A Lista Telefônica?! O que havia na Lista Telefônica que pudesse interessar a um menino de seis anos e meio? A criança aborreceu-se:

– A Lista Telefônica está cheia de pessoas – explicou-lhe – são muitos mistérios num único livro.

Ele gostava de mistérios.

(terceira história: o homem que odiava telemóveis)

O Silva odiava telemóveis. O fato de ser o último português não telemobilizado, porém, estava a causar-lhe terríveis dores de cabeça. Os colegas no escritório lançavam sobre ele olhares carregados de desconfiança. Consideravam-no um elemento antissocial. Riam-se nas suas costas, com rancor:

– Afinal, o que tem ele contra os telemóveis?

E era como se perguntassem:

– Afinal, o que tem ele contra nós?

Às vezes, encontrava um amigo de infância. Trocavam abraços, memórias, confidências; no fim trocavam os números de telefone.

– E o do telemóvel?

– Não tenho.

– Não tens telemóvel?! Vá lá, não brinques comigo. A menos que não me queiras dar o número?!

O Silva cedeu. Entrou numa loja e disse que queria comprar um telemóvel. O mais barato do mercado. Mostraram-lhe um pequeno aparelho castanho. O Silva agarrou-o com nojo, pela antena, como se segurasse a cauda de um rato morto:

– Ele é tão barato apenas por ser feio? Tem a certeza que funciona?

O funcionário empertigou-se, o orgulho ferido:

– Certamente, cavalheiro. Aqui tudo funciona.

Queria dizer:

– Quem não funciona é você.

O Silva levou o aparelho. Nas primeiras semanas correu tudo bem. Os colegas voltaram a sorrir-lhe. Os amigos telefonavam. E então, numa manhã de domingo, o Silva acordou com uma forte dor no peito. O telefone tocava sobre a mesa de cabeceira. Agarrou-o e leu no visor: "Mefistófeles". Carregou na tecla verde, certo de se tratar de uma brincadeira tola. A voz do outro lado roubou-lhe todas as esperanças.

Um lusófono na Casa Branca

A notícia apanhou o mundo inteiro de surpresa – o presidente dos Estados Unidos da América sofrera uma queda, ao engasgar-se com um biscoito, e estava em coma. Durante quinze dias a poderosa América parou, comovida, suspensa de cada novo relatório médico. E então o Presidente abriu os olhos e começou a falar. A falar? Bem, o relatório era cauteloso:

"O Presidente abriu os olhos e tentou comunicar-se".

Nessa tarde, durante uma rápida conferência de imprensa, os jornalistas atiraram-se como cães raivosos ao responsável pela equipe médica:

– O que significa "tentou comunicar-se"?

O homem, um sujeito plácido, de barba branca, meio calvo, procurou serenar os ânimos:

– O Presidente está consciente, parece reconhecer as pessoas e é capaz de articular alguns sons. Ainda é demasiado cedo, porém, para adiantar prognósticos. Não podemos saber se sofreu lesões irreversíveis em alguma zona do cérebro responsável pela fala.

À noite, uma importante cadeia de televisão difundiu um vídeo amador, sem som e com a imagem tremida, no qual se via o presidente sentado na cama, e a falar – ou melhor, façamos a correção, a tentar comunicar-se. O extraordinário é que tentava comunicar-se com a desenvoltura de um homem saudável, agitando as mãos, inquieto, talvez mesmo em cólera, enquanto diante dele a mulher, o secretário de estado da defesa e um assessor não identificado o olhavam num misto de terror e espanto. O que estaria a dizer? No estúdio, um especialista na arte de ler os lábios foi incapaz de esclarecer o mistério:

– Aquilo não é inglês – afirmou definitivo – Não é sequer o inglês dele.

Disse isto e quedou-se aflito. O apresentador do telejornal não conteve uma gargalhada. Todos os americanos sabiam que o seu presidente desrespeitava com frequência a língua materna. Vozes mais críticas sugeriam que àquela sintaxe retorcida correspondia um pensamento igualmente torto, ou até uma ausência absoluta de pensamento – mas isso nunca fora cientificamente demonstrado. Ainda mais estranho: o Presidente apenas falava inglês – o seu inglês (o inglês dele estava para o legítimo como a *fast-food* para a culinária).

A imagem do Presidente tagarelando com vigor numa língua obscura deu origem a todo o gênero de especulações.

"Enlouqueceu", diziam os mais sensatos.

"Foi raptado por extraterrestres", juravam outros, "sujeito a uma lavagem ao cérebro e devolvido à terra. Os alienígenas tentam agora comunicar connosco através dele."

Talvez esta última tese conseguisse vingar não fosse o fato de Dona Florinda Silva, funcionária da limpeza, ao entrar uma tarde no quarto presidencial, para cumprir o serviço que lhe havia sido destinado, surpreender o homem mais poderoso do mundo num desesperado monólogo com o seu psiquiatra.

– O cabrãozinho está a falar português, ó carago! E é lá de Miragaia.

Com efeito, o Presidente dos Estados Unidos da América tentava há dias fazer-se entender pela família, médicos, secretários, assessores, num português razoável – e com exuberante sotaque tripeiro! Ele próprio, porém, não sabia que idioma era aquele. Foi preciso que lhe mostrassem num mapa onde ficava Portugal. O Presidente indignou-se:

– Mas vossemecês acham que eu sou algum morcão?

Custava-lhe aceitar a ideia de que apenas se conseguia exprimir num dialeto remoto, meio latino, meio árabe, falado por uma mão cheia de espanhóis num retangulozinho às margens da Europa. Explicaram-lhe que não, não senhor Presidente, o português é a sexta língua mais falada em todo o mundo. Também os brasileiros falam português, e até alguns povos africanos. A notícia consolou-o um pouco:

– E quando recomeço a falar como uma pessoa?

Isso ninguém sabia dizer. Os neurocirurgiões ignoravam inclusive o motivo pelo qual ele apenas era capaz de se comunicar numa língua que nunca estudara. A pancada na cabeça, achavam alguns, ativara a memória pré-natal (a mãe do Presidente passara quatro meses na cidade invicta enquanto estava grávida). Fosse como fosse, o fato levantava uma série de questões extremamente delicadas. Por exemplo: poderia um tipo que não falava uma única palavra de inglês ser considerado cidadão americano e ocupar a Casa Branca? E em termos étnicos, o que era agora o Presidente – um hispânico, um tripeiro?

O mundo de língua portuguesa dividiu-se. Enquanto o governo angolano se alegrava com a notícia – "Um presidente lusófono na Casa Branca certamente contribuirá para a aproximação entre os nossos dois grandes países" –, Portugal procurava escapar à polêmica:

– Para que não se pense que encaramos a tragédia do presidente americano com alguma espécie de ufanismo nacionalista, o presidente português irá passar a falar apenas inglês. Inglês do Utah.

Os brasileiros, esses, não se mostraram muito impressionados:

– O cara está falando português? – admirou-se um funcionário do Itamarati – com aquele sotaque, pensei que fosse russo.

Aquilo durou dois meses e meio. Depois, numa bela manhã, o presidente americano acordou a falar efik, um crioulo afro-cubano de uma sociedade religiosa secreta exclusivamente masculina, a Abakuá. Em Havana, Fidel Castro comentou:

"Sempre o achei menos estúpido do que parece."

A silly season

Barata olhou em redor. Havia muita gente espalhada pela relva, desde a orla do lago até lá ao fundo, junto ao arvoredo alto, e estavam todos nus. Sentiu-se mal, enfiado numas bermudas de adolescente, com desenhos de palmeiras e dançarinas havaianas, que comprara no ano anterior em Ipanema. Parecia um pervertido, assim tão vestido, em meio à honrada nudez dos alemães. Além do mais, a sua pele morena denunciava-o. Quase podia ouvir os outros banhistas murmurando protestos contra o estrangeiro, certamente um latino sem vergonha, de bermudas!, no meio do parque.

O que lhe passara pela cabeça quando decidira gastar quinze dias das suas ricas férias em Berlim?! Podia estar na Costa da Caparica, tranquilamente, ou até no Meco, igualmente rodeado de alemães mais ou menos nus, mas teria um sol de verdade brilhando no céu límpido, e sob o corpo a areia fina de uma praia autêntica.

O melhor seria despir as bermudas. Estudou disfarçadamente os homens à sua volta. Havia espécimes de todo o género. Orgulhosos, modestos, lastimáveis, imprestáveis. Uns pacíficos e pálidos, enfadados como lagartixas ao sol, outros escuros e perigosos. Havia-os polidos, distraídos e retorcidos; obstinados e lânguidos; arrebatados e pachorrentos. Concluiu que podia estar tranquilo – não, não envergonharia a malta lá de Chelas expondo-se de corpo inteiro, como a sua mãe o dera ao mundo, à comunidade europeia. Tirou portanto as bermudas e guardou-as na mochila. Tostou uma boa meia hora ao sol, que agora lhe parecia mais generoso, e ao fim desse tempo, sentindo-se já um verdadeiro berlinense, decidiu nadar um pouco no lago. Não tinha dado cinco passos quando esbarrou com a diretora da repartição pública onde trabalhava.

– É você, Barata? Desculpe, não o reconheci. Quero dizer sempre o vejo de gravata, não é?

O Barata tartamudeou. Pois, ele também não a reconhecera logo, não senhora. Estava muito longe de a encontrar em Berlim. Disse isto enquanto tentava enfiar as mãos nos bolsos. O problema é que não tinha bolsos. Procurou ajeitar a gola da camisa, enrolar as mangas, mas só encontrou a própria pele. A diretora queixou-se do tempo. O Barata queixou-se do tempo. Calados pareciam ainda mais nus. Ele esforçava-se por a olhar nos olhos. Enquanto a olhasse nos olhos, fixamente, ela saberia que o seu subordinado não estava a olhar para outros aspetos da sua anatomia. A verdade, porém, é que a visão periférica do jovem Barata lhe permitia observar aspectos insuspeitos dessa anatomia – soberbos aspectos! O infeliz suava debaixo do sol.

– Ia tomar banho – suspirou – Você vem?

Dentro da água fizeram de conta que estavam ambos vestidos. Trocaram amenidades. Barata quis saber se ela já fora ao Museu Egípcio ver o busto de Nefertiti. Disse isto e corou. Sob a água, embora um pouco turva, esplendia o busto da diretora. Era como se estivesse usando um vestido transparente, comprido, de um verde luminoso. O rapaz arriscou um galanteio:

– O lago fica-lhe bem.

Quando saíram da água já se conheciam melhor. Na semana seguinte, visitaram a cidade juntos. Passearam de mãos dadas entre a desordem ruidosa da *Love Parade*. Beberam caipirinha num bar de brasileiros em Rosenthalerstrasse. Viram Berlim a girar, quarenta quilômetros em redor, enquanto comiam salsichas no alto da Torre da Televisão. Voltaram várias vezes ao lago. Os outros banhistas já os reconheciam. Cumprimentavam-nos de longe com um aceno de cabeça.

– E agora? – perguntou o Barata à mulher, no aeroporto, uma semana mais tarde, antes de ela embarcar com destino a Lisboa. A diretora sorriu:

– Isto acabou aqui.

Vestia um fato cinzento, discreto, no mesmo tom da voz. Barata viu-a partir com o coração apertado de angústia. Regressou ao lago na manhã seguinte mas foi incapaz de despir as bermudas. Parecia-lhe que as pessoas o olhavam com rancor. Achou a água gelada. Veio-lhe uma vontade de comer miúdos de frango nos restaurantes baratos do Rossio enquanto lia os jornais – mesmo se em agosto nunca acontece nada.

"A melhor coisa do verão", pensou, "é que logo a seguir começa o outono."

O último dia do ano

Encontram-se no último dia do ano num restaurante romeno em Manhattan. Vlad é o primeiro a chegar. Senta-se a uma mesa pequena, no recanto mais sombrio do estabelecimento, tira os óculos escuros, guarda-os num estojo de prata e põe-se a vigiar a entrada. O proprietário reconhece-o e sai de trás do balcão para o cumprimentar. Trocam algumas palavras no doce idioma materno. O viajante pede uma taça de vinho tinto. Espreita o relógio. São exatamente onze horas da noite. Poucos minutos depois, uma figura esguia cruza a porta. Vlad ergue-se risonho:

– Ahasverus, velho judeu, como passaste o ano?

"Errando." Responde o outro, melancólico. "Errando como sempre. Vagamundeando."

Abraçam-se. Beijam-se no rosto. Ahasverus é alto, mais alto ainda do que o romeno. Uma esplêndida barba de profeta cai-lhe livremente pelo peito. A comprida e revolta cabeleira, presa na nuca num rabo-de-cavalo, ilumina a penumbra. Tudo nele foge ao vulgar mas, apesar disso, não deixa lembranças por onde passa.

– Tens o dom da invisibilidade.

– Não – contesta – limito-me a existir o menos possível.

Atravessa as eras, desde há dois mil anos, sem participar delas. Tornou-se, com o correr dos séculos, um observador indiferente das tragédias humanas. Vlad, ao contrário, não perdeu com a idade a fúria de viver. Agora mesmo, enquanto aspira o perfume do vinho, sobem-lhe lágrimas aos olhos.

– Os Cárpatos – suspira – O chão áspero do meu país.

As uvas, explica, guardam intacta a memória da terra, o sabor do sal e do ferro, o calor do Sol. O vinho, afinal, é uma espécie de sol líquido, o único que ele pode provar. Lembra, nostálgico, a velha lenda segundo a qual Baco nasceu na Transilvânia. Ahasverus não se comove. Quer saber por onde o romeno tem andado.

– Cheguei ontem de Cabul...

– Ah, é claro! Onde há guerras, ou epidemias, ou matanças, ou a possibilidade de que isso aconteça, lá estás tu. Aprecias viver entre os mortos...

O outro corrige-o grave. Não. Prefere viver onde palpita o sangue. Gosta das tempestades. Também ele tem de ocultar entre a mortal humanidade a sua natureza. Qual o melhor lugar para esconder um flamingo? Em meio, naturalmente, ao incêndio estridente de um bando de flamingos. Vlad dissimula entre feras a sua sede de sangue.

– Não receias que o horror te embriague?

O romeno sorri com malícia:

– O importante, já dizia Maria Antonieta, é nunca perder a cabeça.

Ahasverus nega-lhe o consolo de um sorriso. Está cansado. Viu tanto passado que não lhe custa muito adivinhar o futuro, e é-lhe difícil viver assim, eternamente assim, sem experimentar jamais o alvoroço da surpresa.

– Sempre foste cruel. Dizem que mesmo enquanto estavas preso, atirado para uma cela imunda, lá na tua Valáquia natal, mutilavas e empalavas os pombos e os ratos que conseguias caçar.

Vlad encolhe os ombros. Solta uma gargalhada sombria:

– Olho para mim próprio e sabes o que vejo? Uma flor carnívora. Certas flores cultivam a beleza, vestem-se de cores brilhantes, enfeitam-se e perfumam-se para melhor atraírem as vítimas. Sou cruel? Pode ser. A natureza é cruel.

Faltam poucos minutos para a chegada do novo ano. Os dois homens ficam em silêncio por um longo momento. Ahasverus mergulha os olhos no vinho:

– Achas que Ele virá?

Vlad admira-se por descobrir na voz do outro um leve sinal de ansiedade. Sorri triunfante:

– Ele já não vem, amigo, não te atormentes mais. Ele esqueceu-se de nós. Vai ser um bom ano, vai ser um ano muito bom, este que começa agora. Tenciono viajar em breve para a tua pátria e depois talvez para África. Podias vir comigo. Tu estás enganado. Nada se repete. Nenhuma morte se assemelha...

– A única morte porque eu anseio é a minha.

Vlad acaricia o farto bigode negro. O nariz é comprido e afilado. Os olhos brilham. Pousa na mesa o copo vazio e chama o empregado para que lhe traga outro. Está feliz:

– Vamos beber! – Estamos vivos. Somos livres e não temos destino.

Ergue o copo.

– À loucura dos homens!

Lá fora, na noite estrangeira, estalam os primeiros fogos de artifício.

Catálogo de Sombras
(2003)

Catálogo de sombras

Para a Kelly Cristina

Ao princípio ri-me com o acontecido, ri-me sem gosto, como se riem os infelizes apanhados em situações ridículas pelas câmaras de televisão. Parecia-me um desses jogos literários tão do agrado de Jorge Luís Borges, um fatigado truque de espelhos, com objetos impossíveis e livros antigos surgindo do nada para inquietar a realidade. Pedro Rosa Mendes descobriu o livro num velho alfarrabista em Alcântara, Maranhão, escondido entre títulos de poesia brasileira dos anos quarenta. Os meus amigos sabem que alimento com carinho, há longos anos, uma pequena biblioteca monstruosa. Incluo nesta todo o género de erros, aberrações e atrocidades, mas também milagres e prodígios, desde obras com títulos insensatos ou revoltantes, a plágios descarados, volumes com capas invertidas, outros com graves erros de ortografia no próprio título, árduas utopias que nunca ninguém lerá. Guardo, por exemplo, o trabalho de um obscuro escritor angolano, Marcial Faustino, constituído apenas pela dedicatória e três breves textos. Uma nota, na contracapa, assegura tratar-se de um romance. O grosso da obra, cento e oitenta e sete páginas, é constituído pela dedicatória, certamente a mais longa da literatura universal. O autor começa por dedicar o livro ao «saudoso Presidente Agostinho Neto», umas vinte e cinco páginas, explicando o motivo da sua devoção, e depois à esposa, trinta e tantas páginas, a cada um dos vinte e dois filhos, e por aí fora. Interessantíssima, a dedicatória. Presumo que seja - e vejo nisto uma genial ousadia literária! - um romance disfarçado de dedicatória.

- Conheces?!

Tomei o livro das mãos do meu amigo: *Catálogo de Sombras*, de Alberto Caeiro, Editora Íbis. Uma nota, na última página, indicava que qualquer correspondência para o autor ou editor deveria ser dirigida à Calçada de Eleguá, n.º 15, em São Paulo. Folheei-o rapidamente e não reconheci um único verso. O estilo, contudo, atordoou-me - inconfundível. Foi então que me lembrei de Borges.

– Talvez seja simplesmente – arriscou, afagando o queixo, o meu amigo – um obscuro homônimo brasileiro do mais famoso heterônimo português.

Não podia ser tão simples. Não era a coincidência dos nomes que me perturbava, era a coincidência do gênio. Guardei o livro entre *As Quibíricas*, de Frei Joannes Garabatus, aliás Antônio Quadros, e uma rara edição do *Luuanda*, de Luandino Vieira, mandada imprimir em Lisboa por um agente da PIDE. António Quadros, poeta e pintor português, criou diversos heterônimos, entre os quais o guerrilheiro negro Mutimati Barnabé João, autor de *Nós, o Povo*, panfleto poético que emocionou e agitou os dias febris da independência em Moçambique. *As Quibíricas* principiam onde *Os Lusíadas* concluem, tendo a mesma estrutura e aproximadamente o mesmo número de versos da obra de Camões. Quanto à edição pirata do *Luuanda*, o que a torna interessante não é apenas a falsidade, mas sobretudo a perversidade. Publicou-a um agente da polícia política portuguesa, em 1965, aproveitando o escândalo resultante da atribuição a Luandino Vieira, então detido na Prisão do Tarrafal sob a acusação de pretender criar uma rede bombista, do Grande Prêmio de Literatura da Associação Portuguesa de Escritores. O livro traz uma nota assegurando que foi impresso em Belo Horizonte, Minas Gerais, dado falso, é claro, mas o único capaz de justificar o seu comércio numa altura em que as editoras portuguesas não podiam publicá-lo.

Nunca consegui esquecer Alberto Caeiro. Volta e meia retirava-o da companhia de Luandino Vieira e Frei Joannes Garabatus e relia-o. Percebi que a ilusão me vencera ao citar um dos falsos versos, acreditando ser um dos legítimos, numa roda de adeptos. Foi naquele exato momento, enquanto os devotos do poeta me atormentavam com questões ansiosas, e eu balbuciava evasivas, tentando evitar o ridículo de admitir haver citado um verso apócrifo, que decidi ir até ao fim. Tinha de descobrir quem escrevera o livro.

Decorreram meses. Em março de 2001 fui a São Paulo visitar a biblioteca de José Mindlin, peregrinação obrigatória para quem quer que se interesse pelo nosso idioma. Saí com o coração aos saltos, depois de ter folheado dois exemplares de *Os Lusíadas*, de 1572, um com a figura do pelicano, no frontispício, voltada para a direita, e o outro com a mesma figura voltada para a esquerda. Mindlin mostrou-me também uma edição original dos sonetos e canções de Petrarca; alguns dos versos, que atacavam a corte de Roma, haviam sido cobertos a nanquim pela censura da época. O tempo, porém, encarregou-se de apagar o nanquim censório devolvendo ao futuro as palavras proibidas. Aquele livro ficaria bem na minha biblioteca. O estado de euforia em que saí deu-me coragem para chamar um táxi e indicar ao motorista um endereço que sabia de cor:

– É para o número 15 da Calçada de Eleguá.

O homem hesitou. Em trinta e quatro anos de praça jamais ouvira falar em tal lugar. Sabia eu a zona? Não, eu não sabia nada, além do nome da rua, e talvez a rua já nem se chamasse mais assim, mas estava disposto a pagar-lhe uma generosa gorjeta se ele conseguisse encontrá-la. Levámos o resto da tarde. Já a noite se atirara, estridente e luminosa, sobre a imensa cidade, quando o táxi me deixou junto a um prédio baço, baixo, numa calçada de pedras tortas. Toquei à campainha mas nenhum som me anunciou. Bati à porta, primeiro levemente, depois com esforço, por fim já sem esperança alguma, e foi só então que ela se descerrou.

O olhar escuro, a mão grossa, de unhas sujas, segurando a porta – não, não era aquilo o que eu esperava. A bem dizer, não sei o que esperava. Creio que esperava um milagre, na figura de um fantasma magro, de ombros curvos, chapéu na cabeça, óculos redondos, um ridículo bigode branco; no sujeito à minha frente, porém, tudo era real e bruto.

– O que o senhor deseja?

– Livros – disse-lhe – Livros e papéis antigos.

Alguém me contara que em tempos havia funcionado ali uma editora e eu queria saber se não teriam ainda alguns livros esquecidos. Disse-lhe que trabalhava para um sebo e que pagava bem por livros e papéis antigos. O homem sacudiu o torpor dos ombros. Cheirava a álcool.

– Editora? Quem vivia aqui era um doutor. Um doutor inglês. Morreu faz tempo...

Abriu a porta um pouco mais e só então reparei que estava em tronco nu, de bermudas e sandálias, e que tinha o desenho de um tridente tatuado no peito. Lá dentro tudo era escuro e revolto. «Sim», disse com esforço, arrastando a voz, «havia livros. Havia papéis.» A mãe dele, Dona Inácia, trabalhara trinta e cinco anos para o doutor, limpando a casa, fazendo a comida, cuidando do velho nos seus últimos dias, e este ao morrer deixara -lhe tudo. Os livros guardara-os ele, há anos, numa arrecadação, no quintal, onde estavam protegidos da chuva.

– Quer ver?

Queria. Levaria o meu erro até ao fim. Segui o homem através das ruínas. O chão, em madeira corrida, havia cedido nalguns pontos. Também o teto não estava em melhor estado. A umidade deslizava pelas paredes, entre teias de aranha e uma flora pálida, e com ela vinha um cheiro forte a coisas mortas. O quintal, aquilo a que ele chamava o quintal, não passava de um pequeno pátio entalado entre muros altos. Num dos cantos erguia-se uma construção precária, em madeira, com teto de zinco, que a mim me pareceu um galinheiro. Estava cheia de livros. Escolhi um ao acaso. *Pânico,* poesia, de Anthony Moraes. O modelo da capa, simples, elegante, era idêntico ao de Catálogo de Sombras, com a única diferença de que no de Anthony Moraes uma pequena ave pernalta, poisada no canto inferior direito, substituía o nome da editora. Estremeci.

– Está bem – disse – Quanto quer por tudo?

Regressei na manhã seguinte acompanhado por uma amiga, Kelly Araújo, professora de História de África, que aceitou guardar os livros no seu apartamento, mesmo sem suspeitar dos meus motivos. O homem vestira-se para nos receber, com um fato claro, ou que já fora claro, e estava mais loquaz. Disse-nos que o inglês, o senhor Carlos Roberto, como o cantor, Roberto Carlos, sim, mas ao contrário, morrera em 1970, de problemas no coração e fora enterrado num cemitério ali perto. Quis saber se ele vivera sozinho durante todo aquele tempo:

– Não casou? Não tinha namoradas?

O homem olhou para mim, olhou para Kelly, e baixou a voz:

– Não, não, ele não era desse gênero, não doutor. O doutor Carlos Roberto era pessoa muito séria, muito respeitadora. Minha mãe sempre dizia: "o doutor Carlos Roberto não cai em pecado nem em pensamento".

Contei trinta exemplares de *Catálogo de Sombras*, de Alberto Caeiro; vinte e três de *Pânico,* de Anthony Moraes, luso-chinês de Hong Kong, conforme adianta uma breve nota na contracapa; havia ainda um volume de contos, *Tudo sobre Deus*, da autoria de um paulista de ascendência italiana chamado Francisco Boscolo, e um grande número de revistas inglesas e brasileiras.

– E cartas?! Ele não deixou cartas?...

O homem olhou-me num espanto mudo. Expliquei-lhe que muita gente aparece nos sebos à procura de correspondência antiga. Certas cartas, as confissões de um poeta ao seu editor, por exemplo, podem valer algum dinheiro depois de ambos mortos. Disse-lhe isto enquanto lhe entregava duas notas de cem reais. O rosto do homem abriu-se num golpe de luz. Sim, havia cartas, mas a senhora sua mãe, Dona Inácia, levara-as consigo. Levara também alguns livros. Dona Inácia regressara à aldeia natal, no recôncavo baiano, não queria morrer em São Paulo, longe dos sobrinhos, das primas e dos primos, longe da grande paz da sua infância, e levara alguns dos pertences do inglês, como se fossem relíquias. Vez por outra mandava notícias. Ele não conhecia a terra da mãe. Mostrou-me um envelope que recebera há pouco:

Inácia Assunção
Nossa Senhora do Silêncio
Cachoeira – Bahia

No dia seguinte, era um sábado, já eu estava dentro de um avião com destino a Salvador, e poucas horas mais tarde saltava de um ônibus na cidade de Cachoeira. Caía a tarde. Uma luz dourada projetava-se horizontalmente de encontro às velhas paredes. As pessoas, os cachorros, inclusive os pássaros, moviam-se devagar, como se tivessem sido todos apanhados numa mesma armadilha de mel. Aluguei um quarto num antigo convento, a Pousada do Carmo, vesti o fato de banho e fui nadar na piscina. Não havia mais hóspedes. Nessa noite alguém me levou a uma cerimônia de candomblé. Só me recordo do fragor ansioso dos atabaques, crescendo, crescendo, crescendo sempre, e das mulheres rodopiando num transe feliz. À saída veio ter comigo um homem magro, com um fino bigode impertinente, que me tomou pelo braço, apresentou-se, «Sou o Alexandre», e sem que eu lhe perguntasse nada disse estar disposto a levar-me até Nossa Senhora do Silêncio por apenas cinquenta reais.

– Daqui até Silêncio, velho, são trinta quilómetros, mas choveu nos últimos dias e a estrada está má. A ir e a vir conte com tempo. Ponha tempo nisso. Espere por mim na Pousada. Estarei lá às oito.

Eram exatamente sete horas e cinquenta e cinco minutos quando Alexandre entrou no restaurante da pousada (eu bebia um sumo de papaia) e se sentou ao meu lado. Abriu um pão-de-leite, barrou-o fartamente com manteiga, depois com mel e compota e comeu -o. Serviu -se do leite e do café, juntou duas colheres de açúcar e sorveu devagar a bebida quente. Só então pareceu reparar em mim:

– E aí, José?! Dormiu bem? Joaninha tá lá fora, doida pra dar uma voltinha com você.

Joaninha era uma velha Harley-Davidson. Na anterior encarnação fora certamente um veículo poderoso. Ainda havia nela uma certa nobreza, a mesma arrogância com que os casarões coloniais de Cachoeira troçavam da morte, e isso comoveu-me. Montei naquela espécie de dinossauro mecânico e confiei a alma ao Criador. Alexandre revelou-se um otimista. A estrada estava em mau estado, sim, nos lugares onde havia estrada. Uma boa parte do percurso, porém, tivemos de o fazer a corta-mato, por caminhos de areia abertos a custo entre uma vegetação de arame farpado. Nenhum carro teria conseguido passar por ali.

Nossa Senhora do Silêncio faz justiça ao nome. Creio que toda a gente acompanhou a nossa chegada, uma boa meia hora antes, as curvas, as derrapagens, as hesitações, só pelo estrépito do motor. Encontrei Dona Inácia sentada junto à porta de casa, direita e solene como uma rainha, enquanto em redor das suas saias piava e ciscava uma alegre ninhada de pintos. A pele do rosto, lisa e negra, brilhava como um espelho. Trazia o cabelo, de um fulgor impossível, preso em duas longas tranças. Os olhos eram vivos e trocistas. Enfrentou-me sem surpresa:

– Tenho estado à sua espera, moço, há trinta anos que o estou esperando. O doutor disse que você viria. Fique sabendo que não vendo nada, vender não vendo, nem deixo que leve daqui papel nenhum. Mas se quiser olhar, tudo bem, pode olhar.

Entrou em casa e regressou minutos depois com duas caixas de sapatos, cheias de papéis, que pousou na areia. A sombra de uma mangueira adoçava o ar. Havia um banco encostado ao tronco. Sentei-me nele, coloquei uma das caixas nos joelhos e abri-a. Não sei quanto tempo fiquei ali. Alexandre trouxe-me uma coca-cola e desapareceu. Provei-a, estava quente. Minutos depois, ou várias horas, veio uma menina com uma sopa. Finalmente, ergui os olhos e dei com os de Dona Inácia. Mostrei-lhe a fotografia de um homem magro, num jardim, segurando entre as mãos um livro aberto.

– Este senhor é que era Charles Robert Anon?

– Carlos Roberto, sim, o meu patrão...

– Ele falava bem português?

– Muito bem, falava muito bem, mas com forte sotaque. Até ao fim falou sempre com forte sotaque inglês – como o senhor...

Tirei da primeira caixa uma outra fotografia. Um velho alto e forte, de bigode e cavanhaque branco, enorme cachimbo entre as mãos, olhava diretamente, fixamente, para a objetiva. Parecia um hipnotizador de circo posando num cartaz. A imagem devia ter sido recolhida no mesmo jardim, talvez na mesma tarde, que a anterior.

– E este sujeito – quem é?

– Esse é o doutor Aleister– Dona Inácia falava com firmeza – Só o vi duas vezes mas uns olhos assim eu não esqueço, não. Quem pode esquecer? Era estrangeiro e não sabia uma palavra em português. Ele e o doutor Carlos Roberto só conversavam lá na vossa língua. Eu não compreendia nada.

Alexandre reapareceu abraçado a uma moça alta, delgada, com um vestido leve, que a luz parecia dissolver. Tinha flores no vestido e no cabelo. Riu-se para mim, num riso úmido, e Alexandre ralhou com ela, fingindo-se zangado. Depois apontou para oriente e eu vi a escuridão fechar-se sobre as espinheiras. O meu tempo terminara. Dentro de poucas horas não haveria luz. Devolvi as caixas a Dona Inácia e disse-lhe que voltaria em breve. Os olhos dela brilhavam de troça. Quis saber, numa última jogada, se a velha senhora lera as cartas e o que pensava de tudo aquilo. Qual a sua opinião sobre o senhor Charles Robert?

– Não tenho opiniões – respondeu-me – Existo.

O céu apagou-se antes que alcançássemos a estrada. Alexandre acendeu os faróis. Julgo que conduzia por puro instinto. Eu via, numa vertigem, as lâminas afiadas das espinheiras, o fio de areia branca do caminho, o abismo escuro e as estrelas, e depois tudo isto ao mesmo tempo. Estava ainda tão atordoado com o que lera que em momento algum me assustei.

– Como sabes que o caminho é este?

– Não sei – gritou – Vamos saber quando chegarmos.

Quando chegámos dei-lhe os cinquenta reais. Dei-lhe mais cinquenta. Depois convidei-o a jantar. Expliquei-lhe que tencionava voltar brevemente a Cachoeira e pedi-lhe para manter em segredo, tanto quanto possível, a nossa viagem a Nossa Senhora do Silêncio.

No dia seguinte, em São Paulo, contei a Kelly o que descobrira, contei-lhe tudo desde o princípio, como estou fazendo agora, a partir daquela tarde em que Pedro Rosa Mendes sacudiu diante dos meus olhos um pequeno volume chamado Catálogo de Sombras, e até o momento em que pousei nos joelhos uma caixa cheia de papéis velhos. Eu próprio ia descrendo do que contava. Numa das caixas, disse-lhe, havia várias cartas assinadas por Aleister Crowley, o mago inglês que visitou Fernando Pessoa em Lisboa, no verão de 1930; essa visita terminou, como se sabe, de forma bizarra, com Fernando Pessoa e alguns amigos a encenarem o suicídio de Crowley – este, asseguravam, lançara-se à Boca do Inferno, em Cascais. Numa carta endereçada a Charles Robert Anon, e datada de dezembro de 1936, Aleister Crowley recorda o episódio, tratando -o como uma anedota, troçando da polícia portuguesa e dos agentes da Scotland Yard enviados a Portugal para resolver o mistério. «Foi uma morte ridícula», admite. E escreve, logo a seguir: «Já a sua, de tão prosaica, resultou muito mais convincente; resultou, sobretudo, conveniente.» A terminar, antes de se despedir, pede a Anon que lhe envie com urgência «algumas libras». Numa outra carta, duas semanas depois, volta a pedir dinheiro, acrescentando ter gasto mais do que supunha com os documentos ingleses que enviara para Lisboa.

Kelly riu-se, desconfiada, como eu me rira ao ver pela primeira vez um exemplar do *Catálogo de Sombras*. Viu-me tão sério, porém, que se assustou. Em janeiro de 2002 aceitou ir comigo a Salvador. Fomos preparados, com uma boa máquina digital, capaz de fotografar documentos, e um gravador de qualidade. Na Pousada do Carmo, em Cachoeira, ninguém sabia de Alexandre. Como já acontecera antes foi ele quem nos encontrou. Apareceu na pousada, no café da manhã, dois dias após a nossa chegada:

– Você chegou tarde, velho, Dona Inácia já se foi.

– Foi?

– É! Desencarnou. Ela pediu para lhe entregar isto.

Abriu uma pasta de couro e tirou a fotografia de Charles Robert Anon, num jardim, com um livro aberto entre as mãos. Nas costas da fotografia, a mesma que eu vira antes, em Nossa Senhora do Silêncio, alguém escrevera a lápis numa caligrafia infantil: «Pai Dionísio.» Sacudi a cabeça, perplexo:

– Pai Dionísio?!

– Eu era menino, mas lembro dele, sim, esteve aqui várias vezes. Nós temos em Cachoeira os terreiros de candomblé mais antigos do Brasil.

Encolhi os ombros. E daí?

– Pai Dionísio, o senhor não sabe? foi um grande médium. Ele começou por vir aqui, ao Centro Espírita, e depois se interessou pelo candomblé e pela macumba. Virou pai de santo. Depois morreu e virou uma entidade. Conheço até um ponto de macumba...

Pontos de macumba são canções de exaltação e evocação de entidades. Alexandre ergueu a voz de falsete:

Lá vem Pai Dionísio
Lá vem, lá vem
com suas quatro sombras
abrindo o caminho:
Caeiro, Seu Álvaro, Reisinho e Pessoa.
Lá vem Pai Dionísio, oh gente!,
preparem o vinho,
a bênção, padrinho
– oh, gente boa!

Kelly começou a rir. Dessa vez eu ri-me com ela. Ri-me às gargalhadas, em convulsão, até que as lágrimas me saltaram dos olhos, e continuei a rir, sem conseguir controlar-me, enquanto Alexandre sacudia a cabeça:

– Não sei, não – disse – Acho que Exu anda por perto.

O homem da luz

Para o Miguel Petchkovsky e Paula Tavares

Nicolau Alicerces Peshkov tinha uma cabeça enorme, ou talvez o corpo fosse mirrado para ela, o certo é que parecia colocada por engano num físico alheio. O cabelo, o que restava, era daninho e ruivo e o rosto coberto de sardas. O nome improvável, a fisionomia ainda mais extraordinária, tudo isso se devia à passagem pelas terras altas do Huambo de um russo extraviado, um russo branco, que nos seus delírios alcoólicos se vangloriava de ter servido Nicolau II como oficial de cavalaria. Além do nome e das sardas Nicolau Alicerces Peshkov herdara do pai a paixão pelo cinema e uma velha máquina de projetar. Foi precisamente o nome, as sardas, a máquina de projetar, digamos pois, a herança russa, que quase o levou a enfrentar um pelotão de fuzilamento.

Antes disso havia passado dois dias e uma noite escondido dentro de uma caixa de peixe seco. Acordara sobressaltado com o latido dos tiros. Não sabia onde estava. Isso acontecia-lhe sempre. Sentou-se na cama e procurou lembrar-se, enquanto o tiroteio crescia lá fora: chegara ao entardecer, pedalando na sua velha bicicleta, alugara um quarto na pensão de um português, despedira o miúdo James, que tinha família na vila, e fora-se deitar. O quarto era pequeno. Uma cama de ferro com uma tábua por cima e sem colchão. Um lençol, limpo mas muito usado, puído, a cobrir a tábua. Um penico de esmalte. Nas paredes alguém pintara um anjo azul. Era um bom desenho, aquele. O anjo olhava-o de frente, olhava para alguma coisa que não estava ali, com o mesmo alheamento luminoso e sem esperança de Marlene Dietrich.

Nicolau Alicerces Peshkov, a quem os mucubais chamavam o Homem da Luz, abriu a janela do seu quarto para se inteirar das razões da guerra. Espreitou para fora e viu que ao longo de toda a rua se agitava uma turba armada, militares alguns, a maioria jovens civis com fitinhas vermelhas amarradas na cabeça. Um dos jovens apontou-o aos gritos e logo outro fez fogo na sua direção. Nicolau ainda não sabia que guerra era aquela mas compreendeu que, qualquer que fosse, estava do lado errado – ele era o índio, ali, e não tinha sequer um javite (machadinha) para se defender. Saiu do quarto, em cuecas, entrou pela cozinha, abriu uma porta e encontrou um quintalão estreito, fechado ao fundo por um alto muro de adobe. Conseguiu saltar o muro, trepando por uma mangueira esquálida, que crescia ao lado, e achou--se num outro quintal, este mais ancho, mais desamparado, junto a uma barraca de pau a pique que parecia servir de arrecadação. Pensou em James Dean. O que faria o garoto naquela situação? Certamente saberia o que fazer, James era um especialista em fugas. Viu um tanque de lavar roupa, com água até cima, coberto por uma lona. James Dean entraria para dentro do tanque, e ficaria ali, o tempo que fosse necessário, à espera que lhe nascessem escamas. Ele, porém, não cabia naquela prisão. O corpo até se encaixava mas não a cabeça. Estava neste desespero, podia ouvir a turba a aproximar-se, quando deu com a caixa de peixe. O cheiro era pavoroso, um odor forte a mares putrefactos, mas tinha o espaço exato para um homem agachado. Assim meteu-se dentro da caixa e aguardou.

Espreitando por uma fresta viu chegar a malta das fitinhas. Arrastavam pelo pescoço, empurravam, faziam avançar a pontapé e à coronhada, cinco pobres tipos cuja única culpa, aparentemente, era falarem umbundo. Deitaram os homens de costas e recomeçaram a bater-lhes, com as armas, com os cintos, com grossos paus, gritando que aquilo era apenas o mata-bicho. Uma mulher apareceu pouco depois segurando uma pistola, afastou os agressores com um simples olhar, encostou a arma à nuca de um dos desgraçados e disparou. A seguir fez o mesmo com os outros quatro. Trouxeram depois dois rapazes e quatro senhoras, uma delas com um filho pequeno às costas, todos chorando e lamentando-se muito. Ao verem os cadáveres, a gritaria aumentou. Um dos soldados destravou a arma: «Quem chorar os mortos morre também.»

Os outros começaram a espancar o grupo, não poupando sequer a criança, ao mesmo tempo que um sujeito com uma câmara de filmar dançava em redor.

Nicolau Alicerces Peshkov afastou o rosto da fresta e fechou os olhos. Não lhe valeu de nada: mesmo com os olhos fechados viu dois dos jovens com fitinhas violarem uma das senhoras; viu-os matarem a criança, à coronhada, e o resto do grupo a tiro e pontapés.

Saiu da caixa ao entardecer do dia seguinte. Estava tão exausto, era tal o tumulto no seu peito franzino, que não se apercebeu do militar, ali mesmo, sentado junto à caixa, vigiando os cadáveres. O homem olhou-o surpreso, alegre como um garoto que tivesse acabado de achar um brinde dentro de um bolo-rei, e conduziu-o pela mão ao quartel da polícia. À entrada um homem muito alto, magro, de barba cerrada, parecia esperar por eles. Levaram-no até uma sala sem janelas, fizeram-no sentar-se numa cadeira. O homem alto perguntou-lhe o nome.

– Peshkov? Nicolau Peshkov?! O camarada é russo? Calha bem. Eu estudei em Moscovo, na Lubianka, falo russo melhor do que português.

E desatou numa algaraviada hermética que pareceu divertir toda a gente. Nicolau Peshkov riu-se também, vendo os outros rir, mas apenas por uma questão de cortesia, porque o que realmente lhe fazia falta era chorar. O homem alto ficou bruscamente sério. Apontou para uma maleta de couro sobre a sua secretária:

– Conhece isto?

Nicolau Peshkov reconheceu a mala onde guardava o projetor e os filmes. Explicou quem era. Há quarenta anos que percorria o país com aquela máquina. Orgulhava-se de ter levado a sétima arte aos desvãos mais longínquos de Angola – lugares esquecidos pelo resto do mundo. Na época colonial viajava de comboio. Benguela, Ganda, Chianga, Lépi, Catchiungo, Chinguar, Cutato, Catabola, Camacupa, Munhango, Luena. Onde o comboio parava ele saía. Estendia a tela, colocava o projetor sobre o tripé, armava meia dúzia de cadeiras de lona para os notáveis da vila. O povo, esse, vinha de muito longe, dos sertões em redor, de lugares com nomes secretos, inclusive de lugares sem nome algum. Ofereciam-lhe cabras, galinhas, ovos, carne de caça. Sentavam-se do outro lado da tela, contra a luz do projetor, e viam o filme pelo avesso.

A guerra após a independência destruiu o caminho de ferro e ele ficou amarrado às cercanias das grandes cidades. Perdeu em pouco tempo tudo quanto havia conseguido nos vinte anos anteriores. Fixou-se no Sul. Viajava de bicicleta, com o seu ajudante, o jovem James Dean, entre o Lubango e a Humpata, entre a Huíla e a Chibia. Por vezes arriscava descer a Mossâmedes. Talvez Porto Alexandre. Baía dos Tigres. Não saía dali. Levava um lençol branco, prendia-o à parede de uma cubata, qualquer parede servia, preparava o projetor e passava o filme. James Dean pedalava a sessão inteira para produzir a eletricidade. Numa noite serena, sem lua, não havia melhor sala de cinema. O homem alto ouviu-o com interesse. Tomou notas.

– Pode provar que é efetivamente o cidadão que pretende ser?

Provar? Nicolau Peshkov tirou do bolso da camisa um papel amarelado e desdobrou-o cuidadosamente. Era um recorte do Jornal de Angola. Uma entrevista publicada cinco anos antes: «O Último Herói do Cinema». Na fotografia, a preto e branco, Nicolau Alicerces Peshkov posava ao lado da sua bicicleta, as mãos no guiador, a enorme cabeça ligeiramente fora de foco.

O homem alto agarrou no recorte, voltou-o e começou a ler um artigo qualquer sobre a importação de farinha de bombó. «Não é esse, chefe, não é esse», gemeu Nicolau Peshkov, «leia por favor a reportagem que está do outro lado. Veja a fotografia. Sou eu.» O homem alto olhou-o com desdém:

– Camarada Peshkov, você, um sujeito que ignora a língua paterna, é você que me diz o que devo ou não devo ler?!

Leu o artigo até ao fim. Até ao fim, não, porque o artigo estava cortado a meio.

– Onde está o resto desse artigo?

Nicolau Alicerces Peshkov falou devagar:

– Chefe, não é esse o artigo. O artigo que interessa, através do qual posso provar que sou de facto a minha própria pessoa, esse artigo está do outro lado.

O homem alto perdeu a paciência:

– Porra! Pensas que aqui somos todos burros?! Estou a perguntar onde está o resto deste artigo. Se você não responder eu lhe mando fuzilar por ocultar informação. Vou contar até dez.

Talvez ele não saiba contar até dez – pensou Nicolau Peshkov. Infelizmente sabia. Contou até dez, pausadamente, e depois girou a cadeira e ficou um longo momento a olhar a parede. Voltou-se, abriu a maleta que estava sobre a secretária e retirou o projetor.

– Mostra-nos lá o filme, fantoche. Quero saber o que andaste a filmar. Objetivos militares, está-se mesmo a ver.

Nicolau Peshkov pediu um lençol limpo, um martelo e pregos. Esticou o lençol e pregou-o à parede. Montou o projetor sobre uma cadeira. Não disse nada. Tinha aprendido muito nas últimas horas. O filme era, de alguma forma, obra sua. O trabalho de uma vida. Montara-o, quase fotograma a fotograma, recorrendo ao que sobrara dos filmes do pai. Pediu que apagassem a luz. Um dos soldados subiu para um banco e desenroscou com cuidado a lâmpada do teto.

Peshkov ligou a máquina à corrente e uma luz puríssima caiu sobre o lençol. Na primeira cena via-se uma família a ser atacada por pássaros dentro da sua própria casa. O episódio impressionou muito os assistentes (impressionava sempre). O homem alto falou por todos: «Já viram?! Passarinhos tipo mabecos.» A seguir apareceu um velho empoleirado sobre um telhado a tocar violino. «É para enxotar os pássaros», concluiu um dos guardas, «esse cota é feiticeiro.» Viu-se ainda um caubói a beijar a namorada em frente a uma cascata. Finalmente um homem de olhos tristes, chapéu na cabeça, despediu-se de um casal num aeroporto. Quando o casal embarcou apareceu um outro sujeito com uma pistola, mas o tipo do chapéu foi mais rápido e deu-lhe um tiro. O casal devia estar ainda a fugir dos pássaros. *The End.*

A luz do projetor tremeu, apagou-se, e fez-se um grande silêncio. Finalmente o homem alto levantou-se, subiu para o banco e voltou a enroscar a lâmpada da sala. Suspirou.

– Você pode ir Peshkov. Desapareça. O filme fica.

Nicolau Alicerces Peshkov saiu para a rua. Uma lua imensa brilhava sobre o mar. Puxou um pente do bolso traseiro das calças e alisou com ele os seus últimos cabe-los ruivos. Endireitou as costas e foi à procura de James Dean. O miúdo saberia o que fazer.

Discurso sobre o fulgor da língua

O Velho Firmino rondava-nos vagamente por ali, sempre absorto, extraviado, soprando no ar ensopado misteriosas ladainhas. Eu via-o descer as escadas tropeçando em aliterações:

E fria, fluente, frouxa claridade
Flutua como as brumas de um letargo.

Uma espécie de escuridão escapava-se dele, como de um abismo, enquanto declamava Cruz e Sousa:

Vozes veladas, veludosas vozes,
volúpias dos violões, vozes veladas
vagam nos velhos vórtices velozes
dos ventos, vivas, vãs, vulcanizadas.

A Fernando Pessoa, esse, amava-o ainda com maior fervor. A ele e a toda a sua legião de heterônimos. Rezava-os:

Mas em torno à tarde se entorna
A atordoar o ar que arde
Que a eterna tarde já não torna!
E em tom de atoarda toda o alarde
Do adornado ardor transtorna
No ar de torpor da tarda tarde.

Eu deixava-me afundar no ar de torpor da tarda tarde. Estendia-me numa das redes e logo caía num sonho rápido, em algum lugar ainda mais a sul, entre torrentes de água fria, sob um céu nu e metálico, nalguma praia de veludo, refrescada pela brisa salgada do mar. Despertava minutos mais tarde, encharcado em suor, louco de sede, sufocado por aquele ar de ácaros, saía pela porta aos tropeções, cruzava a rua, e desfalecia de bruços no balcão do bar em frente, implorando pelo amor de Deus uma cerveja estupidamente gelada.

Chegara ali como um náufrago, de mochila às costas, e logo me fascinara o improvável alfarrabista, ou sebo, nome mais comum no Brasil, ocupando por inteiro os dois andares de um fatigado casarão colonial. Se eu fosse alfarrabista teria imenso trabalho para organizar a minha loja de forma a que parecesse naturalmente desorganizada. Um alfarrabista organizado, metódico, sugere-me algo vagamente monstruoso, capaz de ofender a ordem natural das coisas, um pouco como um lagarto com duas cabeças, um advogado ingênuo, um general pacifista. A maioria das pessoas que frequentam alfarrabistas gostam de pensar que caminham entre o caos, e que em meio àquele grave e silencioso tumulto podem, de repente, tropeçar na primeira edição d'*Os Lusíadas* ao preço de um romance de Paulo Coelho. Houve um tempo, romântico, em que essas coisas podiam realmente acontecer. Um tempo em que os alfarrabistas ainda respeitavam a desordem. Os novos profissionais desta área são, desgraçadamente, muito bem informados e ainda mais bem organizados. No sebo do Velho Firmino Carrapato, porém, a desordem era legítima e muito antiga. Três gerações de Carrapatos haviam contribuído com o seu demorado labor para aquele esplêndido caos. Os livros multiplicavam-se, empilhados pelo chão, ou desalinhados por metros e metros de incertas estantes em alumínio, sem outra lógica que não fosse a da sua chegada ali. O Velho Firmino dispusera cinco ou seis redes amarradas às colunas, junto às largas portadas abertas para a rua, de forma que era possível folhear os livros com alguma comodidade, rezando para que a brisa da tarde fosse capaz de abrandar o calor, sim, mas não forte o suficiente para transformar em irremediável pó, pura poeira erudita, os papéis antigos.

Firmino gostava de mim. Estranhara ao princípio o meu sotaque – de onde vinha eu? Angola?! – olhara-me perplexo:

– Na África?! E lá falam português?...

Disse-lhe que sim, que falávamos português, tal como muita gente em Moçambique, Cabo Verde, Guiné-Bissau, São Tomé e Príncipe, Timor, e, é claro, em Portugal. Não, isso não, contestou o velho, em Portugal não. Os portugueses já mal falam português. Na verdade, acrescentou, nem sequer se pode dizer que falem, isso carece de demonstração. Ele vira, meses atrás, um filme português e não compreendera uma única palavra. Os atores emitiam uns vagos murmúrios, mantendo a boca fechada, como se fossem ventríloquos, com a diferença de que os bons ventríloquos falam pelo próprio umbigo, ou o alheio, falam pelos cotovelos, falam inclusive pela boca fechada de um português, e sempre com relativa clareza. Argumentei, já um pouco irritado, que isso tinha a ver com a deficiente qualidade técnica do som dos filmes portugueses, bem como, é certo, com a má dicção de alguns dos atores, e depois dei o braço a torcer, e concordei que sim, que os filmes portugueses deviam ser exibidos com legendas, não apenas no Brasil mas também em Portugal. Estávamos nisto quando, sereno como um milagre, entrou na loja um português. Era um homem franzino, e no entanto sólido e elegante, com o crânio rapado, uma barbicha rala, bem desenhada, uns óculos de aros redondos, em prata, que deviam ser herança de algum remoto antepassado.

– Boa tarde! Posso entrar?

Também ele falava sem abrir a boca, mas parecia simpático, de forma que o chamei, apresentei-lhe o alfarrabista, e em breves palavras dei-lhe conta da nossa querela. Um pequeno clarão iluminou os óculos do português e ele sorriu. A questão recordava-lhe uma tese que Agostinho da Silva defendera. Talvez a tese de Agostinho nos parecesse um tanto bizarra e sem suporte científico – mas era poética. Disse isto e ficou muito sério:

– A poesia acerta mais do que a ciência. Na natureza, por exemplo, a beleza é utilitária, isto é, não existe no universo fulgor sem serventia. Se os cientistas fossem à procura da beleza ao invés da funcionalidade chegariam mais depressa à funcionalidade.

Segundo Agostinho da Silva, as línguas afeiçoam-se às geografias que colonizam. Num horizonte amplo, desafogado, o sotaque é mais aberto, e numa paisagem fechada ele tende a fechar-se. Assim, no Brasil, em Angola ou em Moçambique as pessoas falam a nossa língua abrindo mais as vogais, e nos Açores, na Madeira, em Portugal continental, mas também em Cabo Verde, fecham-nas.

Foi assim, através da poesia, que o português conquistou o árduo coração de Firmino Carrapato. Naquela tarde fossou tranquilamente pelos salões, sem pressa, não hesitando em desfazer e refazer as pilhas poeirentas. Quando a luz já começava a declinar chamou o velho. Firmino foi estudando com vagar os livros que o português escolhera. Lia alto o título, via o estado da lombada, sopesava-os. Um deles, um grosso volume ricamente encadernado, pareceu intrigá-lo:

– *Discurso sobre o Fulgor da Língua*? Foi um doutor daqui, do Maranhão, que escreveu isso, mas nunca ninguém o leu. Tem a certeza que quer levar?

O português assentiu com a cabeça. O velho murmurou qualquer coisa (pareceu-me reconhecer um verso de Pessoa) e depois encolheu os ombros:

– Tá bom. Esse eu ofereço…

Uma semana depois dei com o português sentado num bar de rastafáris. Estava feliz como um rio. Antes que eu lhe perguntasse alguma coisa mostrou-me um papel:

– Quem achar este bilhete queira por favor dirigir-se ao meu advogado, em São Luís do Maranhão, com o exemplar do livro onde o encontrou – vinha depois o nome e o endereço do advogado.

O português sorriu:

– Você não vai acreditar: herdei um casarão em Alcântara!

O bilhete fora escrito pelo autor do grosso volume que o Velho Firmino lhe oferecera. O infeliz falecera anos atrás, desiludido com a desatenção do mundo, mas não sem antes ter redigido um testamento em que doava o palacete da família a quem quer que provasse ter comprado e lido o seu único livro. O português exultou:

– E sabe uma coisa? O livro é bom!

A BIGGER SPLASH

Tomás não sabe fingir. Baixou os olhos, afundou os olhos nos papéis. Tirou o estetoscópio do pescoço, sem olhar para mim, e arrumou-o cuidadosamente numa gaveta. Vai dizer que lamenta muito, pensei, vai dizer que lhe faltam as palavras. Lembrei-me da tarde em que nos tornámos irmãos de sangue, ferindo os pulsos com um canivete e atando-os depois um contra o outro, com um lenço, como os índios nos filmes. Eu era apache; ele caubói. Ia perguntar-lhe se continuava a gostar de caubóis, mas então Tomás sacudiu a cabeça horrorizado:

– Lamento muito...

Foi nesse instante que perdi o medo. Acho que alguma coisa na minha alma mudou de estado. O gelo espesso da angústia dissolveu-se de um só golpe, – como chamaria uma cozinheira a isto, ponto de pérola? ponto de rebuçado? – um duro nó de espinhos que se desatasse. Fez-se em mim um grande sossego, provavelmente até sorri; perguntei-lhe:

– Quanto tempo?

Tomás ergueu os olhos e viu um menino com penas na cabeça. Nós, a pedalarmos junto ao rio, um apache e um caubói, irmãos de sangue. Talvez me tenha visto a atravessar as ondas, agarrado à prancha, na tarde em que o salvei. Eu a dançar com Júlia – «Quem é o anjo?» – e os três abraçados, poucos meses depois, no casamento deles. Fui o padrinho dos gêmeos. Creio que viu tudo isto, num fulgor, como eu próprio vi, porque levou as mãos ao rosto e ficou assim por um largo momento. Achei que seria ridículo tentar consolá-lo. Deixei-me estar, calado, a olhar o céu lá fora. Finalmente ele limpou os olhos à manga da camisa, como se tivesse voltado a ser rapaz, e disse-me:

– Nove meses. Tens no máximo nove meses. Podes viver seis, sete, com algum conforto. Os últimos vão ser difíceis.

Agora sei tudo sobre a minha morte. Saio para o sol e alegro-me porque está um dia quente de verão e o céu brilha. Esta tarde não vou à galeria. Compro a biografia de Bruce Chatwin, do Nicholas Shakespeare, e leio-a na praia. Já é noite quando entro em casa. Vera Regina acha-me um ar estranho. Palavras dela:

– Estás com um ar estranho.

Não me pergunta nada. Tenho em casa, na parede da sala de visitas, uma cópia em tamanho real de *A Bigger Splash*, 243,8 cm por 243,8 cm, que David Hockney pintou em 1967. Pago a um jovem artista para me fazer cópias exatas das minhas obras preferidas. Os meus amigos acham isso de muito mau gosto. Tomás, por exemplo, costuma cuspir numa tela de Edward Hopper – ou melhor, no caso, do Lúcio Falaz, é esse o nome do jovem falsário – *Rooms by the Sea*, que mandei colocar no escritório:

– Acho mais honestas as flores de plástico.

Eu também não gosto de flores de plástico – porque não são flores. Um óleo sobre tela, porém, é um óleo sobre tela. Uma aguarela é uma aguarela. Se eu fosse muito rico comprava os originais. Se eu fosse pobre não comprava *posters*. Os *posters*, sim, são flores de plástico. Sento-me em frente de A *Bigger Splash*, a cópia, e demoro-me a vê-la. É uma composição simples. Uma casa, duas palmeiras, uma cadeira de lona, e, em primeiro plano, uma prancha e a piscina. Alguém acabou de saltar, mas não se vê corpo nenhum, apenas a água em desordem. O silêncio, um súbito *splash,* e o silêncio de novo. Eu ainda não mergulhei de vez, penso, estou suspenso no ar. Aquele é o meu retrato amanhã. Um pouco de água em convulsão e o peso puro do mistério no instante seguinte.

Bárbara liga-me para o telemóvel. Tem dormido mal. Dói-lhe a cabeça. Quer saber se eu já conversei com Vera Regina e lhe contei toda a verdade, exige uma decisão minha, mas não é sobre isso que fala. Bárbara nunca fala sobre isso. Nunca exige nada. Não pronuncia sequer o nome de Vera Regina. Queixa-se do calor, ou do frio, e da largueza das noites. Diz-me, por exemplo:

– Sou atravessada pela escuridão.

O negrume da noite atravessa-a, explica, da mesma forma que a luz atravessa os vitrais. Bárbara ama as elipses e as metáforas. Ocorre-me, numa vertigem, que a estou a sonhar, a ela e à voz com que me diz estas coisas. Respondo que sim a tudo, como aqueles sujeitos delicados, aos quais alguém interpela em aramaico, e eles, para que o outro se não ofenda por desconhecerem a língua, vão com a cabeça assentindo sempre.

Deito-me e adormeço logo. Acordo a meio da noite com uma sensação de desastre iminente. Vera Regina abraça-me pelas costas. Chora baixinho.

– Meu amor, meu amor.

Tem sido assim nas últimas noites. Finjo que durmo. Adormeço, e continuo a ouvi-la a chorar em sonhos, «meu amor, meu amor», mas na manhã seguinte, quando acordo, encontro-a refeita, apenas uma sombra leve sob os olhos, e o forte sorriso de sempre:

– Dormiste bem?

Penso em contar-lhe tudo. Sobre a Bárbara? Não, não, isso já ela descobriu. Durante anos fui-lhe fiel (a Vera Regina) apenas por preguiça. Hoje sou-lhe infiel pela mesma razão. Penso, isso sim, em revelar-lhe a notícia da minha morte mas desisto de o fazer no mesmo instante. Não me assusta a morte; o que temo é a promiscuidade, ter de a partilhar, ter de a viver com alguém até ao fim. A minha morte é um enigma íntimo.

– Fazes-me uma torrada? E um ovo, por favor, um ovo estrelado.

Despeço-me dela com um beijo. Contenho-me para não a abraçar. Digo-lhe que vou para a galeria, como faço todas as manhãs, e efetivamente sigo nessa direção. Dois quarteirões adiante, porém, viro à esquerda. Em poucos segundos mergulho na desordem do trânsito. O telemóvel toca. Deixo-o tocar três vezes; depois desligo-o sem tentar saber quem fez a chamada. Lembro-me da primeira vez que saltei sozinho de asa-delta. Não senti medo. O que experimentei foi uma espécie de arrebatamento, um furor incontrolável – compreendi que estava sozinho.

Fui ver o Lúcio Falaz. Ele recebeu-me na cozinha. É um rapaz frágil, de uma palidez artificial, que se veste sempre de preto. Imagino que vá para a cama com um pijama preto. Frequenta um curso de arte, à tarde, e à noite trabalha na morgue. Não se queixa:

– É muito tranquilo. Os meus clientes são pessoas calmas.

Quero que ele volte a pintar uma cópia de *A Bigger Splash*, idêntica em tudo ao original, mas acrescentando duas figuras:

1. Figura) Eu próprio, emergindo da água em convulsão;

2. Figura) Vera Regina, sentada na cadeira de lona, do outro lado da piscina.

Dou-lhe uma fotografia minha, tipo passe, e outra de Vera Regina, vestida com um biquíni amarelo. Fiz essa imagem, há cinco anos, num hotel em Marrocos. Nessa época, creio, fomos felizes. Lúcio Falaz recebe a minha proposta com um entusiasmo que me surpreende:

– Cool! – suspira – isso é pós-moderno!...

Sou galerista. Trabalho com arte. Não sei o que é o pós-modernismo. Vou para a praia ler a biografia de Bruce Chatwin. O homem que aluga as cadeiras recebe-me como se eu fosse um cliente habitual. Arrasta uma cadeira e um guarda-sol e coloca-os a poucos metros do mar. Traz-me, sem que eu diga nada, uma garrafa de coca-cola, porque foi isso que lhe pedi ontem. Leio durante uma hora. Depois ligo o telemóvel e disco o número de Bárbara. Digo-lhe que quero terminar tudo. Pensei muito e concluí que a nossa relação é prejudicial a ambos. Sou inflexível. Ouço-a chorar, do outro lado, e isso aflige-me, mas não mais do que se estivesse comodamente sentado num cinema, a ver, no ecrã, uma atriz agonizando. Desligo o telefone. Tento desenhar num pequeno caderno, que trago sempre comigo, o rosto de Bárbara mas não consigo. Desenho facilmente o rosto de Vera Regina. Desperta-me o estrídulo do telemóvel. Grita assim quando tem mensagens. Há cinco mensagens novas. Leio a primeira:

– Houve uma troca de chapas. Tu estás bem. Liga-me.

É de Tomás. A segunda também é dele. Pede que o desculpe pelo erro. A terceira e a quarta mensagens ainda são de Tomás. «Ninguém sabe de ti, cabrão. Liga-me já ou volto a matar-te.» Não vou ligar tão cedo. Vou deixá-lo cozinhar em lume brando. A quinta mensagem é de Vera Regina:

– Amo-te.

O céu, lá muito em cima, tem a mesma cor do mar. Brilha como uma esmeralda. Fecho os olhos, e quando os reabro é como se me debruçasse sobre um imenso abismo azul. Vacilo, quase desmaio. Caio (acho que caio). Mergulho rapidamente em direção à luz.

O CORPO NO CABIDE

– Por vezes, ao acordar, sinto que a minha alma não cabe no corpo.

Ela disse isto e depois calou-se, como se fosse ficar assim para sempre, como se tivesse esgotado tudo o que lhe restava para dizer até ao fim da vida. A frase, lançada com frieza no silêncio úmido do quarto, produziu uma pequena escuridão no espírito do homem.

– O que significa isso?

A mulher olhou-o com uma espécie de estranhamento. Ele tentou soltar-se daquele olhar. Cobriu o tronco com o lençol.

– Fiz alguma coisa que não devia?

Momentos antes havia-a abraçado pelas costas, progredindo com cuidado, com vagar, como quem atravessa às escuras uma cidade estranha. Incomodara-o que ela não gemesse alto. Queria ouvi-la gemer, gritar. Ela continuou:

– Sinto que o corpo me aperta a alma, sei lá, que está curto, entendes?, como se tivesse adormecido com quinze anos e acordasse aos vinte e cinco ainda com a mesma roupa. Sinto uma grande vontade de despir este corpo e ficar com a alma exposta, inteiramente nua.

Trazia as unhas pintadas de negro. Ele reparou nisso vagamente inquieto. Lembrou-se de quando era criança e acordava no beliche superior do seu quarto, num comboio parado algures no interior de África, e ouvia lá fora, na escuridão à solta, os pequenos ruídos do mato. Naquelas unhas pintadas de negro havia alguma coisa de ameaça – como nos ruídos do mato. O corpo da mulher era longo e liso, semelhante ao de um peixe, e de alguma forma igualmente impossível de aprisionar. Uma luz escura fluía dela como de um rio ao entardecer. O homem saltou da cama. O que podia dizer?

– Não compreendo as mulheres.

Podia ter dito isto, alguma coisa deste gênero, mas seria demasiado óbvio. Sentou-se em silêncio, no canto mais afastado do quarto, e acendeu um cigarro. Ela sorriu:

– É assim tão difícil de entender?

Podia ter dito, «os homens nunca entendem nada», mas seria inútil. As mulheres, na verdade, não precisam que os homens as compreendam. Basta que as ouçam. Ele sabia disso e assim continuou calado. Ela via-o, ali, no canto do quarto, meio encoberto pelo fumo do cigarro.

– Às vezes gostaria de poder despir este corpo. Despia-o e pendurava-o num cabide, no armário, ao lado dos vestidos que nunca mais voltarei a usar. Cuidaria dele nos domingos de chuva, de manhã, quando me afligissem as saudades destes dias. Ou talvez, simplesmente, o esquecesse. Farias amor com a minha alma nua?

Aborrecia-o que ela não tivesse gritado. A mulher possuía um corpo intenso e vibrante (sim, havia vibrado nos seus braços), mas ao mesmo tempo parecia tão distante dele quanto um navio pousado na linha do horizonte. Não um navio qualquer: ele via-a como um transatlântico, uma vasta cidade de espelhos e cristais, com as suas festas junto à piscina, os jantares no grande salão, os bailes de máscaras, os inúmeros assombros nos quais nunca conseguiria penetrar. Pensar nisto deu-lhe vontade de chorar. Esfregou os olhos. Murmurou:

– Vou deixar de fumar.

Não viajaria jamais num transatlântico. Sentia-se em relação a ela como o pequeno peixe-pescador, um peixe dos abismos oceânicos, cujo macho se une à fêmea com tal paixão que chega a prescindir do próprio corpo. Também ele dependia inteiramente dela. Ela, no entanto, só o achava interessante enquanto o tinha na cama. Pensou tudo isto no breve espaço que levou a acender outro cigarro. Deixaria de fumar no primeiro dia do ano. Não voltaria a fumar.

– Responde. Farias amor com a minha alma nua?

Nos últimos meses aguardara num secreto terror por aquela pergunta. Ou melhor, se quisermos ser precisos, por uma pergunta naquele tom de voz, não exatamente com tais e tais palavras. O tom de voz é quase sempre mais importante do que a mensagem. O homem chamava-lhe – refiro-me à pergunta – o enigma final. A Esfinge afiava os dentes, «decifra-me ou devoro-te», e o que podia ele responder -lhe?

– O teu corpo agrada-me muito.

Seria certamente a resposta errada. Qualquer resposta seria a resposta errada. Ele envelhecera. Estava quase sábio. Compreendeu que faria melhor se continuasse calado. Preferia fingir-se de morto, como alguns pequenos animais quando o predador os alcança. Há sempre a possibilidade de que o predador apenas se pretenda divertir com a perseguição. Talvez ela não quisesse realmente a sua carne.

– Estou a assustar-te? Quero que te assustes, sim, gosto de te ver assustado. Agora responde: entre o meu corpo e a minha alma o que é tu escolhias?

Ele esmagou o cigarro no cinzeiro.

– Porque pintaste as unhas de negro?

As lagartixas largam a cauda quando se sentem cercadas e a fuga não parece possível. Pode ser que o predador se interesse pela cauda, a qual, durante alguns segundos, se sacode e salta como uma coisa viva e autônoma, e então consigam esgueirar-se. Ele largou a pergunta como uma lagartixa largaria a cauda. A mulher, porém, não se deixou iludir:

– Responde!

O homem compreendeu que estava perdido. Nos últimos meses tentara preparar-se para aquele instante. Agora, porém, agora que tudo ia realmente acontecer, sabia que não estava preparado. Nunca estaria. Respirou fundo. Precisava de um cigarro. O seu último cigarro. Não esperaria pelo primeiro dia do ano. Fez um esforço para pensar no mar. Num mar calmo, azul-turquesa, sob um grande sol de verão. A imagem do mar costumava pacificá-lo. O que diria o peixe -pescador à respectiva fêmea se esta decidisse livrar-se dele? Podia dizer-lhe que a amava, que já não conseguiria viver sozinho; de fato, coitado, não conseguiria. A boca do peixe-pescador funde-se à pele que recobre a fêmea; os sistemas vasculares do macho e da fêmea unem-se e o minúsculo macho passa a depender inteiramente do sangue da fêmea para a sua sobrevivência. Transforma-se, digamos assim, num pênis portátil.

O homem sorriu com tristeza; logo a seguir, porém, pensou que um sorriso triste era uma contradição nos termos e esforçou-se por sorrir com ironia. O novo sorriso ficava-lhe mal, como alguém que sobre uma camisa escura, de corte clássico, colocasse uma gravata de fantasia com desenhos do Rato Mickey apunhalando a Minnie (algo assim).

– Foi um equívoco, sabias?

Ele, o pênis portátil, fora com ela para a cama pela primeira vez, há oito meses, graças a um equívoco feliz (poderia dizer, agora, que fora um equívoco feliz?). Não que não a desejasse; desejava-a, sim; mais do que isso, amava-a com uma paixão sem esperança. Uma noite encontrou-a num congresso e levou-a a jantar. Enquanto consultava o menu, exausto, distraído, a pergunta saltou-lhe dos lábios:

– E depois disto, o que queres fazer? Vamos para a cama?

Pretendia dizer, é claro, vamos dormir, cada qual na sua cama. Ela não lhe deu, contudo, tempo para se explicar. Olhou-o de frente, com os mesmos olhos cruéis com que o olhava agora:

– Vamos.

Ele enfiou a cabeça no menu para esconder a perturbação. O empregado afastou-se muito direito, muito depressa, e explodiu às gargalhadas na cozinha (é assim, pelo menos, que imagina a cena). Foram para o quarto dela. Havia uma desordem de roupas sobre a cama. A mulher deixou que o vestido lhe deslizasse até aos pés e ficou nua diante dele, bela como um abismo, a pele negra reluzindo na penumbra.

– Trazias o teu vestido verde, lembras-te?

Ela não se queria lembrar. Vivia o presente e esquecia o passado. Fazia alarde disso. Atirou o lençol para longe e de novo o esplendor daquele corpo jovem o aterrorizou. A fêmea do louva-a-deus assassina o macho por luxúria. Um louva-a-deus macho ao ser decapitado executa melhor e com mais vagar os movimentos espasmódicos próprios da cópula. A fêmea corta a cabeça ao macho e devora-lhe as entranhas enquanto este se agita ansiosamente para atingir o orgasmo. Em algumas espécies, com a excitação, a fêmea muda de cor e brilha.

A mulher levantou-se e avançou lentamente em direção a ele. Uma escuridade acesa. Bela como um abismo. Bela como um louva-a-deus fêmea antes da cópula.

Rita cantava uma canção redentora

Jorge chamou o empregado e pediu um galão e um bolo de arroz. Depois abriu o jornal e procurou as páginas de cultura. Havia um artigo sobre os vinte anos da morte de Bob Marley. Lembrou-se de vinte anos antes ter lido a notícia do desaparecimento do cantor com um secreto alívio:

– 36 anos! Paciência, viveu muito, já não era nenhum menino!...

Devia ter então 16 anos. Agora tinha 36 e ainda se achava um menino. Também a mãe o achava um menino. Havia ainda a velha empregada cabo-verdiana, a Dona Luísa, que o conhecia desde pequeno, menino. Lembrou-se com angústia do tempo em que ia à Feira Popular, ao Palácio dos Espelhos, e do quanto ria ao ver-se ancho e luzidio como um boi afogado. Nunca foi capaz de perceber o que aquilo era realmente – uma premonição. Os espelhos são seres premonitórios, dotados de um espírito insubmisso, como os rinocerontes, e além disso nunca se cansam. Em cada espelho surpreendia hoje, olhando-o lá do fundo, pálido de susto, o boi afogado de outrora, e já não se ria. Primeiro mandou instalar, em casa, espelhos ligeiramente côncavos. Finalmente, fez com que retirassem todos os espelhos.

Rita dançava *reggae*. Tinha uma cintura tão fina que parecia impossível existirem dentro dela órgãos ativos. Ao dançar requebrava os quadris, sacudia o lume dos cabelos, erguia os braços, uma rainha de carnaval emergindo das ondas de um mar revolto. Foi ela quem começou tudo:

– Danças?

O empregado, um velho alto e ossudo como um escadote, trouxe-lhe o galão e um pastel de nata. Olhou para Jorge devagar, sombriamente, enquanto poisava na mesa o prato com o pastel de nata. Jorge comeu o pastel. Não, não dançava, não havia forma de acertar com o ritmo, era ele para cá e os outros para lá, num infeliz desacerto. Tinha a certeza de que nas suas costas toda a gente troçava.

– Não consigo – Acho que até Deus se ofende se eu dançar.

Ela riu-se: «Sou a Rita», soprou-lhe ao ouvido. «Como a Rita Hayworth.» E deu-lhe um beijo no rosto. Saíram de mãos dadas para a noite. O verão acendia estrelas. Jorge levou-a a ver o jardim.

– Reparaste? – perguntou a rapariga – As árvores estão cheias de pássaros e de escuridão.

Ele só via a escuridão. Segurou-lhe o queixo e beijou-a na boca. Ela abriu os lábios e deixou-o entrar. Ainda agora, enquanto terminava de comer o pastel de nata, Jorge podia sentir o calor da boca dela. A língua dela roçando na sua. Trocaram muitos beijos depois daquele mas é daquele que ele se lembra melhor. Lembra-se do Princípio e lembra-se do Fim, um ano e meio depois, já o inverno devorava Lisboa. Pelo meio ficava a vida. A vida inteira. Ao resto ele não chamava vida. No Fim prendeu-lhe os pulsos. Sentiu-a estremecer. O céu escureceu, começou a chover e nesse instante teve a certeza de que não voltaria a beijá-la. Soltou-a com um suspiro. «The End», disse ela, «como nos filmes.» E foi-se embora pisando com desdém o chão molhado. Ele sentou-se na relva, junto ao lago, e fechou os olhos. Suava. Sentia febre. A chuva picava-lhe a pele. Viver parecia-lhe uma noite hostil.

Percebemos que estamos a envelhecer quando alguém nos dá cinco anos a menos e isso já não tem importância alguma. Aos vinte não é possível que alguém nos retire cinco. Aos trinta pode acontecer, e se acontecer é um triunfo. Aos trinta e seis, aos quarenta, aos cinquenta, já não faz qualquer diferença. Jorge deu conta que tinha envelhecido, e que era irreparável, quando uma jovem cliente lhe deu trinta anos, por simpatia, e isso o encorajou a perguntar:

– Posso convidá-la para jantar?

E logo ela, num horror sem disfarce:

– Você dá-se conta de que podia ser meu pai?!

Tecnicamente podia, é verdade, mas não era ideia que lhe agradasse. O escadote aproximou-se, numa solicitude ostensiva, e Jorge viu-lhe as costelas largas desenhadas a suor na camisa branca:

– Deseja mais alguma coisa?

– Sim, traga-me o passado por favor.

Numa bandeja. Não, claro, Jorge não disse isto. Não disse nada e o homem afastou-se. Jorge pensou em Rita. Vinte anos depois estava ali à espera dela. Rita ligara-lhe para o telemóvel nessa noite. A meio da noite. Às três horas e quarenta e cinco minutos de uma silenciosa noite de verão. O grito do telefone transformou-se no seu sonho num alarme contra bombardeamentos aéreos e ele correu a procurar abrigo. Encontrou o telefone, pousado na mesa de cabeceira, e julgou que continuava a sonhar quando reconheceu a voz:

– Jorge, és tu Jorge? Preciso tanto de falar contigo…

O que fazia Rita num abrigo antiaéreo, em Bagdad, enquanto os bombardeiros americanos despejavam sobre a cidade um manto de bombas?

– O que fazes aqui?

Rita dançava *reggae*. Rita disparava contra o xerife. Rita esperava em vão. Rita cantava uma canção redentora. Rita, em pé, lutava pelos seus direitos. A fina cintura requebrando ao ritmo da música. Os longos cabelos em chamas. Os lábios abertos e a língua à espreita.

– O que faço eu aqui? Como o que faço aqui?! Um amigo deu-me o teu telefone. Preciso de te ver, de falar contigo. Tenho saudades tuas.

Rita tinha saudades dele vinte anos depois. Combinaram encontrar-se às cinco da tarde na esplanada da «Brasileira». Jorge espreitou o relógio: eram cinco e meia. Rodou os olhos pelas mesas. Viu vários turistas alemães, estendidos nas cadeiras, em tronco nu, gozando o sol como se estivessem na praia. Viu um jovem de fato e gravata, suando muito, discutindo ao telefone uma tragédia qualquer. Havia ainda várias mulheres, sozinhas e em grupos, gordas e tristes como focas num circo, mas nenhuma era ruiva, nenhuma podia ser a Rita, nenhuma podia sequer ter sido a Rita (nem sequer em pensamento). Esperou mais quinze minutos. Então, ansioso, decidiu ligar-lhe. Discou o número e no mesmo instante um outro telefone tocou na mesa em frente. Jorge, assustado, desligou e o segundo aparelho calou-se antes que a proprietária tivesse tempo de o atender. Era uma mulher larga e vermelha, com uma cabeleira cor de enxofre, uns olhos pequenos e vorazes. Jorge chamou o escadote:

– Dê-me a conta – ordenou num sussurro – Mas o pastel de nata eu não pago, porra!, não pedi um pastel de nata…

A voz dele era uma lâmina encostada à garganta do garçom. O homem fez a conta, recebeu o dinheiro, deu-lhe o troco e desapareceu na penumbra do café. Jorge levantou-se, aturdido pelo fulgor da luz de encontro às vidraças. O passado estalou atrás de si.

Se nada mais der certo, leia Clarice

Tenho medo de ligar a televisão, como quem entra no metro à hora de ponta, e de que por descuido ou por maldade alguém me pise a inteligência: «Desculpe, sim?!, foi sem querer.» Ligo o aparelho, encolhido no meu canto, fingindo que nem estou ali, mas, se por acaso os meus olhos tropeçam nalgum sujeito com aspeto de bárbaro, saio logo. A seguir, fecho os olhos e sonho um peixe. Foi um velho pescador pernambucano quem me ensinou isto. Eu estava sentado nas areias de Itamaracá, com um bloco de papel nos joelhos, concluindo uma aguarela. Ele veio por trás e ficou um momento observando:

– Por que faz isso? – perguntou – O mar não cabe aí!

Sentou-se ao meu lado. Disse-me que às vezes, ao acordar, lhe doía, do lado esquerdo do peito, a humanidade. Caminhava então até à praia, estendia-se de costas na areia, e sonhava um peixe.

– Foi Clarice, sabe? Ela me iniciou.

Na altura não compreendi a quem o velho se referia. Começou por sonhar peixes pequenos, muito rudimentares, só um veloz traço de prata, só uma ligeira vírgula refulgindo no ar, mas com o tempo, à medida que desenvolvia a técnica, passou a sonhar garoupas, meros, inclusive espadartes. A ambição dele era sonhar uma baleia. Uma baleia-azul.

– Esteja atento à cor das águas – preveniu-me – Por exemplo, de manhã, bem cedinho, se o mar estiver liso e prateado, é bom para sonhar savelhas. O camarupim, que é um peixe nosso, grande, se sonha muito bem depois que chove, e os rios anoitecem o mar. Já os xaréus são melhor sonhados quando o mar azula.

E as sereias? Ele olhou-me atônito:

– Sereias?! Servem para quê, as sereias? Sereias são bichos mal sonhados, como os ornitorrincos ou os generais. Você há de conseguir fazer melhor.

Venho tentando. Nunca soube o nome do pescador. Era um sujeito alto, aprumado como um poste, de olhos acesos e uma pele sadia, bem esticada sobre os ossos. Tinha uma voz tão clara e calorosa que, à noite, enquanto falava, era como se cuspisse pirilampos. Uma voz daquelas devia poder transmitir-se em testamento. A mim fazia-me lembrar a do Fernando Alves. Contava-se na ilha que o velho estivera três semanas perdido no mar. Salvara-se por milagre, porque ao décimo terceiro dia Nossa Senhora Aparecida lhe apareceu no saveiro, trazendo nas mãos um pernil de porco e uma garrafa de litro de coca-cola. Ele próprio me desmentiu o milagre, até um pouco irritado:

– Nossa Senhora Aparecida?! Qual Nossa Senhora, rapaz?! Quem me apareceu foi Clarice Lispector!...

Em todas as estórias de pescadores há sempre exageros, por vezes até mentiras descaradas, ou não seriam estórias de pescadores. Neste ponto, porém, sou peremptório – uso esta palavra pela primeira vez na vida; não veem que reluz? – ele lia! Era um grande devoto de Clarice Lispector e Alberto Caeiro. Contou-me que Clarice lhe apareceu de madrugada, trazendo nas mãos *Uma Maçã no Escuro*, e lhe leu o romance inteiro. A seguir, depois que o achou mais recomposto, ensinou-o a sonhar peixes.

– Sonhar peixes faz bem à alma. Lembre-se que por cada homem mau no mundo há no mar mil peixes bons.

O meu pescador não tinha televisão. Às vezes acontecia demorar-se num bar, ou na praça (havia uma televisão na praça), e o fragor das guerras alheias roubava-lhe o sono. Ele sofria com os erros dos outros. Andava pela ilha com *A Hora da Estrela* debaixo do braço, tentando, sem sucesso, converter os demais. Só eu lhe dava atenção:

– Se nada mais der certo, leia Clarice.

Uma tarde vi-o sonhar um golfinho.

– Foi o meu primeiro mamífero – disse-me depois, exausto pelo esforço – Para a semana vou tentar uma orca.

Nunca mais voltei a Itamaracá, nunca mais o vi, mas calculo que por esta altura ele já tenha conseguido sonhar a sua baleia-azul. Já a deve ter lançado ao mar, cento e trinta toneladas de puro sonho, e o canto dela há de estar agora ressoando nas águas. Um dia as baleias virão para salvar os homens.

Felizmente chovia

Chovia. Os gafanhotos caíam atordoados no quintal, primeiro um aqui, depois outro ali, sem desígnio nem força e eram imediatamente devorados pelos pássaros. Os bissondes esquartejavam-nos vivos. Nós, as crianças, víamo-los desaparecer entre o capim alto, em filas compactas, carregando antenas e asas, olhos soltos, um tórax pulsante, víamos como o horizonte perdia o brilho, e pressentíamos que alguma coisa ainda mais cruel estava para acontecer. O céu enchia-se de um violento alvoroço e num instante o asfalto ficava verde, coberto por uma substância viva, ofegante, que se movia e chiava debaixo dos pneus dos carros. Ao fim da tarde já o cheiro era insuportável.

Felizmente chovia.

Os gafanhotos caiam do céu. Os bissondes, esses, irrompiam de algum lugar secreto, ou de tudo em redor – como um prodígio. Bissondes, ou quissondes, são formigas guerreiras. Em umbundo, em quimbundo, em quicongo, há umas doze palavras para dizer formiga. Despertávamos algures na noite, tossindo, sufocados, em meio ao fragor da batalha. A avó, de camisa de noite, os pés nus enfiados dentro de uma bacia de água, castigava os invasores com uma bomba de DDT. O pai gritava ordens ásperas por entre a fumaça. Nós riamos num assombro de crianças. Adormecíamos, sonhava com as formigas, acordávamos e elas continuavam ali, em meio ao fumo tóxico, milhares, milhões de pequenos mecanismos trituradores, com a sua fúria cega e uma fome ancestral. Adormecíamos, sonhávamos, e elas entravam por dentro dos nossos sonhos, trepando às paredes, atacando as galinhas no galinheiro, os pombos no pombal. Os cães mordiam as patas. Giravam num rodopio de cólera, giravam aos uivos, mordiam as patas, tentavam desesperadamente extrair os bissondes que se lhes prendiam aos dedos, giravam, uivavam, arrancavam a própria carne em dentadas ferozes. O pátio ficava cheio de sangue. O cheiro do sangue enlouquecia ainda mais os cães e os bissondes. A mãe implorava:

– Faz alguma coisa! Os bichos estão a sofrer…

O pai ia buscar a caçadeira. Arrastavam-nos para o quarto, a nós, às crianças, para que não víssemos aquilo. Mas víamos. Ouvíamos. Acordávamos, sacudíamos os cabelos, os lençóis, e os bissondes caiam já mortos, ou quase mortos, mas ainda mordendo à toa, mastigando o ar com as grossas pinças de ferro. Felizmente chovia. A chuva avançava através do céu iluminado e nós corríamos aos saltos diante daquela água grossa, muito limpa, bebendo às golfadas o perfume inebriante da terra molhada. Com as primeiras chuvas vinham também os salalés. Volteavam a noite inteira em redor das lâmpadas como uma bruma dourada, num zumbido doce, até perderem as asas, e pela manhã os passeios acordavam cobertos por um levíssimo tapete diáfano. Salalés e borboletas sempre me pareceram seres sem maldade.

Aconteceu de repente. Distraí-me um momento, uns poucos segundos, distraí-me a olhar os salalés, lá, na nossa tão bela infância perdida, distraí-me com o sofrimento dos cães, e quando dei conta tinham passado os anos, e agora aqui estás tu, parada na ombreira da porta, à minha frente, sorrindo para mim, os mesmos dentes perfeitos, os mesmos olhos, a mesma luz macia ascendendo da pele dourada - e todavia não és tu, ou talvez sejas, mas trinta anos depois, e portanto, meu Deus!, como podes ser tu?

- Lembras-te das chuvas?

Sim, eu lembro-me. Lembro-me de ti correndo aos saltos à frente das chuvas, o sol iluminando por detrás a tua cabeleira áspera, um anjo loiro, selvagem, solto em pleno coração de África.

- Posso entrar?

Entrar?! Mostra-me, ao invés, como se faz para sair. O que eu quero é regressar contigo, voltar ao lugar de onde vieste, de onde eu vim, lá, onde os salalés abandonaram as asas, para que nós, as crianças, pudéssemos correr sobre as pedras sem magoar os pés. Aconteceu de repente. Distraí-me um momento, compreendes? Distraí-me uns poucos segundos, distraí-me a olhar as borboletas, e quando dei por mim tinham passado os anos.

Passageiros em trânsito
(2006)

Um ciclista

Para o Rui Duarte de Carvalho, que encontrou um ciclista no deserto.

O passado é como o mar: nunca sossega. As casas encolhem, como os velhos, ao passo que as árvores crescem sem parar. Quando regressamos, decorridos muitos anos, aos lugares da nossa infância encontramos árvores gigantescas e, sufocando de terror à sombra delas, as casas minúsculas que um dia foram nossas. Mal reconhecemos a cama de bonecas em que dormimos quando éramos crianças, ou o quintal, que sempre julgamos ser imenso, e que tem, afinal, apenas dois palmos de fundo.

O meu pai dizia-me:

– A vida é uma corrida, meu filho. Quem olha para trás enquanto corre arrisca-se a tropeçar.

Eu não olho para trás. Avanço, por vezes de olhos fechados, e tropeço, como os outros, e eventualmente caio, mas não olho para trás. Nunca fui pessoa de cultivar saudades. Não coleciono álbuns de fotografias e jamais guardei pétalas secas entre as páginas de velhos livros. Sigo sempre em frente. Quando me perguntam para onde vou, encolho os ombros. Rio-me:

– Adiante.

O mundo é infinito para quem viaja a pé. Eu viajo a pé, à boleia de algum camião, ou de bicicleta. Andando de camião, ou de bicicleta, o mundo parece um pouquinho menor, mas ainda assim, digo-lhe, meu bom amigo, é uma imensidão. Não tenho muitos estudos. Aprendi a ler e a contar, pouco mais. Raramente leio o que quer que seja. Quando encontro algum jornal lanço uma vista de olhos à página da necrologia. Como não conheço ninguém, como ninguém espera por mim em parte alguma, choro pelos desconhecidos, aqueles que me parecem mais simpáticos, vou pelo semblante, entende?, isto se a fotografia do defunto estiver bem impressa, ou então pelo nome. Há sempre algum José por quem chorar. Não choro de pena. Choro apenas para praticar. Enquanto viajo conto os quilômetros para eludir o tédio. Desconheço o que me espera quando cruzo uma fronteira. Impus a mim mesmo uma condição: não passar duas vezes pela mesma estrada. Cheguei há uma semana do Huambo. O senhor conhece?... Nasceu lá?! Extraordinária coincidência, sim, extraordinária coincidência, é que eu também nasci numa cidade chamada Huambo, mas muito longe deste país, nas montanhas do Peru. Tinha uma leprosaria que o Che Guevara visitou. Não há lugares repetidos. Só os nomes se repetem. Quer saber como faço para sobreviver? Estou atento. Há poucos dias um camponês disse-me, apontando em redor:

– Tudo o que não é mato engorda.

Concordo. Veja bem: as mangas. Durante um mês, enquanto atravessei o Congo, comi apenas mangas. Só o perfume das mangas, se forem doces, já alimenta. Isso, ou um canavial a arder. Goiabas maduras. Também se pode sobreviver muito tempo comendo unicamente milho ou feijão. Um homem em andamento não morre de fome. Entrei em Angola, pedalando esta bicicleta. Não sabia que o país estava em guerra. É como lhe disse, acredite em mim, não leio os jornais, e quando leio passo por alto a política. A política não me interessa. Vim descendo uma estrada imensa. Estranhei não haver um carro. Ninguém naquela estrada. Quando cheguei a Luanda disseram-me que a estrada estava minada, que há anos não passava ninguém por ali, e quiseram saber como é que eu conseguira evitar as minas. Encheram-me de perguntas. Respondi-lhes: sobrevivi porque não sabia que havia minas. Se soubesse não teria conseguido. A sorte protege os arganazes. É um provérbio lá da minha terra. Ou podia ser. Em determinada altura, numa longa descida, vi que havia soldados agachados em ambas as margens da estrada. Quando dei por eles já era demasiado tarde para parar. Não parei. Cumprimentei-os, «bons dias, bons dias», e continuei. Ficaram ali, de olhos muito abertos, a verem-me passar. Fui depois de Luanda até Benguela e de Benguela ao Lubango. A seguir desci a serra e entrei no deserto. Na primeira noite dei com um acampamento de pastores. Ofereceram-me leite azedo. Na tarde seguinte parou um jipe à minha frente. Um branco e um preto. Ficaram muito admirados por verem um tipo assim como eu, meio índio, tão longe de tudo. Também eles me deram água. Trouxeram-me no jipe até aqui, a esta cidade do Namibe. Acontece chegar a uma cidade e achar que é agradável, e então deixo-me estar um mês ou dois, procuro trabalho, engordo, e sempre ganho algum dinheiro para gastar no caminho. Lavo pratos, esfrego o chão, e além disso sou um bom cozinheiro. Quando sinto que me começo a afeiçoar a um lugar, despeço-me e vou-me embora. Quem não ama não sofre. Quem nada tem não tem nada a perder. É o que penso. Um dia adormeci no topo de um enorme despenhadeiro. Acordei com a primeira luz. A manhã pousou-me no ombro, como um pássaro, e ali ficou. Diante de mim havia o mar. Atrás de mim o céu profundo, altas montanhas. Era um lugar sem exemplo, arredado do mundo, como um elefante velho que se perdeu da manada.

Até aquele instante eu viajava sem saber porquê. E então, sentado sobre o abismo, ocorreu-me pela primeira vez essa questão. «O que faço aqui?» Pensei em voltar para trás. Porém, tinha caminhado de mais, e já tanto fazia recuar como avançar. Continuei em frente. Hoje viajo para saber porquê. Desaponta-o, talvez, este final - esperava outro? Se tivesse ficado lá atrás, nas montanhas do Peru, onde nasci, venderia botões, como o meu pai. Teria algo a perder, família e dinheiro, por certo sofreria mais. Quanto ao resto não sei se seria, em substância, muito diverso do que sou. Ignoraria certas coisas, sim, o senhor tem razão, mas não me prejudicaria tal ignorância, pois nem sequer daria por ela. Talvez um dia eu pare. Talvez não.

K 40

Esta é a estória de Pedro Paulo de Noronha, mais conhecido pelo seu nome de guerra, K 40, o melhor atirador angolano. Um homem que até errando nunca deixou de acertar no alvo.

Vi-o uma única vez, rapidamente, numa ocasião em que, com um amigo, procurava uma praia, não muito longe da foz do Quanza. Foi numa tarde de sábado, seria fevereiro, talvez março. Tínhamos conseguido libertar-nos do trânsito quando o céu se abriu num súbito aguaceiro. Lembro-me, instantes depois, do fulgor úmido do sol a deslizar sobre o asfalto. Leandro, o meu amigo, apontou para uma placa, em madeira, fincada no lado esquerdo da estrada:

Fazenda Depois-do-Fim.

– É a fazenda do Pedro Paulo de Noronha, conheces? Creio que temos de atravessar uma boa parte dela para alcançar a praia.

Parou o jipe, e eu saltei e ergui a cancela. Avançamos depois, lentamente, através de uma pequena estrada, em terra batida, aberta a custo entre o mato denso. Havia catos, altos castiçais, e, ao longe, embondeiros dispersos.

– Quem é o homem?

Leandro sorriu:

– A pergunta correta seria: quem foi o homem?

Pedro Paulo de Noronha estava sentado, na companhia da mulher e do filho, diante de uma mesa ampla, sob um alpendre coberto por chapas de zinco. Limpou os lábios, sem pressa, a um guardanapo de papel e só então se levantou para nos cumprimentar. Era um sujeito seco, elástico, de músculos bem desenhados sob a pele queimada. Os olhos luminosos, mas esquivos, evitaram os meus. Apertou, sem calor, a mão de Leandro. A mim, apenas me acenou com a cabeça. De um tacho largo, pousado no meio da mesa, ascendia um perfume vivo, alegre, a óleo de palma. Muamba de galinha. Havia um prato com funje de bombó e outro com funje de milho. Uma tigela, cheia de água, com uma colher de sopa. Senti fome. Pedro Paulo de Noronha, porém, não nos convidou. Respondeu às perguntas do meu amigo com frases curtas. A voz era fria, ou nem isso, apenas alheia:

– Seguem em frente. Dão com um jango. Depois viram à direita, por um caminho de areia solta, com cuidado para o jipe não atolar. Dali já se vê a praia.

Voltou a sentar-se.

– Se o jipe atolar, mando alguém com um trator.

A mulher sorriu-me. Devia ter sido muito bonita. Ainda era bonita, com a nobreza melancólica de uma rainha exilada. O rapaz estava em tronco nu. Herdara os olhos sonhadores da mãe e o perfil afiado do pai, além do desdém. Despedimo-nos e entramos no jipe.

– Pedro Paulo de Noronha. O nome não te diz nada?!

Não, não me dizia nada. Leandro parou o jipe. A praia não era particularmente bonita. Uma fileira de coqueiros tristes, batidos pelo vento. Areia turva, com muitas folhas e pedaços de troncos. O mar, escuro, pesado, lembrava um animal nervoso, preso numa jaula, atirando, a espaços, uma patada às grades.

– Dizem que às vezes aparecem crocodilos...

– Como?!

– Crocodilos. Não sabes o que são crocodilos?! O rio, meu parente, o Quanza, deságua a poucos quilômetros daqui. Os crocodilos são arrastados. Alguns conseguem regressar. Outros dão à costa. Parece que resistem bastante tempo na água salgada.

Não havia ninguém na praia. Leandro despiu a camisa. Despiu as calças e as cuecas. Vestiu um calção estampado com tucanos e palmeiras, verde e rosa. Sentou-se na areia. Os olhos fixos lá longe, no mar revolto.

– Pedro Paulo de Noronha, o campeão de tiro ao alvo. Uma medalha de prata em Seul. Também lhe chamavam o K 40. Agora já te lembras?

O K 40! Lembrava-me do episódio. Em 1975, pouco meses antes da independência, um jovem comandante do MPLA derrubou a soco um oficial português. Foi numa *boîte* frequentada pela burguesia colonial, no Huambo, na sequência de uma desavença estúpida. Uma bela mulata. Muita cerveja. O oficial saiu, furioso, a prometer vingança, e, com efeito, regressou, pouco depois, à frente de um numeroso grupo de soldados. Alguém correu a informar o comandante: «Estão lá fora uns quarenta magalas. Vão-te matar.» O tipo nem vacilou. Endireitou-se, puxou de uma faca de mato, e, abrindo a porta, enfrentou a soldadesca:

– Podem vir – gritou. – Capo os quarenta!

Saíram as mulheres, aos gritos. Juntou-se mais gente.

A noite terminou em beleza, horas depois, entre abraços e brindes, gargalhadas, cerveja a rodos, vivas a Angola e a Portugal. Pedro Paulo de Noronha saiu dali com a mulata, a honra intacta e aquele curioso nome de guerra – K 40. Voltou-se a ouvir falar dele apenas nas Olimpíadas de Seul. K 40, já com as estrelas de general, regressou a Luanda como um herói. Condecorações. Discursos. Festas e marchas. Pouco depois, porém, aconteceu-lhe uma desgraça qualquer e ele voltou a desaparecer.

– Prenderam-no, não foi?

– Afirmativo.

– O que fez ele?

Leandro encolheu os ombros. Diz-se que insultou o ministro da Defesa, diante de vários oficiais, durante uma discussão sobre a compra de material de guerra. Foi acusado de insubordinação. Também o acusaram de arrogância racista, de comportamento antipatriótico, e de ter saudades da época colonial. K 40 passou três anos numa prisão militar. Saiu de lá feito um farrapo. Bebia muito. Deixou crescer a barba. Não falava com ninguém. Salvou-o a gravidez da mulher. No dia em que o menino nasceu jurou abandonar a bebida. Voltou a sonhar. Com o auxílio de um grupo de oficiais, seus antigos colegas, comprou um grande terreno, próximo à foz do Quanza, e assim nasceu a Fazenda Depois-do-Fim.

Leandro suspirou:

– O tipo nunca mais pegara numa arma, mas para muita gente era ainda um dos melhores atiradores do mundo, o homem que tinha conseguido uma medalha de prata nas Olimpíadas de Seul. Isso é que o lixou, coitado, o raio da fama.

Uma manhã, muito cedo, um grupo de sete homens armados entrou na fazenda. O chefe do grupo era um sujeito baixo, largo de ombros, de olhos incendiados e gestos bruscos, que contrastavam com o seu jeito de falar, num português manso, tão suave e lustroso que parecia ter sido roubado momentos antes a um seminarista. Vestia umas calças pretas, de cós muito alto, e uma camisa, imaculadamente branca presa por dentro das calças. Postou-se com uma larga vênia diante de Pedro Paulo de Noronha:

– General, peço-lhe que aceite por obséquio as respeitosas saudações deste seu admirador, Severino Boa Morte.

Sem mais delongas, explicou ao que vinha:

– Pediram-me que executasse um trabalho difícil. Executar é o termo correto. No caso, um homem. Não tenho nada de pessoal contra ele. Mal o conheço. Negócios, o senhor compreende? Nestes tempos ferozes em que vivemos quem tem unhas, esfola, não toca guitarra. O indivíduo a executar, digamos pois, o executando, reside nesta nossa cidade capital, num bom apartamento, e passa as tardes sentado no seu escritório, de frente para a janela, a escrever num computador. Estudámos demoradamente a rotina do sujeito. O executando, um jornalista de algum mérito, mas isso não vem ao caso, trabalha por regra entre as quinze e as dezoito horas, após o que acende a luz e desce os estores. Achamos um prédio em construção, muito alto, a alguns quarteirões do apartamento, sendo que do topo do referido edifício se tem uma vista perfeita do escritório do executando. Conseguimos também uma arma excelente, esta bela Dragunov, novinha em folha. Falta-nos apenas um bom atirador. Foi então que me lembrei do senhor, general, o senhor é a pessoa certa para levar a cabo um serviço tão delicado. Tem de ser ao primeiro tiro, o senhor compreende?, um tiro certeiro, no meio dos olhos, de maneira a que nem o indivíduo sofra nem nós nos arrisquemos a que ele escape. Um único tiro, puzzz!, e assunto encerrado. Naturalmente, pagamos muito bem...

K 40 levantou-se de um salto. Encostou a palma da mão direita à garganta de Boa Morte. A voz tremia de fúria:

– Sou um militar, ouviu?!, não sou um assassino. Não vou fazer isso!

– Vai sim. – Severino Boa Morte não moveu um músculo. A voz saiu-lhe ainda mais doce. – O senhor general vem comigo. Os meus homens ficam aqui. Se não fizer o serviço, se não o fizer bem feito, a sua família morre. Sinto muito. São as regras do jogo.

K 40 voltou a sentar-se. Estava lívido:

– Não faço isso!

Severino Boa Morte sentou-se também. Respirou fundo. Parecia a ponto de explodir:

– Porra, mais-velho! Preciso de lhe dizer que não tem escolha?...

Durante uns bons cinco minutos ninguém se moveu. Boa Morte sentado defronte de Pedro Paulo de Noronha, olhos nos olhos, e ao redor de ambos, em pé, os homens armados. Ao fundo, sentada num largo sofá de couro, a mulher, muito direita, com o menino no colo. Por fim, Severino Boa Morte quebrou o silêncio:

– Muito bem – disse – você gosta de apostas? Eu gosto de apostas. Proponho-lhe uma. O senhor general deve ter lido, como eu li, quando era menino, a estória de Guilherme Tell. Dou-lhe agora esta arma, com uma única bala. Colocamos o seu filho lá fora, a uns cento e cinquenta metros de distância, com uma maçã na cabeça. Você acerta na maçã e eu vou-me embora, levo os meus homens, e ninguém se magoa. Você falha e eu mato-o a si e à sua família. Você recusa e é a mesma coisa.

– Nunca ouvi proposta mais estúpida! – soprou Pedro Paulo de Noronha – Além disso não tenho maçãs...

– Tem limões. Podemos fazer isso com limões...

– Disparate! O menino não conseguiria equilibrar um limão na cabeça...

– Certo. Então uma laranja. As laranjas são até maiores do que as maçãs, e, além disso, veem-se muito melhor. Uma laranja é um alvo perfeito.

Saíram todos. Escolheram uma parede branca, de um pequeno armazém de ferramentas, a uma distância considerável da casa, mas bem visível da varanda desta. Voltaram em silêncio. A mulher ergueu o menino nos braços e entregou-o ao marido.

– Aconteça o que acontecer, eu não te perdoo.

Severino Boa Morte acompanhou o menino até ao armazém de ferramentas, encostou-o à parede, e depois colocou-lhe sobre a cabeça uma laranja de bom tamanho.

– Não te mexas – disse-lhe – podes confiar no teu pai. Ele é um grande herói...

Ficou ao lado do rapaz, uns três metros à direita, com a pistola na mão, para o caso de ter de o ajudar a morrer. Estava muito sério. Os outros homens rodearam Pedro Paulo de Noronha. Um deles carregou a Dragunov. Estendeu-a, com uma ligeira vênia, ao general:

– Boa sorte, cota!

Pedro Paulo de Noronha sopesou a arma. Segurando-a com a mão esquerda ergueu a direita no ar, calculando a umidade, a direção e a força do vento. Levou a arma ao rosto, apontou à laranja, e então, num gesto brusco, desviou-a na direção de Severino Boa Morte e disparou. A bala cortou a orelha direita de Severino, ricocheteou na parede e atravessou a laranja. Houve um breve instante de assombro.

Um dos homens gritou:

– Caramba! E de tabela!...

Um segundo baixou a arma e aplaudiu entusiasmado. Os outros imitaram-no. O menino limpou o rosto, molhado de sumo, e começou a chorar. A mãe correu para ele. Severino Boa Morte veio andando devagar na direção de Pedro Paulo de Noronha. O sangue jorrava da orelha aberta, num fio espesso, colorindo de vermelho a pele muito negra e o fulgor da camisa. Puxou o general pelo braço e soprou-lhe ao ouvido:

– Acho que você falhou, meu general, mas Deus acertou por si. Suspirou:

– Quem sou eu para contrariar os desígnios de Deus?

Leandro terminou de me contar o episódio. Levantou-se. Agarrou na prancha, colocou-a junto ao peito e lançou-se ao mar. Eu fiquei onde estava. Abri a mochila, escolhi uma sanduíche de carne assada e comi-a com gosto. Fiquei a ver Leandro a brincar com as ondas. Ele era um bom contador de estórias. Mudava de voz, e de postura, de cada vez que um dos personagens entrava em cena. Quem lhe teria contado aquilo? Quando regressou, sacudindo a água do cabelo, fiz-lhe a pergunta:

– Como sabes essa estória? Quero dizer, assim, com tantos pormenores...

O meu amigo olhou-me de frente:

– O que é que tu achas, meu parente? Eu estava lá!

O HOMEM A QUEM CHAMAVAM FALCÃO

O homem a quem chamavam Falcão lembrou-se de Alice.

«Não se pode acreditar em coisas impossíveis».

Levantou-se da cama e enfrentou o espelho. Nunca esquecera a resposta da Rainha: «Suponho que tens falta de treino. Acontece-me algumas vezes acreditar em seis coisas impossíveis antes do pequeno-almoço.» Ele treinara bastante. Algumas das coisas impossíveis em que acreditara tinham-se entretanto instalado na realidade, solidamente, ferozmente, embora, consideradas à distância, continuassem a parecer pura fantasia.

O homem a quem chamavam Falcão viu no espelho, do lado de lá, a imagem de um sujeito de meia-idade, baixo e calvo, a tender para o gordo. Estava vestido com um pijama de seda, azul-escuro, que lhe assentava mal, ou talvez fosse o contrário, e fosse o homem e a sua natural deselegância a prejudicar o pijama. O telemóvel, pousado na mesa de cabeceira, tocou as primeiras notas do *Hino da Alegria*. O homem a quem chamavam Falcão deixou-o tocar um pouco mais. Por fim atendeu. Reconheceu imediatamente a voz doce, bem timbrada, do embaixador:

– Falcão? Muito bom dia. Gostaria que viesse ter comigo, ao meu gabinete, ainda esta manhã.

– Não! – contestou o homem a quem chamavam Falcão. Desenvolvera ao longo dos anos a técnica de dizer não como se estivesse a dizer sim, certamente, pode contar comigo, senhor, ora essa, por obséquio!, o que desorientava os seus interlocutores, e lhe assegurara uma reputação de sujeito ao mesmo tempo firme e cordial. Mentia habitualmente, porque essa era uma regra do ofício, ninguém esperava dele que dissesse a verdade, muito pelo contrário. O homem a quem chamavam Falcão não se preocupava sequer com a plausibilidade ou a coerência. Na boca dele, asseguravam os seus detratores, até as mais simples verdades pareciam mentiras.

– Não! – repetiu mansamente – Venha o senhor embaixador ter comigo. Conversamos enquanto tomo o café.

Apetecia-lhe continuar ali. O céu brilhava para além da janela. O sol, no jardim, refulgia, úmido e alegre, por entre a folhagem. O homem a quem chamavam Falcão desligou o telefone. Lavou os dentes e saiu para o jardim ainda em pijama. Sentou-se numa cadeira de verga, junto à piscina, e estalou os dedos. Um empregado, vestido como se fosse um almirante, mas com mais galões, perfilou-se diante dele:

– Deseja tomar alguma coisa, doutor Falcão?

Pediu um ovo estrelado, salsichas, um copo de sumo de laranja. O empregado sorriu polidamente e afastou-se. O homem a quem chamavam Falcão espreguiçou-se, fechou os olhos, e, mais uma vez, pensou em Alice. Como chegara até ali?, à beira daquela piscina, enquanto os passarinhos relinchavam no arvoredo, para utilizar o verso transviado de um famoso poeta local, do qual uns tantos troçavam, denunciando no desacerto a indigência intelectual da nova geração, e outros tantos exaltavam, como uma espécie de rebelde literário. O homem a quem chamavam Falcão preferia, pelo sim, pelo não, tomar o verso à letra. Se naquele exato instante tivesse ouvido efetivamente os pardais a relinchar por entre as ramagens altas, isso não o teria feito sequer erguer o olhar. Coisas impossíveis ocorriam naquele país, mais de seis, muito mais, antes do pequeno-almoço, e durante e até depois. O ele estar ali, por exemplo, comendo salsichas e bebendo sumo de laranja. O embaixador encontrou-o mergulhado nestas reflexões.

– Como está, Falcão? Queremos que se sinta em casa...

– A casa é minha, comprei-a. – O homem a quem chamavam Falcão fez com a mão um gesto largo, que abarcava o jardim, com todas as suas árvores, a piscina, a casa e, para além dela, o bairro decadente, a cidade inteira, uma parte considerável do país. – Tudo isto é meu, inclusive o senhor, ainda não se deu conta?

O embaixador sorriu. Sorria com extraordinária competência. Assim como Falcão se treinara para acreditar em coisas impossíveis, e vê-las realizadas, assim o embaixador se treinara para sorrir. Mantinha um catálogo atualizado de trinta e três sorrisos diferentes, festivos, sombrios, frios, luminosos, irónicos, triunfantes, distraídos, e orgulhava-se de não repetir o mesmo em duas festas seguidas. O sorriso da afabilidade distante era um dos mais versáteis. Foi com esse que respondeu ao homem a quem chamavam Falcão:

– Não queira ter tudo, *mon cher ami*. Você pode comprar quase tudo. Pode até comprar quase todos. Mas não pode controlar tudo, e sobretudo todos. Pense no Senhor Deus, que é todo-poderoso, e todavia perdeu o seu anjo mais belo, aquele que transportava a luz, e ao qual por isso chamavam Lucifer.

O homem a quem chamavam Falcão estremeceu. Despediu-se do embaixador sem saber ao certo o que o trouxera até ali. Voltou para o seu quarto e estendeu-se na cama. Não voltou a adormecer.

A gargalhada

Deram-lhe aquela alcunha em menino, já ninguém recorda o motivo: Findo-Mundo. Depois que cresceu ficou apenas Mundo, o Mundo, nome que se diria feito à medida para um sujeito como ele, com quase dois metros de altura, cento e vinte e cinco quilos de peso, e uma gargalhada feroz, com a qual aterrorizava até os mais precavidos.

Conta-se que numa tarde de farra, na sequência de uma aposta idiota, entrou num aviário e matou trinta e tal galinhas com um único grito. Murmura-se também, pelos corredores do Ministério, pelos bares da ilha de Luanda, inclusive em algumas discotecas angolanas de Lisboa, que um dos seus colegas teria gravado, sem que ele o soubesse, uma das suas famosas gargalhadas, vendendo-a depois aos americanos, que a utilizam agora em Guantánamo, ampliada e repetida vezes sem conta, para amaciar os prisioneiros e os fazer falar. Posso imaginar o presidente George Bush a defender no Senado os métodos pouco ortodoxos dos seus generais:

– Sujeitar um terrorista a gargalhadas, ainda que durante uma noite inteira, ou mesmo duas, não pode ser considerada uma forma de tortura, pode?

Mundo, agente do Ministério da Informação e Segurança do Estado, atravessou a vida como um camião desgovernado, quase sempre em contramão, até embater de frente, aos quarenta e dois anos, depois de um farto funje de sábado, com um general ainda mais alto, mais pesado, e mais desvairado do que ele. Discutiram, ameaçaram-se, Mundo lançou um tremendo berro, destinado a paralisar o outro, mas o que aconteceu foi o inverso, o coração parou-lhe naquele exato instante e ele caiu no chão, com estrondo, como uma montanha desamparada. Foi a enterrar num imenso caixão, tão espaçoso na verdade quanto muitos apartamentos modernos, importado de Nova Iorque especialmente para o efeito. Os amigos passaram a referir-se a ele como o Findo Mundo. Não deixou viúva nem filhos, apenas um papagaio muito velho, rabugento, com ásperas penas cinzentas, chamado Solilóquio. O papagaio ficou meia dúzia de meses com uma das suas várias namoradas, a qual finalmente o vendeu a um amigo, e aquele a outro, até ir parar às mãos de um conhecido jornalista ligado aos meios da oposição. Aconteceu então que o dito jornalista, indivíduo de poucas letras, é certo, mas de muitas palavras, contradição não rara e raramente conflituosa, num país onde a contradição se tornou ao longo dos últimos trinta anos um apurado jogo de sociedade, aconteceu então, dizia eu, que o dito jornalista desatou a publicar uma série de reportagens desagradáveis, expondo a intimidade, os negócios e a contabilidade de vários políticos, empresários e militares próximos do poder. Os homens da Segurança do Estado andavam agitados – quem seria o misterioso garganta funda que estaria a vazar tal informação? Um dos agentes, um homem gordo, afável, chamado Almiro, que fora muito amigo do Findo Mundo, lembrou-se de Solilóquio:

– O papagaio do Findo Mundo! Só pode ser o papagaio, ele ouvia todas as nossas conversas enquanto jogávamos às cartas...

– Um papagaio? Absurdo...

– Não menospreze o absurdo, coronel. Neste país somos todos filhos do absurdo...

Logo ali ficou decidido que o mesmo Almiro deveria infiltrar-se na casa do jornalista, a horas mortas, com a missão se sequestrar Solilóquio, e, confirmando-se ser ele o garganta funda, silenciá-lo para sempre. Almiro foi. Raptou o papagaio, levou-o para uma oficina mecânica, abandonada, onde já, em diversas ocasiões, procedera a interrogatórios não oficiais, e esperou, paciente, que o animal se decidisse a falar. Não teve de esperar muito. Solilóquio confirmou todas as suspeitas, repetindo frases inteiras que escutara aos agentes, e misturando ainda rumores e calúnias da sua própria lavra.

– Não o consegui matar – confidenciou-me Almiro, meses depois, quando o conheci, por acaso, num restaurante angolano, em Lisboa – Em primeiro lugar era como se estivesse a ouvir o pobre Mundo a falar. Por outro lado, sabe?, não sou capaz de matar nada que tenha penas. Acho que os pássaros são da família dos anjos.

Meteu-se num avião, com Solilóquio escondido dentro de um cesto, e fugiu para Lisboa. Não tem medo que o descubram. Não tem medo de nada – enfim, de quase nada:

– A gargalhada do Findo Mundo! Solilóquio imita-a quase na perfeição, digo-lhe meu parente, aquilo, a meio da noite, assusta qualquer mortal.

Aconteceu de novo

Para o António Ole, meu padrinho

O telefone despertou-me numa fria manhã de junho. Sentei-me na cama. A luz, lá fora, inerte e alheia, morria numa lenta gradação de cinzentos. Era triste como uma fotografia antiga. Naquela posição, sem precisar de mover a cabeça, sem precisar sequer de mover os olhos, eu via os barcos levitando na baía. Luanda em junho pode ser uma cidade muito triste. Reconheci a voz, do outro lado, mas não me conseguia lembrar a quem pertencia.

– Aconteceu de novo...

– Quem fala?

O gritar das cigarras. Uma funda e escura alameda de acácias rubras. Fechei os olhos e voltei a ver os troncos cobertos pelas cascas das cigarras. Quando era criança achava que fossem fantasmas de cigarras. Não sabia ainda que as cigarras mudam de pele (ou de corpo) vezes sem conta. Fiz um esforço para afastar o sono. Preferia estender-me na cama e adormecer de novo. Tenho sonhos tristes. Às vezes choro enquanto durmo. Só choro, aliás, enquanto durmo. Todavia a luz, lá fora, era ainda mais triste do que as sombras dos meus sonhos mais tristes.

– Sou eu... Estás a ouvir?...

Veio-me à memória uma imagem de infância. Talvez fizesse parte do sonho: uma senhora de pele cor de cobre, inteiramente vestida de branco, a pedalar numa sólida bicicleta, com um chapéu colonial na cabeça. É uma imagem que me persegue. Estou absolutamente certo de que vi por diversas vezes aquela senhora, na sua bicicleta azul, enquanto, ainda menino, fazia o caminho, a pé, devaneando, de casa até à escola. Bairro do Atlético. Se fosse pela esquerda, ao invés do normal, o caminho mais curto, alcançava uma plantação de eucaliptos. Por vezes conseguia ouvir os leões. O Jardim Zoológico ficava depois da plantação de eucaliptos. Havia um riacho algures. Uma estrada de terra batida que dava acesso ao Jardim Zoológico. Não sei o que havia depois. A senhora da bicicleta azul passava veloz, do outro lado da rua, e seguia pela estrada de terra batida. Às vezes acenava para mim. Perguntei à minha irmã, aos meus primos. Perguntei à minha avó. Ninguém se lembra de uma figura assim. Gosto de pensar que a mulher pedalava só para mim; era um fantasma que só a mim se dava a ver.

– Acordei-te?

– O que é que aconteceu de novo?

Fiz a pergunta para ganhar tempo. Mais uma frase e eu seria capaz de dar um rosto à voz que me despertara.

– As figuras – murmurou o homem – aquilo voltou a acontecer.

Belisário, o pintor! Ligara-me uma semana antes, excitado, pedindo que o fosse visitar ao seu estúdio. Mostrara-me um enorme tríptico que estava a pintar para um próspero empresário nacional. Um jovem simpático, bem-parecido, que enriquecera a vender vinho português falsificado. Eu acompanhara a execução da obra. As três telas eram todas em tons de ocre, abstratas, como tudo o que Belisário vinha pintando ao longo dos últimos anos. Havia nelas o ardor desamparado que se encontra por vezes nos cascos ferrugentos dos navios abandonados junto às praias. Belisário passara as últimas décadas, desde a independência, a recolher ferragens e ferrugens, ossos e conchas, sal e salitre, a terra vermelha dos musseques de Luanda e a madeira carcomida de canoas, a memória de naufrágios, o grito agudo das gaivotas, o marulhar das águas de encontro a molhes mortos, a glória de crepúsculos desgarrados, o último fôlego de tardes entre ruínas. Sentia-se, olhando para elas, que alguma coisa estava prestes a morrer – talvez nós. Belisário apontou para a primeira tela.

– Vês?

Distinguia-se subtilmente o vulto de um homem, de braços erguidos, enquadrado por uma porta aberta.

– Muito bom! – exclamei.

O meu amigo olhou-me horrorizado:

– Muito bom! Achas muito bom?! Pois não fui eu que o pintei. Dei com este gajo aqui, assim, esta manhã, o cabrão! Nem pediu licença para entrar. Entrou à pato...

Belisário não bebe. Uma vez por outra, enrola com prazer um cigarro de liamba. Nunca, porém, o vi alterado. Tentei brincar:

– Antes assim – disse-lhe – um homem de braços erguidos. Imaginemos que começassem a aparecer nas tuas telas imagens da Virgem Maria. Em breve o teu ateliê se converteria num local de peregrinação e tu nunca mais conseguirias trabalhar. Por outro lado as tuas telas passariam a vender uma fortuna.

A ideia animou-me:

– Caramba, não estás a ver as possibilidades? Podemos começar a espalhar por aí que o teu trabalho é miraculoso, que as tuas pinturas possuem misteriosas propriedades terapêuticas...

Belisário não achou graça. Estava assustado. Passou a tarde inteira a tentar refazer o trabalho. Ao fim do dia, extenuado, rendeu-se à evidência de que aquela figura estava ali porque merecia estar ali. Deixou-a assim e entregou-se às outras duas telas. Lembrei-me de tudo aquilo enquanto me vestia. Fui a pé até ao ateliê. Belisário abriu-me a porta, nervoso. Colocou-me diante da terceira tela:

– E isto? Isto, sabes o que é isto?...

A terceira tela era a mais sombria de todas. Um azul misterioso, como uma bruma, insinuava-se por entre os diversos tons de ocre. No canto superior esquerdo via-se (eu vi claramente) o desenho de uma mulher afastando-se numa bicicleta. Trazia a cabeça coberta pelo que parecia ser um chapéu colonial.

– Isto sim – disse-lhe. Acho que me tremia a voz – Isto veio algures da minha infância. O que eu não entendo é como chegou até aqui...

Uma mulher pedalando para longe. Perdendo-se em meio à espessa poeira da tarde. O empresário ficou feliz com o trabalho. Elogiou as figuras. Belisário nem por isso. Não tem a certeza de que aquela obra seja sua.

É DOCE MORRER NO MAR

Para o Mia Couto, ele sabe porquê.

Virgínia parecia-me um nome vagamente anacrônico, quase ridículo – até que a conheci. Foi no dia em que fiz cinquenta anos. Naquela época eu já perdera o brilhante futuro que, num passado recente, alguns críticos me haviam prometido. Esses mesmos críticos não gostaram do meu último romance. Troçaram dele, destroçaram-no. Depois disso nunca mais consegui concluir nem sequer um conto. Escrevia meia dúzia de páginas e parava por falta de ideias e de convicção. A convicção, a propósito, é muito mais importante do que uma boa ideia. Apagava tudo. Recomeçava, lembrava-me das críticas e voltava a apagar. Aquilo fazia-me mal. Muito mal. Voltei a beber. À noite estendia-me na cama, mas não adormecia. Levantava-me e bebia. Manuela, a minha primeira mulher, pediu o divórcio. Disse-me:

– Odeio falhados. Odeio sobretudo os falhados que bebem demais.

Não discuti. Faltava-me ânimo para discutir. Fiz as malas e mudei-me para um pequeno apartamento, do outro lado da rua, de maneira a continuar perto das crianças. Ao fim de três meses, porém, dei-me conta de que não poderia pagar o aluguer durante muito mais tempo. Engoli o orgulho e pedi asilo à minha mãe. Voltei a fazer recensões para jornais e revistas literárias. Utilizava vários pseudônimos, primeiro porque não queria que os meus detratores se alegrassem por eu já não conseguir viver apenas dos direitos de autor; por outro lado, porque podia assim desancar, sem riscos, os colegas, incluindo alguns amigos, ou melhor, ex-amigos, gente que se afastara de mim, com receio, presumo, de que o meu fracasso os contaminasse. Para que conste: os escritores em ascensão não gostam de ser vistos com escritores decadentes.

Diverti-me imenso a destruir o romance inaugural de um jovem talento que, antes de se atrever a dar esse passo, se tornara relativamente conhecido como crítico literário. Américo, vou chamá-lo assim, fora o primeiro a apedrejar-me. Era um rapaz com quase dois metros de altura, muito loiro e muito branco, de uma beleza distraída, como um anjo em férias. Utilizei exatamente a mesma técnica com que ele destruíra o meu livro, inclusive algumas das suas frases assassinas, para lhe cortar as asas. Os únicos momentos felizes que vivi naqueles dias foram os que passei ao computador, escrevendo essa recensão e depois lendo-a no jornal e escutando os comentários, e os risos, de outros críticos e escritores.

Esta era a minha vida, portanto, ou o que restava dela, quando recebi um convite para participar num ciclo de debates, em Paraty, sobre o futuro do romance em língua portuguesa. No Brasil, ao contrário do que acontecera em Portugal, os meus livros foram sempre bem recebidos pela crítica. Infelizmente, vendiam pouco. O encontro correu bem. Fiz o meu número. Contei velhas piadas como se as tivesse inventado naquele exato instante. Ilustrei opiniões fantasiosas com histórias reais. Ri-me, comovi-me. No final o público ergueu-se para me aplaudir. Ainda me restavam três dias antes de regressar a Lisboa. A minha conferência foi de manhã. À tarde havia outras duas. Decidi não ir. Vesti um fato de banho, pensando, enquanto o vestia, em como essa expressão soa arcaica e cerimoniosa por contraste com sunga. «No meu tempo íamos a banhos ao Estoril», ouvi a voz (cansada) do meu avô materno. Na palavra sunga pressente-se o eco de batuques. O meu avô usava realmente fatos de banho. Ele ia a banhos como outros cavalheiros iam à missa. Jamais vestiria uma coisa a que chamassem sunga. Calcei umas sandálias havaianas e desci para a recepção. A recepcionista, uma rapariga de olhos fundos, cabelo em cascata, riu-se sem motivo quando lhe pedi uma toalha. Estendeu-me a toalha e voltou a rir-se. Explicou-me que bastaria seguir em frente, passando a pequena ponte de pedra, para alcançar uma das praias mais bonitas da cidade. Andei uns vinte minutos até a encontrar. Uma baía perfeita, cercada, atrás, por altas montanhas, de um verde arrebatador, e tendo adiante o mar plácido e as ilhas em revoada. Junto ao areal, à sombra de umas árvores baixas, mas de boa copa, havia três ou quatro mesas redondas, e uma dúzia de cadeiras de plástico, de uma cor clara, castigada pelo sol: um bar. Sentei-me e pedi uma caipirinha. Pensei que em breve teria de regressar a Lisboa e uma tristeza pesada fechou-se como um punho ao meu redor. Eu fazia cinquenta anos nesse dia, mas ninguém, nem sequer a minha mãe, me telefonara a dar os parabéns. Veio-me uma vontade estúpida de chorar. O dono do barzinho, um mulato sonolento e apagado – no sentido, realmente, de uma vela cuja chama se apagou – vestido apenas com umas velhas bermudas azuis, trouxe-me a caipirinha e afastou-se depois a cantarolar baixinho. Reconheci a melodia antes de, como uma revelação, perceber o significado dos versos.

É doce morrer no mar
nas ondas verdes do mar.

Nas ondas verdes do mar
ele se foi a afogar
fez sua cama de noivo
no colo de Iemanjá.

Não sei nadar. Cresci numa terra de pescadores, filho e neto de pescadores, pelo lado do pai, mas nunca aprendi a nadar. O meu pai também não sabia nadar.

O meu avô paterno morreu afogado quando o pequeno barco em que seguia virou ao entrar na barra. O barco chamava-se *Flor do Atlântico*. Não se via ninguém na praia. Levantei-me e entrei no mar. A água, de tão leve, mal se sentia no corpo. O chão não parecia feito de areia mas de uma substância macia e quente, que se afeiçoava aos pés. Já não me sentia triste, pelo contrário, uma espécie de euforia empurrava-me agora para diante. Não voltaria a Lisboa. Quando, no dia seguinte, os jornais trouxessem a notícia da minha morte, talvez Manuela se arrependesse da forma como me tratara. Os mesmos críticos que me haviam condenado viriam, em procissão, exaltar a minha obra, e eu regressaria, ainda que morto, às tabelas de vendas. Américo tentaria ocultar o seu crime mas seria denunciado e nunca mais nenhum jornal aceitaria as suas recensões. Estava tão entusiasmado que tive de me controlar para não correr. Morrer, sim, mas devagar. Andei uns cem metros, cento e cinquenta, sempre com água pelos joelhos. Andei outros cem. A ilha, ao fundo, aproximou-se um pouco. Continuei a andar. Já distinguia alguns pormenores da ilha: um molhe em ruínas, um vago muro brilhando ao sol; todavia, a água ainda nem sequer me chegava à cintura. Dei-me conta, ao olhar para trás, que andara muito. A linha da costa estava tão distante quanto a ilha. Pelo jeito podia-se ir a pé até Angola. Desanimei. Era como tentar afogar-me numa taça de sopa. Estendi-me de costas e fechei os olhos. As minhas mãos tocavam o fundo lodoso. Fiquei assim muito tempo. O sol picava-me o rosto. Sonhei com algas, águas vivas, caravelas naufragadas, sereias afogadas na maré rasa.

– Você é escritor?

Abri os olhos e ali estava ela, erguida entre mim e as ilhas verdes, como se a tivessem recortado de um cartaz turístico. Vestia um fugaz biquíni amarelo-torrado, que a fazia parecer ainda mais morena e, de uma forma estranha, que não sei explicar, quase feroz.

– Meu nome é Virgínia...

A recepcionista. Virgínia, dezoito anos, única filha de Dona Marta, a proprietária da pousada. Passou os braços longos pelo meu pescoço e beijou-me nos lábios. Não regressei a Lisboa. Casei-me com Virgínia três meses depois e, a convite de Dona Marta, que sempre simpatizou comigo, passei a administrar a pousada.

Irrita-vos (agora estou a dirigir-me aos críticos) que eu resuma num breve parágrafo a minha história de amor, além da bela relação de amizade que criei com Dona Marta? Acham demasiado abrupto? Lamento, mas foi realmente tudo muito rápido. Virgínia passou os braços longos em redor do meu pescoço, segurou-me a nuca com ambas as mãos, beijou-me, e no momento seguinte eu estava casado.

Decorreram cinco anos (também muito rápidos). Dona Marta morreu atingida a tiro por um assaltante, num subúrbio de Roma, cidade de onde viera a sua família, e para onde se mudara com medo da violência no Brasil. E então, numa tarde chuvosa de julho, vi entrar na pousada um jovem muito alto, com a roupa encharcada, colada ao corpo, e o cabelo, muito loiro, a escorrer água. Postou-se à minha frente como um querubim pasmado:

– Pacheco?! – Havia um vago susto na voz dele.

– Pacheco, o escritor?

Reconheci-o pela altura. Foi mais difícil reconhecer-me a mim na incredulidade dele, no meu próprio nome, que há tanto tempo não escutava. Há muito que deixara de ser Pacheco, o escritor. Agora era o Seu Pedro, o português que casara com Virgínia, o genro de Dona Marta, o dono da pousada Amores Perfeitos. Enfim: um cara do bem, coroa, a ficar careca, mas ainda enxuto, boa pinta. O jovem insistiu:

– Desculpe, não é o Pacheco, o escritor Pedro Pacheco?

– Américo?

O passado alcançou-me de um golpe. Senti que me subia à alma um rancor antigo. Hesitei um segundo entre abraçá-lo ou esbofeteá-lo. Abracei-o:

– O que fazes aqui?

Américo chegara nessa tarde a Paraty para participar de um ciclo de debates sobre a situação do romance em língua portuguesa. «Veio muita gente de Lisboa», disse, e citou vários nomes conhecidos. Perguntei-lhe (porque achei que lhe devia perguntar qualquer coisa) quantos romances ele já publicara. Américo olhou-me com mal disfarçada suspeição:

– Quantos? Apenas um, *Do Amor e da Morte*, tu não o leste?

– Não, não! – Percebi que a dupla negação, um excesso de veemência, poderia parecer ainda mais estranho e tentei corrigir: – Não, meu querido, infelizmente não li. Vivo aqui, em Paraty, vai para cinco anos. Quase não me chegam notícias de Portugal.

Américo curvou-se um pouco, prendeu em mim os lúcidos olhos de anjo. Queria, talvez, assegurar-se de que eu, afinal, não chegara a ler as infâmias que escrevera sobre o meu último livro; ou então já conhecia a verdadeira identidade de quem lhe destruíra o seu primeiro, o seu único romance.

– Ouviste falar num tipo chamado Camilo Durão? Neguei com horror: «Camilo o quê?» Camilo Durão fora o pseudônimo com que eu assassinara *Do Amor e da Morte*. Não me arrependia. Tanto quanto me conseguia lembrar o romance era realmente medíocre, aborrecido, umas duzentas e poucas páginas que suavam de esforço para parecerem originais. Américo fazia parte daqueles escritores que são capazes de afirmar, com lágrimas nos olhos, a sua absoluta dedicação à literatura – «se não escrever, definho», ou: «escrevo como respiro» – sendo que, desgraçadamente, nada têm para dizer. Vencida a última página, poucos leitores seriam capazes de resumir o enredo. Creio que nem sequer possuía um enredo. Américo fingiu acreditar em mim. Atirou-me uma palmada às costas com a alegria viril de quem reencontra um velho companheiro de farra. Sorriu com largueza:

– E tu? Tens escrito muito?!

Odiei-o. Odeio que me batam nas costas. Além disso ele *sabia* que eu nunca mais conseguira escrever nada. Não lhe disse isto, claro, mudei de assunto, e entre risos e recordações mostrei-lhe a pousada. Finalmente, convidei-o a ficar no melhor quarto. Nessa noite jantei com ele e outros escritores portugueses num pequeno restaurante debruçado sobre o rio. Virgínia simpatizou imediatamente com Américo.

Passaram-se apenas três meses desde aquela noite, o tempo de um suspiro, mas a mim parece-me que tudo aconteceu numa outra encarnação. O Alemão (vou ter de vos falar nele) também estava presente. Mesmo agora, depois de tudo o que se passou, não consigo impedir-me de pensar em Martim com afeto e saudades. Conheci-o pouco depois de desembarcar em Paraty. Aqui, onde viveu durante mais de quinze anos, toda a gente o chamava alemão – o Alemão –, mas Martim Ries era luxemburguês. A sua pequena agência de viagens, a Homem ao Mar, organizava expedições de mergulho para os turistas. O Alemão era um homem alto, sólido, cabelo cor de cobre, cortado rente, e tinha um temperamento explosivo, que o levava a cometer loucuras para depois, no instante seguinte, cair em si e se transformar na pessoa mais doce do mundo. Jogávamos tênis às terças e às quintas. Aos sábados jogávamos xadrez.

Américo ficou quinze dias em Paraty e depois regressou a Portugal. Antes de partir insistiu em entrevistar-me para uma revista literária de que ele próprio era o diretor. Enviou-me a revista poucos dias mais tarde. Achei a apresentação muito simpática. Talvez demasiado simpática. Ficou-me a suspeita de que pretendia desculpar-se pela forma como destruíra o meu romance. Na segunda semana de outubro recebi um convite para ir a São Luís do Maranhão, a um Festival de Cinema Lusófono, ao qual concorria um filme baseado num dos meus romances. Despedi-me de Virgínia e parti para o Rio, de ônibus, com a intenção de voar de lá até São Luís, aproveitando antes para visitar a minha editora, comprar livros, e resolver dois ou três pequenos problemas burocráticos. Ao chegar ao Rio, porém, soube que o filme fora retirado do festival, devido a um contencioso qualquer com o produtor, e desisti da viagem. Liguei a Virgínia para lhe dizer que tencionava regressar ainda naquela noite; no exato instante em que ela atendeu, porém, ocorreu-me a ideia (estúpida) de lhe fazer uma surpresa:

– Morena?! Sou eu. Sim, já estou em São Luís...

Disse-lhe que ficaria uma semana no Maranhão, conforme o previsto, que fazia muito sol, que já me doía o peito de saudades, etc., essas coisas que se dizem, e desliguei.

Aluguei um carro e nessa mesma noite, depois de um jantar tranquilo com a minha editora, regressei a Paraty. Cheguei à pousada, exausto, ia rompendo a aurora. Entrei, carregando a pequena mala amarela com que sempre viajo, um saco de compras e um enorme ramo de flores, não encontrei ninguém na portaria (talvez Adriano, que faz os turnos da noite, tivesse ido ao banheiro) e subi a sólida escada de madeira para o primeiro andar, onde ficava o nosso apartamento, tentando mover-me o mais silenciosamente possível. Pousei a mala, e o saco, mas não o ramo de flores, e abri a porta. Virgínia estava estendida de bruços, na cama, inteiramente nua. A beleza dela, assim exposta, aberta e sem defesa, à luz crua da manhã, atordoou-me. Só depois vi o homem. Ergueu o rosto, assustado, no instante em que deixei cair as flores:

– Pacheco?! Porra, mas que fazes tu aqui?

O que mais me irritou foi o tom de voz, surpreso e todavia autoritário, muito seguro, e aquele sotaque levemente afetado, que uma certa classe de portugueses, a mesma que frequenta os bares da moda e as revistas cor-de-rosa, gosta de cultivar. Américo levantou-se e eu reparei em três coisas:

1. Que tinha calçadas umas peúgas pretas.

2. Que trazia a bela cabeleira loira impecavelmente penteada para trás.

3. Que era mais baixo do que eu, mais delgado, e, sem dúvida alguma, muito menos favorecido para os jogos do amor (provavelmente haverá críticos dispostos a troçar desta expressão; quanto a mim, tudo bem, escolham uma outra. Sinceramente: estou-me nas tintas para os críticos).

Virgínia tinha o sono pesado. Continuava a dormir. Eu não disse nada. Dei três passos na direção de Américo, atirei-lhe um valente pontapé às canelas, o que não é um golpe muito honesto, reconheço, mas resulta sempre, e quando ele se inclinou para diante, num espasmo de dor, parti-lhe o nariz com um único soco. Saí, batendo a porta, desci as escadas de um salto, e num instante estava na rua. Enquanto corria pensava que devia voltar atrás para falar com Virgínia, pensava na vergonha que seria no dia seguinte, quando toda a cidade soubesse do caso, pensava que já nada me restava, nem sequer a vergonha, pensava que devia ter dado outro soco em Américo, pensava nisso com alegria, e pensava com horror no que faria a seguir. Achei-me, de repente, diante da casa do Alemão. Hesitei um momento e depois bati à porta. Quando ele abriu caí-lhe nos braços em prantos. Tive dificuldade em fazer-me entender. Martim olhava para mim perplexo:

– Você pegou Virgínia com outro cara?! Não, não! Virgínia não faria isso. É impossível...

Vi que se transformava. Era como se tivesse sido ele o ofendido. Vestiu umas calças e uma camiseta ao mesmo tempo que dava grandes palmadas e pontapés nos móveis e nas paredes.

– A grande cabra! Mulher é tudo igual!

Dei comigo a procurar acalmá-lo:

– Pô Martim, talvez ela tenha uma explicação...

O Alemão lançou-me um olhar torcido enquanto abria uma gaveta e tirava de lá uma pistola. Não entendo nada de armas de fogo. Era um instrumento metálico, pequeno, parecia um brinquedo de crianças. Eu ter-me-ia rido se algum menino me tentasse assaltar na rua com uma arma idêntica. Vi Martim guardá-la no bolso das calças. Rugiu:

– Explicação?! A puta estava lá, na cama, com outro cara, e você acha que tem uma explicação? Não sai daqui, caralho, espera eu voltar!

Abriu a porta e desapareceu. Fui até à cozinha, tirei uma cerveja do frigorífico, e sentei-me a beber. Ainda ali estava quando um dos vizinhos entrou de rompante:

– Pacheco?! Porra, mas que faz você aí?! Venha depressa. O Alemão atirou na sua mulher...

Matou-a. Duas balas no peito. A seguir forçou Américo a ajoelhar-se (é o que presumem os peritos da polícia) e deu-lhe um tiro na nuca. Finalmente, enfiou a arma na própria boca e disparou. Quatro balas, três mortos. Um drama que durante semanas a fio trouxe a cidade perplexa.

– Por quê?!

Eu sei porquê. Soube-o no momento em que vi Martim sair de casa, aos gritos, para matar Virgínia e o amante dela. Confirmei-o, dias mais tarde, quando, ao arrumar os papéis da minha falecida mulher, encontrei uma carta assinada por Martim, em que este tratava Virgínia por «meu bombom marrom». Achei sórdido. O enredo eu aceito. Até mesmo a dupla traição. O que me irrita, o que não consigo perdoar, nem a Virgínia nem a Martim, é o estilo. Por Deus: bombom marrom! Havia mais três bilhetes escritos num português ignóbil, e em todos, Martim tratava Virgínia por *bombom*. Ou pior: *esquilinho, raposinha, coelhinho.*

Lembro-me mal dos primeiros dias depois da tragédia. Passei-os a beber. Pouco a pouco, porém, fui-me acalmando. Uma tarde, enquanto caminhava pela praia, dei-me conta de que Martim resolvera, com aqueles quatro tiros, todos os meus problemas, inclusive alguns que eu nem sequer sabia que tinha. Vejamos:

1. Matou o *meu* crítico.
2. Matou os dois amantes da minha mulher.
3. Matou a minha mulher.
4. Fez de mim um rico herdeiro.
5. Ofereceu-me um bom argumento para um romance.

Voltei a escrever. Escrevo sem urgência. Se não escrever não morro, não definho, não sufoco, e nem sequer me arrisco a passar fome. Tenho a minha pousada. Levo uma vida plácida. O melhor da velhice é que já não temos de prestar provas. Gosto de passear na praia ao fim da tarde. Entro na quietude das águas e deito-me de costas, a flutuar. É muito bom.

Manual Prático de Levitação

Não gosto de festas. Aborrece-me a conversa fiada, o fumo, a alegria fátua dos bêbados. Irritam-me ainda mais os pratos de plástico. Os talheres de plástico. Os copos de plástico. Servem-me coelho assado num prato de plástico, forçam-me a comer com talheres de plástico, o prato nos joelhos, porque não há mais lugares à mesa, e inevitavelmente o garfo quebra-se. A carne salta e cai-me nas calças. Derramo o vinho. Além disso, odeio coelho. Faço um esforço enorme para que ninguém repare em mim, mas há sempre uma mulher que, a dada altura, me puxa pelo braço – «vamos dançar?» – e lá vou eu, de rastos, atordoado pelo estrídulo dissonante dos perfumes e o volume da música. Terminado o número, um tanto humilhado porque, confesso, tenho o pé pesado, sirvo-me de um uísque, com muito gelo, mas logo alguém me sacode, «o que foi, meu velho, estás chateado?», e eu, que não, esforçando-me por sorrir, esforçando-me por rir às gargalhadas, como o resto da chusma, chateado? por que havia de estar chateado?, o dever da alegria chama-me, grito, lá vou, lá vou, e regresso à pista, e finjo que danço, finjo que estou feliz, pulando para a direita, pulando para a esquerda, até que se esqueçam de mim.

Naquela noite estava quase a ser esquecido quando reparei num sujeito alto, todo vestido de branco, como um lírio, alva cabeleira à solta pelos ombros, a rondar sombriamente os pastéis de bacalhau. O homem parecia estar ali por engano. Achei-o de repente tão desamparado quanto eu. Podia ser eu, exceto pela roupa, pois evito o branco. O branco não é muito apropriado para o meu negócio. Menos ainda as cores garridas. Obedeço ao lugar-comum – visto-me de negro. Aproximei-me do homem, numa solidariedade de náufrago, e estendi-lhe a mão.

– Sou fulano – disse-lhe – Vendo caixões.

A mão do homem (entre a minha) era lassa e pálida. Os olhos tinham um brilho escuro, vago, como um lago, à noite, iluminado pela luz do luar. A maioria das pessoas não consegue disfarçar o choque, ou o riso, depende da circunstância, quando escutam a palavra caixões. Alguns hesitam: paixões? Não, corrijo, caixões. O sujeito, porém, permaneceu imperturbável.

- Nenhum nome é verdadeiro - respondeu-me, com forte sotaque pernambucano - Mas pode me chamar Emanuel Sutil.

Aquilo era o Rio de Janeiro, Jardim Botânico. O sotaque dele soava tão deslocado quanto o meu, ou ainda mais. Um pouco ridículo até.

- E o que faz o senhor?

- Sou professor...

- Ah sim? E de quê?

Emanuel Sutil sacudiu a cabeleira num movimento distraído:

- Dou aulas de levitação.

- Levitação?!

- Levitação, sabe?, fenômeno psíquico, anímico, mediúnico, em que uma pessoa ou uma coisa é erguida do solo sem um motivo visível, apenas devido ao esforço mental. A mente movimenta fluidos ectoplasmáticos capazes de vencer a força da gravidade. Eu ensino técnicas de levitação. Sem arames nem outros truques soezes.

- Interessante! Interessante! - respondi, tentando ganhar tempo para pensar. - E tem muitos alunos?

O homem sorriu-me gravemente. Que não. Nos dias de hoje são poucas as pessoas interessadas em levitar.

- Tristes tempos, estes. O triunfo do materialismo tem vindo a corromper tudo. Escasseiam as vocações para as obras do espírito. As vocações e a força mental - sugeri timidamente.

Sim, confirmou Emanuel Sutil, sacudindo outra vez a magnífica cabeleira branca, e a força mental. As pessoas preferem manter os pés bem assentes na terra. E levitava ele?, quis eu saber. Isto é, praticava com frequência essa arte esquecida? Emanuel Sutil sorriu absorto:

- Não há dia em que não pratique. Levitar, meu caro senhor, é o mais completo dos exercícios. Cinco minutos em suspensão, logo pela manhã, ao romper da alva, estimula todos os órgãos vitais e regenera a alma.

Inclusive acontecia-lhe às vezes levitar por descuido. Contou-me que São José de Copertino, que viveu entre 1603 e 1663, sofria ataques de imponderabilidade sempre que algo o emocionava. Chamava a isso, com terror, «as minhas vertigens». Um domingo, durante a missa, elevou-se no vazio e durante largos minutos pairou numa aflição sobre o altar, em meio à chama aguda das velas, e ao alarido das beatas, ficando gravemente queimado. A igreja afastou-o, durante 35 anos, de todos os rituais públicos, em razão destas práticas extravagantes, mas nem isso impediu que a sua fama se propagasse. Uma tarde, passeando o santo homem pelos jardins do mosteiro, em companhia de um monge beneditino, foi subitamente arrastado até aos ramos mais altos de uma oliveira por um golpe de vento. Infelizmente sucedia com ele o mesmo que com os gatos, ou os balões, toda a sua propensão era para subir, não para descer, de forma que os monges tiveram de o resgatar de lá com o auxílio de uma escada. Murmurei qualquer coisa sobre a vocação mística das oliveiras, a tendência que demonstram, desde há milénios, para acolherem santos e demiurgos. Emanuel Sutil, porém, ignorou a minha observação. O caso de São José de Copertino, explicou, servia-lhe somente para ilustrar os perigos que incorre um leigo, ainda que excepcionalmente talentoso, ao praticar a arte da levitação sem o acompanhamento de um mestre:

– Você punha um Ferrari nas mãos de uma criança? Certamente que não!

Concordei logo. É claro, por amor de Deus!, não o punha nem nas minhas mãos.

– Levitar não é para qualquer um – prosseguiu Emanuel Sutil, carregando nas palavras. – Levitar exige fé, perseverança e ainda algo mais, responsabilidade. Quer tentar?

E logo ali expôs as suas condições. Quatrocentos reais por mês. Quatro vezes por semana. Uma hora e meia cada sessão. Naturalmente, acrescentou, seria impossível observar resultados antes de três a quatro meses.

– E se não obtiver resultados?

Emanuel Sutil sossegou-me. Em três meses, convenientemente orientado, até um elefante consegue levitar. Mas ainda que eu me revelasse tão mau levitador quanto bailarino (só então percebi que passara a noite a observar-me), ele próprio me daria um empurrão. Citou-me o caso de um famoso médium inglês, Daniel Douglas Home, que nos anos 30 desafiava a tradicional fleuma britânica fazendo flutuar pianos e outros objetos pesados. Conta-se que uma noite levou um boi para o salão de um rico industrial, e o ergueu no ar. Ia o boi ao nível dos lustres, bem alto e iluminado, quando, por distração ou por um repentino desfalecimento de fé, lhe falharam as forças (ao médium), romperam-se os fluidos ectoplasmáticos, e o animal precipitou- se, com brutal fragor, sobre duas das acolitas.

– Morreram?

– O que lhe parece? – Suspirou. – A história da aeronáutica está cheia de tragédias, pequenas e grandes, mas nem por isso deixamos de andar de avião.

Declinei o convite. A festa chegara ao fim. Um velho negro, que em tempos havia sido muito famoso como jogador de futebol, dançava sozinho, de lágrimas nos olhos, alheio à música, vamos chamar-lhe música, uma mistura de alarme de carros, já rouco e exausto, e metais em convulsão. Duas raparigas muito loiras, muito lânguidas, dormiam abraçadas num sofá. Eu não conhecia ninguém. Ninguém me conhecia.

– Talvez você saiba de alguém que dê aulas de invisibilidade. Nisso estou interessado.

Emanuel Sutil olhou-me com desdém. Não respondeu. Já no *hall*, enquanto escolhia um guarda-chuva discreto, conforme ao meu ofício, entre um denso molhe deles, ainda vi o brasileiro abrir caminho através do fumo espesso e desabar no sofá, junto às duas raparigas loiras. Vi-o fechar os olhos. Cruzar os braços sobre o peito magro. Pareceu-me que sorria.

Tenho conhecido gente um pouco estranha nestas festas. Existe de tudo. As ocupações mais bizarras. Eu sei, é claro, que isso depende sempre da perspectiva. Eu, por exemplo, vendo caixões. O meu pai vendia caixões. O meu avô vendia caixões. Cresci nisto. Acho até prosaico. Preferia, reconheço, dar aulas de levitação. Paciência. Consola-me saber que a morte é melhor negócio. Como o meu avô dizia: «só uma coisa me aflige: a imortalidade».

Nada a declarar

Marina estudou o funcionário. Era um homem cinzento, fatigado, e estava ali como num velório. Mal olhava os viajantes. Perguntava alguma coisa, dobrado sobre o seu próprio tédio, folheava os passaportes, carimbava-os e devolvia-os:

– Tenha uma boa estada.

Quando chegou a sua vez sentiu que lhe tremiam as mãos. Suava. Hesitou entre enfrentá-lo, olhos nos olhos, aparentando segurança, ou, pelo contrário, fingir-se distraída. Estendeu-lhe o passaporte, já aberto na página com a sua fotografia, ao mesmo tempo que remexia nervosamente na carteira.

– A moça é portuguesa?! Pode dizer-me em que se ocupa?

E ela, num sopro:

– Eu? Sou mulata!

Ia acrescentar: «A tempo inteiro», mas então reparou no espanto do homem e percebeu que trocara as palavras, mulata ao invés de modelo, e não conseguiu dizer mais nada. O funcionário animou-se. Endireitou o tronco. O rosto ganhou um súbito fulgor:

– Estou vendo, muito mulata mesmo...

Murmurou isto com um olhar expressivo, avaliando-a desde os tacões dos sapatos à revolta cabeleira negra, um metro e setenta e sete da mais fina mistura de raças:

– E o que vem a moça fazer ao Rio de Janeiro?

Marina estremeceu. Desembarcara, enfim, no país do Carnaval. A vida inteira esperara por aquele dia. Veio-lhe à memória a imagem de uma menina sambando numa festa de casamento. Os pais, os tios e os primos em redor, todos rindo e aplaudindo. Nunca mais deixara de sambar. Percorria as cidades da província, as vilas remotas, dançando o samba em bares ou festas populares. Volta e meia posava para anúncios de chocolates e marcas de café. Também se vestia de sambista para promover produtos tropicais nos grandes supermercados. Levara cinco anos a poupar dinheiro para aquela viagem.

– Vim ver o Carnaval, claro. Você não gosta de Carnaval?

O funcionário assentiu, feliz:

– E quem não gosta? Seja então bem-vinda, Marina – disse, imitando o sotaque português – Pelo que estou vendo a moça torce pela Mangueira.

Marina trazia uma blusa cor-de-rosa, rendada nos pulsos, e umas calças de um verde-pálido, talvez demasiado justas. Noventa de peito. Sessenta de cintura. Cento e dois de quadris. Aqueles dois centímetros de arrogante desafio às leis da gravidade faziam a diferença em qualquer palco. Rodopiou uns segundos, ali mesmo, diante do espanto divertido dos turistas, deu uns passos curtos, e Deus parou para ver. O funcionário sacudiu a cabeça, perplexo:

– Você é mesmo portuguesa? – O homem disse aquilo com admiração. Não era a dúvida metódica de um polícia de fronteira, era um elogio. – Tem a certeza?...

Marina sorriu com orgulho:

– Sou portuguesa, com certeza! Tão portuguesa quanto o fado, que antes de ser português foi brasileiro. Tão portuguesa quanto a Carmen Miranda, antes de ser brasileira. Tão portuguesa quanto o bacalhau da Noruega. Sou portuguesa do Alto da Cova da Moura!

O brasileiro nunca ouvira falar no Alto da Cova da Moura. Parecia-lhe que havia um desvario algures naquele nome, uma contradição nos termos, mas, ao mesmo tempo soava-lhe bem, como se fosse o título de um samba enredo inspirado em lendas árabes. Mil e uma noites. Aladim e o gênio da lâmpada. O tapete voador. Algo assim:

– Maravilha! – exclamou. – Deve ser bonito, lá...

A rapariga hesitou. Bonito? Não podia negar esse consolo a um estrangeiro. Disse-lhe que sim. Acrescentou, para ser sincera, que o que havia de mais bonito no bairro eram as pessoas. O funcionário carimbou o passaporte e devolveu-o. Inspirou fundo a ganhar coragem:

– Meu nome é Paulinho. Esta noite tem uma festa da Mangueira no Canecão. Você não quer ir comigo?

Marina sorriu. Cantarolou:

– *Me leva que eu vou, sonho meu, atrás da verde e rosa só não vai quem já morreu.*

E assim, poucas horas depois de desembarcar no Rio de Janeiro, Marina estava no Canecão, vendo desfilar no palco, num cenário a lembrar uma roda de samba, Alcione, Emílio Santiago, Beth Carvalho, Milton Nascimento, Djavan, Jamelão e Chico Buarque. Quando a porta-bandeira entrou no palco já Marina estava em transe. Os amigos de Paulinho cercaram-no com perguntas:

– Onde você achou a mina?

– É portuguesa...

Os amigos riram:

– Não brinca, cara, portuguesa onde?

– Juro! Toda ela é portuguesa...

Então um deles, um jovem alto, com uma calvície precoce, suspirou profundamente, resumindo numa só frase a incredulidade geral:

– Tá certo, Paulinho, afinal foram eles quem inventou, eu não sabia é que tinham lançado um *upgrade*. Marina, alheia ao escândalo da sua própria beleza, levantou-se e foi sambar.

Memórias póstumas

A mulher sentava-se sempre ali, à mesma mesa, entre as nove horas da manhã e o meio-dia. Pedia torradas, chá preto e um pouco de mel. Saboreava as torradas lentamente. Adoçava o chá com duas colheres de mel e depois deixava-se ficar, longos minutos, contemplando pela vidraça o alegre espetáculo dos jacarandás em flor. Finalmente tirava da bolsa uma esferográfica e um caderno de capa cor-de-rosa, e punha-se a escrever. O que me chamou a atenção foi o fato de ela nunca olhar para o caderno enquanto escrevia. Olhava em frente, lá para fora, para o jardim, como se escrevesse não no caderno mas, diretamente, sobre o espelho frio da manhã.

– Sou secretária – disse-me um dia, sem que eu lhe perguntasse nada. Calou-se um instante e corrigiu – uma espécie não muito convencional de secretária...

Convidou-me a tomar assento ao seu lado. Mostrou-me um maço de papéis datilografados. Li o título, «Memórias Póstumas de Machado de Assis». Depois li a primeira frase: «Morrer não foi difícil, longe disso, acho mesmo que qualquer um consegue morrer. O difícil foi, logo depois, olhar para trás.»

Ri-me:

– Bem achado. É seu?

A mulher negou com a cabeça. Que não, disse firmemente, ela era apenas a mão alugada. O livro, evidentemente, fora-lhe ditado pelo próprio Joaquim Maria Machado de Assis. O seu ofício, confidenciou, baixando a voz, era psicografar romances de escritores. «Mortos? », perguntei eu, ingenuamente. Ela corrigiu-me, com um sorriso: «Desencarnados.»

Valquíria, assim se chamava a mulher, trabalhava para uma editora espírita, em São Paulo, onde vivia. Viera ao Rio de Janeiro visitar uma irmã. Nas últimas semanas andava muito ocupada, com um novo romance de Jorge Amado, um vasto fresco histórico, tendo Tiradentes, o herói mineiro, como personagem principal. Ao que parece Jorge Amado travara amizade, do lado de lá, com Joaquim José da Silva Xavier. Ouvira entusiasmado o testemunho do famoso inconfidente. O romance começava pelo fim. Uma gaiola era colocada no alto de um poste, na praça principal de Vila Rica. Dentro da gaiola estava a cabeça de Joaquim José da Silva Xavier, o Tiradentes, e era esta quem, daquela perspetiva insólita, narrava toda a ação.

Quis saber se não poderia ocorrer algum tipo de fraude. Digamos que o espírito de um escriba menor se fizesse passar pelo de Eça de Queirós, por exemplo, segredando ao ouvido de Valquíria obras sem fôlego. Haveria alguma forma de comprovar a autenticidade daqueles romances?

Valquíria sorriu de novo, mansamente. Era uma mulher alta e elegante; pálida, um rosto comprido, bem desenhado, olhos muito azuis. Os lábios, cor de carmim, sobressaíam contra o límpido brilho da pele.

– Porque o espírito de um escritor faria isso?

Não consegui achar uma boa resposta. Perguntei-lhe se o ofício de psicógrafo exige algum treino especial. «Nem por isso», disse-me, sem abandonar o sorriso. Impõe-se, todavia, uma certa propensão para o devoluto:

– Existe um fenômeno ecológico chamado voçoroca, ou boçoroca, você conhece? Um abismo que se abre no meio do cerrado, e se alarga e desce, e vai descendo sempre, alcançando profundidades de até cinquenta metros. Pode acontecer do dia para a noite. É assustador. Eu sinto por vezes que tenho uma voçoroca se abrindo dentro da minha alma, me partindo ao meio...

Na manhã seguinte, sentei-me à mesa da cozinha, sozinho, com um caderno aberto à minha frente. Disponibilidade. Esvaziar o espírito. A voçoroca. Fiquei assim por uma eternidade. Não ouvia voz alguma. O silêncio. O silêncio. Um vasto silêncio dentro de mim. Então a minha mão começou a mover-se, e eu li assombrado:

– Sobre o nosso amor florescia um pé de ipê.

Ipê? Eu não sabia o que era um ipê. Consultei o Houaiss: «Ipê – designação comum a várias árvores da família das bignoniáceas, espécie do gênero *Tabebuia*, de folhas com cinco a sete folíolos, flores amarelas róseas ou brancas e madeira geralmente nobre, algumas entre as mais resistentes das Américas; o ipê é considerado um símbolo do Brasil, sua árvore nacional.» Caramba, de onde tinha saído aquilo?

Quando cheguei ao café era quase meio-dia. Valquíria arrumava na bolsa o caderno e a esferográfica. Cumprimentou-me, com um leve aceno. Sentei-me ao seu lado e mostrei-lhe a frase:

– Você sabe dizer-me de quem é isto?

Valquíria lançou um rápido olhar ao papel, e encolheu os ombros, desinteressada:

– Como vou saber?!

Despediu-se:

– Paz profunda...

E antes que eu pudesse dizer mais alguma coisa mergulhou sorrindo, sorrindo sempre, na sombra violeta dos jacarandás. Nunca mais a vi.

Sal e esquecimento

Para o Jordi Burch, meu amigo, que foi comigo à ilha de Moçambique.

Carles Escuder vendeu facilmente as fotografias que fez na Ilha. Eram todas elas muito boas. Publicou-as numa conhecida revista madrilena. Só as vi, porém, no mesmo dia em que, por uma dessas incríveis coincidências que fazem com que, tantas vezes, a vida pareça menos verosímil do que a literatura, li a notícia da morte de Mauro. Na revista madrilena havia uma foto dele, extraordinária, contemplando absorto a fortaleza.

Cheguei à ilha na companhia de Escuder, jovem fotógrafo catalão, que se propunha construir, para uma tese de mestrado, um portfólio sobre o esquecimento. Carles lera no *Le Monde* uma reportagem com o título, não muito original, convenhamos, «A Ilha Esquecida», e fora isso que o trouxera até ali. A mim trouxera-me a poesia de Rui Knopfli:

A fortaleza mergulha no mar
os cansados flancos
e sonha com impossíveis
naves moiras.
Tudo o mais são ruas prisioneiras
e casas velhas a mirar o tédio.
As gentes calam na
voz
uma vontade antiga de lágrimas
e um riquexó de sono
desce a Travessa da Amizade.
Em pleno dia claro
vejo-te adormecer na distância,
Ilha de Moçambique,
e faço-te estes versos
de sal e esquecimento.

Estava sentado a uma das mesas do restaurante África Blues, na área internacional do aeroporto de Joanesburgo, e tinha nas mãos *A Ilha de Próspero*, com fotografias do próprio Knopfli, quando Carles me abordou:

– Vai para a Ilha?

Fizemos juntos a viagem de avião para Maputo, e de Maputo para Nampula. Em Nampula alugamos um táxi. O motorista era um velho seco, frágil, de cabelo inteiramente branco e o rosto sulcado por fundas rugas, mas um sorriso intacto, luminoso, que parecia ter sido estreado naquele mesmo dia. Chamava-se Ben, diminutivo de Benigno, Benigno Meigos, o que me pareceu um bom presságio, sabendo-se que a palavra meigo provém do grego *magikós*, pertencente à magia, aquele que encanta.

A Ilha, que foi capital de Moçambique até 1898, está ligada ao continente por uma estreita e compridíssima ponte, ferrugenta, como uma corrente a prender um barco ao cais. O abandono não me surpreendeu. Era o que eu esperava: velhos casarões atordoados sob um sol feroz. Um lento cerco de praias, um mar cor de esmeralda, as enormes árvores fatigadas, cobertas de poeira. Havia também jovens à sombra jogando ntxuva, ou simplesmente imóveis, silenciosos, de braços cruzados. Mais tarde, nas varandas, vi mulheres, em capulanas coloridas, alongadas sobre esteiras (algumas delas com o telemóvel pousado junto à cabeça). Naturalmente, já não encontrámos riquexós.

Benigno parou o carro junto a um largo portão – uma pousada – recebeu o que lhe era devido e prometeu regressar à tarde, para nos levar a conhecer a Ilha, e uma praia, no continente, que era a única, assegurava, onde nos convinha tomar banho. O proprietário da pousada, Mauro, um italiano ruivo, de meia-idade, trazia vestida uma *t-shirt* cor de laranja, na qual se podia ler: «Deus acredita em mim». Não fiquei muito convencido. A cabeleira ruiva, desordenada, dava-lhe um ar meio atônito, implausível. O próprio Deus, vendo-o assim, talvez o colocasse em dúvida.

– Esta ilha é um sumidouro – disse, num português triunfante, depois que nos sentamos diante dele, à sombra lilás de um caramanchão coberto por buganvílias. Mandou que nos servissem um sumo de caju, muito fresco, e continuou – Vejam bem, os estrangeiros vêm para esta ilha para esquecerem algo, ou alguém, ou para serem esquecidos. O poeta Tomás Antônio Gonzaga, por exemplo, e os seus companheiros da Inconfidência Mineira. As pessoas chegam a este lugar e são esquecidas e depois elas próprias se esquecem de quem foram. Gonzaga esqueceu-se da bela Marília. Talvez até se tenha esquecido do Brasil. Deixou descendentes aqui, sabiam?

– E o senhor? – perguntei-lhe – Veio para esquecer ou para ser esquecido?

O italiano sacudiu a áspera cabeleira ruiva:

– Ambas as coisas.

Carles quis saber se lhe poderia fazer um retrato, ali mesmo, sentado à mesa, sob aquela luz de fantasia. Mauro assustou-se:

– Não, não! Fotografias não!...

A veemência com que se recusou a ser fotografado irritou Carles.

– Não é italiano – assegurou-me nessa noite, enquanto passeávamos pela Ilha – É basco. Disfarça o sotaque, talvez tenha passado alguns anos em Itália antes de vir para aqui, mas de vez em quando distrai-se e então volta a ser basco. E também não é ruivo, não percebeste?, pinta o cabelo.

No dia seguinte, ao almoço, Mauro bebeu um pouco além da conta. Bebemos todos. Abraçou-se a mim:

– Numa outra vida fiz muitos disparates, muita confusão.

Repetiu a palavra confusão. No geral é uma palavra que agrada aos estrangeiros que vivem, ou visitam Angola ou Moçambique. Kapuscinski, na sua delirante reportagem sobre a independência de Angola, «Mais um dia de vida», dedica-lhe vários parágrafos.

– É isso – insistiu Mauro – fiz maning[2] confusão. Mais tarde arrependi-me. Arrepender-me foi a parte pior. Agora só quero esquecer, ser esquecido. Espero consegui-lo...

Quando li a notícia da sua morte soube que não o conseguira. «Um homem branco montado numa moto», dizia o jornal, «passou diante da varanda onde Mauro descansava, estendido numa rede, e disparou um único tiro. Depois desapareceu».

---

2 Significa muito, no calão moçambicano.

Não há fim

Era uma ponte quase em ruínas. Atravessava-se a ponte e do outro lado estava o rio. Vi um velho sentado na ponte, no último pilar, com uma comprida cana de pesca presa entre as mãos. Parei o carro e fui ter com ele. «Os porcos dilatam com o calor», riu o velho, apontando com o queixo para um animal enorme, meio afundado na lama, alguns metros abaixo. Se ele não me tivesse dito aquilo, pensaria que era um hipopótamo.

Retorqui:

– Deve fazer muito calor neste lugar...

O velho riu-se às gargalhadas. Faltavam-lhe dentes. As gargalhadas, todavia, eram jovens, como se por baixo da pele grossa e enrugada se escondesse um rapaz com a dentadura completa, a cabeleira farta e o rosto liso, ainda imberbe. Explicou-me que, depois da ponte ter sido construída, o leito do rio se desviara umas dezenas de metros para o lado esquerdo, dando origem àquele particular extravio da razão. O rio recusara a ponte. Sempre que chovia, a estrada ficava cortada pelas águas.

– Não há maneira de passar?

O velho encolheu os ombros. Não havia. Não, pelo menos enquanto chovesse, e estávamos em plena estação das chuvas. Fosse como fosse, quase nunca aparecia ninguém naquela estrada.

– Vai dar onde a estrada?

E ele sabia? Voltou a rir-se. O riso dele refrescava a alma, como tomar banho de mangueira após um dia de praia. Não sabia. Nunca vira ninguém cruzar o rio vindo do outro lado.

– Então vou ter de voltar para trás?

Irrita-me voltar para trás. Viajo para saber onde as estradas vão dar. Prefiro seguir pelas estradas secundárias. Gosto dos caminhos de terra batida, das picadas abertas a custo entre espinheiras altas. Uma vez, algures no deserto do Namibe, encontrei uma estrada desenhada na rocha. Durante quilômetros e quilômetros o que havia era apenas o corpo exposto de uma rocha lisa, com a mesma cor alucinada dos crepúsculos, batida pelo vento áspero e pelo duro sol. Pequenos paralelepípedos, cortados numa pedra escura e colocados de dez em dez metros de ambos os lados da estrada, traçavam o percurso. Era como avançar através de um sonho. Depois reapareceram as dunas, coroadas aqui e ali pelas rijas folhas de uma *Welwitschia mirabilis*, e o sonho terminou. Da mesma forma que um surfista procura a vida inteira a onda perfeita, eu procuro a estrada. Provavelmente era aquela, mas não tenho uma única imagem que comprove a sua existência.

– Quer almoçar comigo?

A proposta apanhou-me de surpresa. Disse-lhe que não. Depois corrigi:

– Onde?

Ele informou-me que havia um pequeno restaurante ali perto, mesmo à beira da estrada. Eu não vira restaurante nenhum. O velho desmontou a cana de pesca, arrumou os apetrechos num saco de couro e levantou-se. Mostrou-me a pescaria. Ajudei-o a colocar tudo na bagageira. O restaurante não era logo ali. Ficava a uns bons vinte quilômetros. Chamava-se O Máximo, o que me pareceu uma designação demasiado otimista, até compreender que era o nome do proprietário. O proprietário, aliás, era ele mesmo, o velho pescador. Máximo mandou grelhar os peixes que trouxera do rio. Estavam bons, acompanhados por batatas cozidas e salada de alface e tomate. Quis saber como fora ele parar ali, porque decidira construir um restaurante num lugar tão remoto, junto a uma ponte que dava para um rio. Máximo encolheu os ombros magros. Não fora ele quem construíra o restaurante. Ganhara-o ao jogo. Fora por causa do jogo, fugindo de credores, que se entranhara no mato, até chegar àquele lugar sem nome. Contou-me isto enquanto almoçávamos, bebendo cerveja morna e sorrindo sempre.

– Quer jogar?

– Não, eu não jogo.

– É uma pena. Tencionava apostar o meu restaurante contra o seu carro. Se perdesse esperava pelo fim das chuvas, atravessava o rio a pé, e seguia viagem. Se ganhasse pegava no carro e voltava para trás, para a vida que deixei...

Eu não queria voltar para trás. Não queria regressar à vida que havia deixado. Hesitei um instante e depois disse-lhe que sim, que estava disposto a jogar, que aceitava a aposta. Os olhos dele brilharam. Tirou, do bolso das calças, um par de dados muito gastos. Reparei que lhe tremiam os dedos, e que tinha as unhas manchadas de nicotina. Venceu-me sem dificuldade. Entreguei-lhe as chaves do carro e pedi um café. Sentia-me de repente muito cansado.

– Então é isto o fim?

– Não – respondeu-me Máximo sem perder o sorriso – Não há fim. O que há são intervalos.

A Educação Sentimental dos Pássaros (2011)

A EDUCAÇÃO SENTIMENTAL DOS PÁSSAROS

Fala Jonas Savimbi

Atingiram-me nas costas. O impacto da bala empurrou--me e caí. Sinto que continuo a cair, estendido de bruços na lama, enquanto a manhã estala e cresce ao meu redor. Instantes antes do ataque havia pássaros a cantar entre a folhagem. Se abrisse os olhos, veria a terra vermelha e o verde muito vivo do capim. Assim, de olhos fechados, abre-se na minha memória uma paisagem quase idêntica. Escuto, não os tiros, e há tiros por todo o lado, e sim o galopar do comboio. Ouço-o arfar num esforço metálico. O meu coração bate ao compasso da máquina, *tam-tam, tam-tam, tam-tam*, num ritmo cada vez mais rápido. Uma menina loira debruça-se a uma das janelas. O sorriso dela devolve-me o alento. Continuo a correr. A locomotiva alcança a primeira curva. Envolve-me uma nuvem de fumo muito branco e de fagulhas ardentes. Detenho-me, aflito, e quando recupero a vista o comboio já está longe. Despede-se num uivo triste. O cabelo loiro da menina cintila, lá muito ao fundo, e eu choro porque fiquei para trás.

Fala o escritor

Nos anos trinta do século passado, o pequeno edifício da estação dos caminhos de ferro, na vila de Munhango, estava pintado de um amarelo intenso e melancólico, como se o iluminasse por todos os lados um perpétuo poente. Ao olhar para ele, fosse qual fosse a hora, os viajantes experimentavam uma saudade fantasma. Sabiam que nunca antes tinham estado ali. Todavia, doía-lhes na alma a tristeza do lugar. Quase todos deixavam a vila com a sensação de estarem abandonando alguma coisa de si próprios. Anos mais tarde, muitos ainda sorririam – um sorriso um pouco triste – quando por acaso recordassem a rápida passagem por Munhango: «Ah, aquela estação lá no interior de Angola, tão bonita!

Como se chamava?»

Ao ler o que acima deixei escrito talvez algum leitor mais idoso erga o sobrolho, irritado, antes de protestar que não, que não, que na realidade a estação estava pintada com aquele cor-de-rosa seco, comum à maioria dos edifícios públicos nos territórios ultramarinos. Lamento se os desiludo: estou-me nas tintas para a realidade.

Savimbi gostava de se sentar na gare, à sombra fresca do pequeno alpendre – «ao ar lento», como ele dizia, imitando o português um pouco trôpego de um colega. Ficava ali, lendo os jornais, depois do almoço, enquanto o sol se acirrava contra o ferro dos carris. Foi naquele lugar que a velha Francisca o encontrou na tarde do dia três de agosto. «Pai», chamou-o, na mansidão do seu umbundo: «Venha depressa que à sua esposa, Helena, lhe nasceu um filho.»

Mesmo não sendo ainda o Chefe da Estação, cargo para o qual seria nomeado em 1942, Loth Savimbi gozava de certa autoridade e do respeito de colonos e filhos da terra, com exceção do Padre Antero, um septuagenário meio surdo, meio cego, que o via como um concorrente feroz no árduo combate pela conquista das almas. Loth estudara no Instituto Currie, no Dondi, fundado em 1914 por missionários metodistas norte-americanos e canadianos, tornando-se pastor. Levava a religião muito a sério. Onde quer que chegasse, logo construía uma casa de pau a pique para receber os fiéis, e outra, mais pequena, para albergar uma escola. A cortesia com que tratava toda a gente cativava brancos e negros, animistas e católicos, sendo natural, pois, que os representantes da Igreja Católica não o vissem com bons olhos. A intriga dos padres explica a brevidade com que permanecera em anteriores estações e apeadeiros. Hoje ainda é possível seguir as deambulações do esforçado pastor através do rosário de escolas e igrejas que deixou atrás de si: Cubal, Ambandi, Sapessi, Chipeio, Jilinga, Belmonte, Katele-Kalucinga, Salvador-Mussende, Gumba, Chivinga, Lonhoha, Vila Alegre, Kalucinga, Vila Estrela, Bela Vista, Ekosa, Etumbuluko, Boa Esperança.

Sakaita Savimbi, o pai de Loth, odiava os portugueses. O velho combatera, ao lado de Mutu-ya-Kevela, na insurreição do Bailundo, em 1902, um evento dramático, hoje quase esquecido, mas que na época provocou enorme perturbação, tanto na colônia quanto na metrópole. A acreditar no testemunho de Francisco Cabral de Moncada, governador de Angola, em *A Campanha do Bailundo em 1902* (Lisboa, Livraria Ferin, 1903), tudo teve origem na recusa de Mutu-ya-Kevela em pagar algumas ancoretas de aguardente. Os guerreiros ovimbundos começaram por atacar as residências e armazéns de comerciantes portugueses estabelecidos na região. Muitos brancos morreram. Os sobreviventes foram conduzidos, acorrentados de pés e mãos, até à embala de Mutu-ya-Kevela, que os juntou à restante escravaria. Parece-me uma curiosa ironia da História que alguns dos últimos escravos em Angola tenham sido brancos.

Sucederam-se vários ataques à Fortaleza do Bailundo e muitas centenas de mortos. A quatro de agosto de 1902 uma coluna portuguesa, comandada pelo tenente Paes Brandão, conseguiu encurralar Mutu-ya-Kevela. O «valente caudilho de guerra preta» – como lhe chamou Francisco Cabral de Moncada, reconhecendo-lhe qualidades enquanto estratega militar – morreu com uma bala na cabeça.

Sakaita Savimbi guardava uma meia dúzia de canhangulos utilizados na sublevação. Por vezes excedia-se na bebida e regressava aos dias da cólera. Voltava a sentir o sangue a pulsar no pescoço. Via-se a si mesmo gritando de noite, no alto dos penhascos, contra os acampamentos dos soldados. Escutava os uivos dos feridos, o estalar do cavalo-marinho marcando as costas dos escravos brancos de Mutu-ya-Kevela. Carregava então os velhos canhangulos e corria pelas lavras disparando para o ar, maldizendo a sorte da guerra, e o crescente número de portugueses que, pouco a pouco, iam ocupando as terras dos ancestrais. O seu ódio não poupava os padres, tão pouco os missionários protestantes, na maioria norte-americanos, embora alguns destes fossem negros e demonstrassem grande interesse em aprender umbundo.

Fala Jonas Savimbi

Meu avô, meu avô Sakaita!

Vejo-o avançando na minha direção. Lá vem ele, alto, esgalgado, afastando as sombras aos safanões, e rindo e gritando em umbundo, enquanto agita no ar lavado da manhã um velho canhangulo ferrugento.

Aprendi com o meu pai a arte da dissimulação, essencial na política, e também no comando dos homens em tempo de guerra. Loth ensinou-me ainda a ser ambicioso. Um dia, devia eu ter sete ou oito anos, confessei-lhe o meu sonho: tornar-me maquinista. Todos os meninos, no mundo em que cresci, ambicionavam conduzir locomotivas. A linha do caminho-de-ferro ia criando mundos à medida que atravessava o país. Os maquinistas saltavam para a gare, suados, sujos de carvão, como heróis vindos de um tempo futuro. O comboio comandava as nossas vidas. Aqueles homens comandavam os comboios. Loth, o meu pai, não me quis ouvir:

«Vais ser médico!»

Na altura pareceu-me uma assustadora insensatez. Como se ele tivesse dito:

«Vais ser pássaro!»

Alguns dias mais tarde, contudo, alguém me perguntou o que eu queria ser quando crescesse, e não hesitei:

«Vou ser médico!»

A ambição, portanto, devo-a ao meu pai. A revolta, ao meu avô Sakaita. Dele herdei também o gosto por discursar em provérbios.

Mbeu okulonda ko cisingi, omanu vokapako.

"O cágado não sobe sozinho nas árvores, alguém o colocou lá".

Fala o escritor

A bondade é transparente, não carece de explicação. Personagens de alma pura tendem a dar, já se sabe, fracas personagens. Almas puras, como a água pura, não sabem a nada. São matéria insípida. Personagens perversas, pelo contrário, fazem a alegria dos atores que as interpretam no cinema ou no teatro. O mal, mesmo rudimentar, parece sempre mais complexo e interessante do que o bem. O Diabo fascina. Os anjos, esses, nem sexo têm.

O nome Savimbi vem de «otchivimbi», que significa morto. O prefixo «sa» tem o sentido de «pai de». Portanto, pai dos mortos. Jonas designa pombo em hebraico.

Em que altura da vida Jonas se transformou em Savimbi?

Conheci-o. Escrevo isto e dou-me logo conta da imprecisão. Não o conheci, estou a tentar conhecê-lo. A primeira vez que lhe apertei a mão aconteceu numa tarde remota, no aeroporto do Huambo. Lembro-me de mim, a esta distância, como um rapaz assustadoramente magro, tímido, com um perfil de ave e uma cabeleira revolta e muito negra. Jonas Malheiro Savimbi estava na glória dos quarenta e um anos. Vi-o chegar abraçado a Miguel N'Zau Puna, um homem simpático, cujo sorriso iluminava tudo adiante, como um sol particular. A família Puna orgulha-se de descender de Mongovo Manuel Puna, feito Barão de Cabinda pelo Rei Dom Luís I de Portugal, e um dos signatários do famoso Tratado de Simulambuco. Miguel N'Zau Puna era, à época, o secretário-geral da UNITA. Rompeu com o movimento em 1992, pouco antes das primeiras eleições, acusando o antigo companheiro de uma vasta coleção de crimes imaginativos e pavorosos. Os dois guerrilheiros vestiam camuflado e traziam reluzentes AK-47 a tiracolo. Havia muita gente. Todos aplaudiam. Jonas Malheiro Savimbi aproximou-se de mim e estendeu-me a mão. Cada um dos três movimentos criara como imagem de marca um aperto de mão diferente. Atrapalhei-me, e saudei-o com o aperto de mão do MPLA. Ele encarou-me, surpreendido, mas não disse nada. Avançou e esqueceu-me.

Voltámos a encontrar-nos em 1995, no 8º Congresso da UNITA, no Bailundo. Fui um dos raros jornalistas autorizados a cobrir o evento. Seis anos antes assinara uma série de reportagens no semanário África, de Lisboa, sobre dois jovens dissidentes da UNITA, André Yamba Yamba e Armelindo Kanjungo, os quais me haviam passado para as mãos testemunhos e documentos, incluindo o diário de um outro militante, supostamente um agente da polícia política do movimento. Emergia assim um dos mais aterradores episódios da guerra civil. A história era de tal forma inverosímil que, quando tentei publicá-la pela primeira vez, no semanário lisboeta *Expresso*, fui enxotado pelo chefe da secção internacional, hoje a trabalhar em Luanda, para o Jornal de Angola: «Isso é propaganda do governo angolano!» – gritou-me. «Aqui não aceitamos propaganda do governo angolano.»

A sete de setembro de 1983, sete mulheres e um menino foram queimados vivos sob a acusação de feitiçaria. O processo ocorreu durante um comício, na Jamba, Sudeste de Angola, onde a UNITA manteve durante longos anos a sua mais importante base de operações. Jonas Savimbi presidiu ao comício, exortando dirigentes e generais a atearem as chamas.

No seu primeiro romance, *Patriots*, publicado no Reino Unido em 1990, o escritor José Sousa Jamba escreveu um capítulo dedicado ao acontecimento, e que ele mesmo decidiu, no ano seguinte, extirpar da edição portuguesa.

Jonas Savimbi estava consciente da minha participação na denúncia da «queima das bruxas». Em 1995, durante o 8º Congresso da UNITA, aceitou conceder-me uma entrevista. Recebeu-me numa tenda, rodeado pelos seus generais, todos de semblante carregado. Ele, porém, nunca deixou de sorrir. Respondeu às minhas questões com argúcia e afabilidade. Fiquei com a sensação de que me dizia não o que pensava, mas aquilo que acreditava ser do meu agrado. Lembro-me, por exemplo, de lhe ter perguntado se, ao olhar para trás, não se arrependia do caminho seguido. Tanta violência. Milhares de mortos. Mutilados. Órfãos. Encarou-me gravemente:

«Sou um militar. Ninguém odeia tanto a guerra quanto os militares.»

Fala Jonas Savimbi

Aconteceu há muito tempo. Acordei e vi um dos meus guarda-costas empoleirado numa árvore. Abriu os braços, sacudiu-os, e pôs-se a esvoaçar de galho em galho. Levantei-me. Dezenas de soldados, alguns deles nus, bicavam, esgravatavam o chão, e piavam e crocitavam uns com os outros.

Descobrimos mais tarde que haviam comido cogumelos venenosos. Vissolela, uma das minhas mulheres – tive muitas –, era quem entendia de cogumelos, e de ervas e raízes. Sem os conhecimentos dela teríamos perdido um número muito superior de homens durante a Longa Marcha.

A maioria dos soldados morreu ao anoitecer. Cinco deles sobreviveram, mas só um voltou a ser pessoa. Os outros continuaram pássaros. Costumava vê-los, nas lavras, exercendo a sua passaridade com grande alarido. Então um dia irritei-me e mandei matá-los.

Passarão é o nome do que voltou a ser pessoa. Antes do acidente chamava-se Hermenegildo Capelo Pena. Esse, o Passarão, ficou comigo. Às vezes sofre recaídas. Dorme acocorado, com uma manta a cobri-lo. Tem sonhos de pássaro. Diz, dizem, que voa de noite. Ganhou certa fama de prever acontecimentos infaustos. Ontem, anteontem, uma dessas noites, o tempo avança agora em todas as direções, pediu para falar comigo:

«Nos atraiçoaram, mais-velho. Os nossos irmãos, os nossos próprios irmãos, esses nascidos das nossas mamãs, esses que cresceram connosco, esses que andaram no mato ao nosso lado, esses que connosco repartiram fome e sofrimento. Eles nos venderam. Vamos morrer.»

Tentei levantar-lhe o moral: «Sim», disse-lhe, «vamos morrer. Mas vamos morrer como homens.»

As minhas palavras não pareceram consolá-lo: «Gostava mais de morrer como pássaro, mais-velho. Ah! Morrer voando. Dizem que depois de mortos vamos para o céu. Eu queria morrer no céu e só depois de morto vir parar na terra.»

Fala o escritor

Publiquei o meu primeiro romance em 1989. Nos anos seguintes escrevi mais oito. Perguntam-me com frequência qual o meu processo de escrita. Nunca sei o que responder. São as personagens que escrevem os livros, digo, sabendo que alguém me irá acusar, logo a seguir, de repisar lugares-comuns. Gosto de lugares-comuns. Lugares-comuns são reconfortantes, como um abraço.

Por vezes as personagens aparecem-nos na vida real, e quando damos conta já estão instaladas nas páginas em que trabalhamos, conversando, sofrendo, amando, conduzindo a ação. Percebemos logo que algumas não pertencem ao nosso universo. São personagens de fantasia. Infiltraram-se na realidade através de um qualquer artifício, deliberadamente, ou por puro equívoco. Estas últimas, as tresmalhadas, anseiam por retornar à ficção. Olham para um escritor e veem nele um passador de fronteiras. Procuram-nos para que as possamos conduzir ao lado de lá.

Noutros casos são tão reais que a ficção as rejeita. A maioria evolui. Chegam, adaptam-se, triunfam, e então, sim, tomam conta da ação, subvertem os roteiros, arrastam-nos através do mistério.

Pensava nisto tudo, sentado a uma das mesas da esplanada da Brasileira do Chiado, à espera de um amigo, quando reparei numa jovem mulher, ao longe, subindo a Rua Garrett. O sol caía, limpo e solene, enquanto ela ascendia por entre a multidão. Distraía-se a ver os passantes, detinha-se, sonhadora, diante de uma ou outra montra, trocava sorrisos com os artistas de rua. Depois, viu-me e avançou decidida na minha direção:

– Posso sentar-me?

Levantei-me. Ofereci-lhe uma cadeira. Enquanto me erguia o céu escureceu e começou a ventar. Já chovia no momento em que nos sentámos. A água espancava o largo toldo azul, escorria, derramava -se nas pedras da calçada, descendo depois a rua num violento fragor.

– O que aconteceu ao verão?

– Vai e vem – respondi – sobretudo no inverno.

Rimos os dois. Estendeu-me a mão direita:

– Kassandra Sakaita Dachala. Vim de longe para o conhecer.

– Suponho que viemos ambos do Planalto Central. Mas eu vim de lá há mais tempo do que você. Sou mais velho.

– Sim. Muito mais velho.

A sinceridade dela chocou-me:

– Muito mais? Também não exagere.

Kassandra riu-se:

– Pronto, só alguns anos mais. Mas eu não vim do Planalto Central. Nunca estive no Planalto Central. Nasci em Joanesburgo. Vivi em Paris, em Roma, em Londres, em Amsterdão. Atualmente resido em Nova Iorque.

– É filha de Jonas Savimbi?

– Sim.

Ficámos calados. A chuva desorganizando o silêncio. Kassandra herdara do pai os olhos largos e expressivos. A pele era macia e iluminada. A voz também:

– O senhor está a trabalhar num novo romance sobre o meu pai.

– Como sabe?

– Porque li uma entrevista sua em que falava nisso.

– Sim, é verdade.

– Disse na mesma entrevista que escrever sobre o meu pai talvez o ajudasse a compreender a maldade.

– Disse isso? Não me recordo, mas sim, acho que sim. Nascemos bons. Tornamo-nos maus por um esforço do espírito. Acredito que a maldade exige determinação. Os pobres de espírito não conseguem ser maus.

– Disparates! As crianças são ferozes. Os bichos são ferozes.

Calei-me. Não esperava que me contestasse. Kassandra aproveitou o meu silêncio. Ergueu a voz:

– Já sofremos muito. Nós, a família. Por quanto tempo teremos de continuar a sofrer?

– Lamento. Também vocês, a família, são vítimas dos crimes que Jonas Savimbi cometeu. Não podem, no entanto, exigir silêncio. Precisamos, isso sim, de mais debate. Far-nos-ia bem chorar juntos. Só assim conseguiremos ultrapassar a dor.

– Você não o conheceu. O meu pai era um homem generoso. Desprezava os bens materiais. Deu a Angola tudo o que possuía. Deixou-se morrer por Angola.

– Foi um bom pai

– Se foi um bom pai?!

– Sim, Jonas Savimbi foi um bom pai? Preocupava -se com os filhos?

– Ele tinha muitos filhos...

– Ah, não, esse discurso é que não, pelo amor de Deus!

-Sim, o povo humilde de Angola. Nós, os ovimbundos, os angolanos humilhados e desprezados.

– Você guarda boas memórias do tempo que passou com ele? Conviveram muito?

Kassandra lançou-me um olhar terrível. Salvou-me a chegada do amigo com quem combinara encontrar-me. Sapalo Kapingala emergiu da chuva, à nossa frente, sacudindo uma elegante *gabardine* azul. Beijou Kassandra em ambas as faces, cravou-me duas fortíssimas palmadas nas costas e em seguida, rindo muito, ocupou uma cadeira:

– Vejo que já fizeram amizade. Desculpem o atraso. Vim a nado.

Sapalo estudou artes dramáticas em Nova Iorque. Após concluir o curso negou-se a regressar a Luanda, onde o aguardava uma carreira segura, mas aborrecida, na televisão pública. Também não aceitou fixar-se em Lisboa, cidade na qual residem alguns dos melhores atores angolanos. Foi para Los Angeles. Tem lutado muito. Nos últimos anos conseguiu representar meia dúzia de papéis em produções de baixo orçamento. Além disso realizou ele próprio três curtas-metragens de ficção. Ligara-me no dia anterior. Encontrava-se em Lisboa e gostaria de me apresentar a uma amiga. Quis saber porque me ocultara a identidade dela. Kassandra sorriu:

– Eu pedi para não lhe dizer. Achei que se recusaria a falar comigo.

– Por quê?

– Porque, como já percebeu, vim aqui para o aborrecer e confundir. O senhor é muito arrogante, acha-se o dono da verdade.

– Escolha outro defeito, esse não. Sou escritor, não teólogo nem juiz. Não busco a verdade, uma verdade única, interesso-me pelas diferentes versões. Conte-me a sua.

Fala Kassandra Sakaita Dachala

Os meus pais conheceram-se em Joanesburgo. Imagino que para Naiole, então muito nova, fosse difícil resistir aos avanços de um homem como Savimbi. Ela admirava-o muito. Não o amava, mas admirava-o muito. Engravidou. Nasci em 1980. Poucas semanas depois, mudamo-nos para Paris. Vivíamos sem dificuldades. A mãe recebia uma bolsa do movimento para estudar economia. Em 1988 foi chamada à Jamba. Deixou-me em Roma, aos cuidados de uma tia, e nunca mais voltou.

O que lhe aconteceu?

Apaixonou-se – foi o que me contaram.

Apaixonou-se em Paris por um diplomata do movimento chamado Daniel Epalanga. Naiole foi sempre muito romântica. Passava os dias a ouvir Roberto Carlos. Savimbi soube do caso. Mandou vigiar os amantes. Acumulou provas. Fotografias. Cópias dos diários de ambos. Prenderam-nos assim que chegaram à Jamba. À minha mãe a despiram e chicotearam em público. É o que dizem. Lançaram-na para uma cova e esperaram que morresse de fome. Anos mais tarde, Savimbi passou por Lisboa e eu fui vê-lo. Abraçou-me a chorar:

«Minha filha! Minha filha!»

Enviava-me presentes no meu aniversário. Telefonava a meio da noite. Interessava-se pelos meus estudos. Sabia como me fazer rir.

Fala Sapalo Kapingala

Um dos meus avôs, Joaquim do Vale, um branco de origem madeirense, natural do Lubango, foi escravo de Mutu-ya-Kevela. Ainda o conheci, muitíssimo idoso, mas mal me lembro dele. Um senhor feito de areia, que ficava o tempo todo sentado à soleira da porta, a rir sozinho e a conversar com os pássaros. Joaquim começou a namorar com a minha avó no período em que esteve escravo, e, dessa forma, surgiu a nossa família. O meu pai combateu na guerra de libertação ao lado das tropas portuguesas. Era alferes. No início da guerra civil juntou-se aos homens do galo negro. Chegou a brigadeiro. Estava lá quando prenderam e mataram o Daniel Epalanga. Levaram-no para uma cubata. O homem não mostrou medo. Acreditava, talvez, que escaparia com uma simples reprimenda. Uns dias na cadeia. No máximo meia dúzia de meses a capinar. Um oficial veio em silêncio, segurando uma pedra enorme e atirou-a contra a cabeça do desgraçado. Ele caiu. Então arrastaram-no para fora e continuaram a bater-lhe com a pedra. Desfizeram-lhe o rosto. Ainda assim não morreu. Amarraram-no a uma árvore. Os bissondes subiram do chão e comeram-no. Este senhor, Daniel Epalanga, tinha mulher e três filhos pequenos. Enterraram os quatro vivos.

Fala Jonas Savimbi

Caio, quase durmo.

Os pássaros voltaram a cantar. Percorro um corredor, ou um rio, umas vezes um corredor, outras um rio. Uma luz escura arrasta-me através de vastos salões vazios, ilhas que flutuam, noites soltando contra mim os seus insetos alados. Vejo escamas, asas, casas queimadas, e por dentro um assombro de larvas. Oiço a voz convulsa dos mortos. Matei-os eu.

Por que os matei?

Porque podia.

Lembro-me de jogar futebol, nós, os meninos da Missão, contra os brancos da escola oficial. Nós jogávamos melhor, muito melhor, mas esforçávamo-nos por perder para continuar a jogar.

Então um dia eu disse:

«Hoje vamos ganhar!»

Ganhamos sete a dois. O filho do administrador colocou a bola debaixo do braço:

«Vocês nunca mais jogam!»

Tirei-lhe a bola. O rapaz avançou contra mim. Desviei-me, empurrei-o e caiu. Acertei-lhe um pontapé no rosto. O sangue saltou. Uma poderosa alegria encheu -me o peito, ao vê-lo ali no chão, lábios rasgados, a tremer de medo e de humilhação.

Nessa noite o meu pai arrancou-me a roupa aos gritos. Cortou-me as costas a golpes de cavalo-marinho. Não me importei. Incomodou-me, isso sim, o silêncio da minha mãe. A sua indiferença.

Portanto, é isto a morte: um rio – e eu vou.

Fala o escritor

Seis meses após a publicação do meu romance, *Os Últimos Dias de Jonas Savimbi*, recebi uma carta de Kassandra Sakaita Dachala. Mudara-se para Luanda. Sentia-se ao mesmo tempo desgostosa e maravilhada. Odiava o ruído, o trânsito caótico, os geradores estremecendo as varandas, a gritaria nas ruas, a sujidade, os novos prédios sem personalidade nem elegância que avançam e engolem, como uma doença atroz, os belos e austeros casarões coloniais. Em contrapartida estava fascinada pelo vigor da cidade. Gostava de conversar com as pessoas, ricos e pobres, porque todas lhe pareciam recém-saídas de um universo de fantasia. Admirou-se por ninguém a julgar. Olhavam-na com alguma curiosidade, assim que percebiam estar diante de uma das filhas de Jonas Savimbi. Faziam uma ou duas perguntas e depois esqueciam o assunto.

Kassandra lera o romance. Jonas Savimbi, o personagem, não correspondia em quase nada à imagem que guardava do pai. Aqui e ali reconhecia um gesto, a verosimilhança de um diálogo, que a frase adiante, porém, depressa desmentia. Supunha que eu continuasse tão ignorante em relação à origem do mal como no início de tudo. «Não sei se é ou não um bom romance», concluía: «Sei que não tem nada a ver com o meu mundo. Sinto-me estrangeira ao lê-lo, alheia a esses personagens, a essa brutalidade, a essa gente toda.» Escrevi-lhe a agradecer a leitura. Tenho a certeza de que voltarei a encontrá-la um destes dias, em casa de amigos comuns, numa festa, nalguma receção pública. Não falaremos do livro.

Enquanto o fogo avança

O frio encolhia a tarde. Uma garoa triste ensopava os passeios, pingava das folhas das árvores, enredava-se na roupa e nos cabelos. Zinho abrigou-se um momento sob o toldo de um quiosque. Enquanto abotoava o casaco, reparou na manchete de um jornal: «Revoluções Online. As revoltas democráticas nos países do norte de África começaram na Internet». Desceu (deixou-se descer) pela Avenida da Liberdade, pensando em como seria a sua vida se na manhã seguinte acordasse transformado num pombo. Esvoaçaria pelo Rossio. Comeria grãos de milho das mãos de uma velhinha vestida de preto. À noite procuraria um lugar abrigado e quente para dormir. Sacudiu a cabeça. Não gostaria de acordar transformado num pombo. Ao passar diante das montras da Prada viu um vestido estampado com padrões africanos. Reconheceu o traço de Malangatana. As lojas caras, na baixa de Lisboa, esforçam-se por conquistar os clientes angolanos. Entrou. Experimentou um casaco cinzento, em caxemira pura. Caía-lhe bem. Comprou-o e saiu. Ao entrar no apartamento novo, a poucos metros do Chiado, voltou a recordar-se da frase no jornal. Ligou o computador e entrou no Facebook. Continuava com cento e vinte e um amigos. Já as irmãs, Zefa e Maria José, somavam milhares.

Zinho podia sentar-se uma tarde inteira na esplanada da Bénard que ninguém se aproximaria dele, abrindo os braços:

– Grande Zinho!

Maria José raramente saía para a rua, em Luanda ou em Lisboa, sem que a acompanhassem dois ou três guarda-costas. A irmã mais velha geria uma complexa teia de negócios em vários países do mundo. A irmã mais nova, Zefa, dirigia uma televisão privada, a Televisão Universo (TVU). Ambas surgiam, semana sim, semana não, nas páginas das revistas cor-de-rosa. Maria José, de rosto severo, vestida com discreta elegância. Zefa expondo os seios perfeitos, e muito caros, em decotes largos e rendilhados como varandas.

A irmã mais velha colecionava arte moderna. A irmã mais nova, joias e namorados. Zefa parecia escolher os acompanhantes através das fotografias publicadas nas revistas cor-de-rosa. Um famoso jogador de futebol surgia de braço dado com a atriz X. Na semana seguinte lá estava ele, numa festa semelhante, aos beijos a Zefa.

Zinho detestava as irmãs. Odiava-as em segredo. Faltava-lhe ânimo para as odiar em público. Elas odiavam-se uma à outra. Zefa aproveitava as entrevistas para alfinetar a primogênita. Além disso, veiculava todo o tipo de intrigas contra Maria José na TVU. A irmã mais velha vingava-se instalando na penumbra laboriosas armadilhas, nas quais Zefa invariavelmente tropeçava. As duas nutriam em relação ao irmão uma solene indiferença de rainhas. Tratavam-no como a uma empregada velha, não muito estimada, diante da qual se sentissem à vontade para trocar de roupa, mas a quem nunca se lembrariam de pedir uma opinião.

Também o pai o ignorava. Parecia um pouco surpreso ao encontrar o filho em casa. Olhava-o como a um intruso. Estendido na cama, antes de adormecer, Zinho dedicava-se a sinuosas fantasias. Imaginava o pai a ser raptado e torturado. Então o Super-Zinho entrava, armado até aos dentes, matava os bandidos e libertava-o. Em algumas variantes deste devaneio, Zinho encarnava igualmente um dos bandidos. Noutras, os bandidos todos.

Nessa noite, após o passeio pela Avenida da Liberdade, Zinho trabalhou horas a fio diante do ecrã do computador, explorando as infinitas possibilidades do *photoshop*. A partir de imagens que encontrou na Internet construiu um homem bonito, distinto, com um triunfante sorriso no rosto jovem. Criou um perfil novo no Facebook, em nome de Domingos Boaventura, natural de Luanda, estudante de comunicação social em Paris. Domingos Boaventura surgia em diversas fotografias praticando surfe, saltando de paraquedas, tocando saxofone ao lado de um espantado Manu Dibango. Enviou pedidos de amizade para dezenas de angolanos ligados à oposição. Ao terceiro dia participava em animados debates sobre liberdade de expressão, direitos cívicos e a situação econômica do país. Decorrida uma semana na pele de Domingos Boaventura, sentindo-se de corpo e alma Domingos Boaventura, Zinho lembrou-se de escrever e divulgar uma Carta Aberta ao Ditador. Na carta, em linguagem violentíssima, incitava o Presidente a abandonar o palácio cor-de-rosa antes que o povo enfurecido o arrancasse de lá a pontapés. A carta foi recebida com entusiasmo e, em breve, já circulava em mensagens eletrônicas, e era citada em blogues e em jornais angolanos *online*.

Animado com os resultados da sua primeira insurreição cívica, Zinho redigiu um apelo para uma manifestação, a ter lugar em Luanda, na Praça da Independência, no segundo domingo de janeiro. Assinou o apelo com o nome de Domingos Boaventura. Releu o apelo. Pareceu-lhe pouco um único nome. Inventou então dois outros personagens: Mestre Pombo, arquiteto, e Miracolino de Sousa Andrade, militar de carreira, ambos residentes em Luanda.

Na manhã seguinte surpreendeu-se ao encontrar dezenas de mensagens no Facebook. Jornalistas angolanos e portugueses pretendiam obter mais pormenores acerca da manifestação. Um deles solicitava uma entrevista. Havia também mensagens felicitando-o. Pessoas comprometiam-se a estar presentes. Outras, pelo contrário, condenavam a iniciativa. Dois dias depois, o Jornal de Angola publicou um editorial contra «os falsos revolucionários da Internet, malandragem refugiada em países europeus, que com ações irresponsáveis pretendem colocar em causa a paz e a estabilidade. Angola não é a Tunísia. Não é o Egito. O Presidente da República soube com excepcional clarividência fazer a transição de uma ditadura democrática revolucionária, desajustada aos novos tempos, após a queda do muro de Berlim, para uma vigorosa democracia de modelo endógeno».

Zinho comprou uma passagem para Luanda. Desembarcou numa madrugada de chuva. A cidade inteira parecia prestes a ser arrastada por uma violentíssima torrente de lama. As irmãs tomavam o mata-bicho, na ampla sala de jantar da casa paterna, em companhia de um conhecido general. Zinho instalou-se à mesa sem que ninguém desse por ele.

– Aldrabões! – Gritava o general, inchado de ira e de colesterol – Esse Miracolino, por exemplo, o tipo é um inexistente. Não há nenhum militar nas forças armadas chamado Miracolino. E o tal Boaventura? Falso, totalmente falso. Mandámos analisar as fotografias que estão no Facebook, e que os jornais publicaram. São montagens. Em França não existe nenhum estudante angolano denominado Boaventura.

Maria José suspendeu a ira do general com um delicado aceno da cabeça. Supunha ser possível localizar o computador do qual fora lançado o apelo à manifestação – certo? O general encolheu os ombros, derrotado. Os agitadores pareciam possuir amplos conhecimentos de informática. Agiam como *hackers* experientes, confundindo pistas. Havia ali, certamente, a mão secreta dos franceses, talvez mesmo dos americanos e de outras potências ocidentais apostadas na destabilização do país.

Zefa estremeceu:

– O senhor acha?

O general encolheu-se na cadeira, como um caranguejo eremita a procurar o conforto da concha.

– Vejam o que está a acontecer no norte de África. Aquelas desordens não são fruto do acaso. Os americanos e os europeus só se preocupam com os direitos humanos, a democracia, essa merda toda, em países que possuam petróleo.

Zinho terminou de comer, ergueu-se e saiu da sala. Na noite seguinte foi a um concerto no qual se apresentavam novas bandas angolanas. Misturou-se ao público, muitas centenas de jovens, atraídos pelo vigor iconoclasta de um rapper chamado Kamartelo. O cantor possuía um talento natural para a piromania. O refrão de um dos temas incendiou a plateia:

Camarada Presidente
E que tal bazar agora?
Saia já da nossa frente
Fora! Fora! Fora! Fora!

Toda a gente aos gritos, de punho erguido:

– Fora! Fora! Fora! Fora!

Zinho também ergueu o punho. Gritou com a turba. Dois rapazes desdobraram uma faixa onde se podia ler a tinta vermelha: «A ditadura já durou demais. Todos à manifestação no próximo domingo.»

– Trinta anos é muito tempo! – berrou o *rapper* – Vamos marchar sobre o palácio cor-de-rosa. Revús! Puros revús! Somos aqueles que sonham e somos também o mais belo dos sonhos. Balas não matam sonhos.

Mergulhado na euforia coletiva, Zinho sentiu-se pela primeira vez parte de um destino maior. Ali estava ele, o povo, cantando e dançando com o povo. À saída do concerto, Zinho surpreendeu o olhar estrábico de um homem pequeno, magro, tristemente vestido de preto. Reconheceu-o. Chamava-se, ou chamavam-lhe, Kaxexe, nome muito apropriado ao ofício de ver e ouvir sem se fazer notado. Kaxexe seguiu-o até ao carro. O rapaz regressou a casa com o coração aos saltos.

Na tarde seguinte, o Presidente discursou na televisão. Apelou à calma. Denunciou a ganância de uma meia dúzia de jovens oportunistas, intriguistas, demagogos, a soldo de obscuros interesses neocoloniais:

– Não iremos permitir que desordeiros sem amor à pátria coloquem em causa as grandes conquistas do povo angolano. Quem se manifestar vai apanhar!

Antes de encerrar o discurso o Presidente anunciou uma gigantesca manifestação de apoio à paz a realizar-se no sábado seguinte. Tremiam-lhe as mãos. A bela voz de cantor de boleros, habitualmente segura, bem timbrada, soava um tanto vaga e dissonante.

Na manhã de sábado, as ruas de Luanda foram tomadas por batalhões de eficientes manifestadores fardados de branco. Desfilaram com muita ordem, muitíssimo respeito, numa alegria profissional, festejando o Chefe de Estado e os anos de paz e prosperidade.

No domingo, às quinze horas, compareceram na Praça da Independência dezassete pessoas, entre as quais o *rapper* Kamartelo. Zinho viu-os chegar, escondido atrás dos vidros velados do seu Hummer.

Caramba – e o povo?

Toda aquela gente que ele imaginara enquanto redigia o apelo à queda do Ditador?

Onde estavam as massas ululantes?

Onde estava a juventude indômita, revoltada, que aplaudira Kamartelo poucos dias antes?

Zinho assistiu, melancólico, à chegada da polícia. Viu o *rapper* estender as mãos, sem protestar, enquanto um dos agentes lhe colocava as algemas, num gesto quase carinhoso, quase amável, como se estivesse a oferecer-lhe uma pulseira.

Nos dias que se seguiram, Domingos Boaventura esteve muito ativo na Internet, batendo-se pela libertação dos dezassete revolucionários, e propondo novas ações. Ocorreu-lhe convocar uma segunda manifestação para a terça-feira de carnaval. Em primeiro lugar, a polícia não teria como controlar um protesto que emergisse do interior da festa. Em segundo lugar, ele mesmo poderia comparecer, mascarado, e viver por dentro a emoção da revolta. A ideia não o abandonou mais. Contratou, no mercado do km 17, cinco escultores, aos quais encomendou trezentas máscaras e fatos de muquixes.[3] Selecionou um grupo de pessoas que lhe pareceram mais confiáveis, a partir dos seus contatos no Facebook, e foi, pouco a pouco, articulando a conjura.

Chegou terça-feira de carnaval. Zinho, nervoso, não dormia há duas noites. Mandara entregar as máscaras e os fatos de muquixe a um dos seus contatos. À hora marcada para o início da manifestação ainda estava em casa. Vestiu o fato. Experimentou a máscara. Despiu-se e guardou o conjunto numa mochila. Sentou-se e ligou a televisão. Passavam imagens do carnaval. Levantou-se.

Voltou a sentar-se. Viu passar uma dançarina vestida com as cores da bandeira nacional, enorme coroa na cabeça, e um sorriso aparelhado para iluminar catedrais. Um súbito alarido cresceu por sobre a música. O comentador calou-se um instante enquanto a câmara se desviava, mostrando o público.

Um, dois, três muquixes.

E ali outro. Ainda outro além. O comentador hesitou:

– Surgiram agora entre o público, vários foliões mascarados de muquixes. Trata-se, estamos em crer, de um grupo espontâneo. Iremos tentar saber... Iremos...

---

3 Dançarinos mascarados da região das Lundas, no Norte de Angola. Vestem fatos confecionados com fibras vegetais e sacos de serapilheira e escondem o rosto atrás de máscaras quase sempre assustadoras. Nas mãos trazem por vezes javites (machadinhos) ou pequenos chicotes, tendo na extremidade bolas que produzem sons intimidatórios, a lembrar matracas.

Um grupo de muquixes desenrolou uma enorme faixa onde se podia ler em letras grossas: «Morte à Ditadura! Viva a Democracia!» O clamor organizou-se:

Camarada Presidente
E que tal bazar agora?
Saia já da nossa frente.
Fora! Fora! Fora! Fora!

A câmara voltou a focar a avenida. O desfile desfiava-se sem glória pelo asfalto quente. Havia bailarinos imóveis, rodando em volta o olhar atónito. Polícias corriam de um lado para o outro.

O ritmo pesado do kuduro substituiu o semba. A voz de Kamartelo ecoou forte, difundida ao longo da avenida por um sofisticado sistema de som que a comissão organizadora do carnaval fizera instalar:

«Camarada Presidente
Deixe passar este povo.»

Populares aplaudiam. Um muquixe aproximou-se aos saltos, arrancou o microfone das mãos do comentador, e afastou-o com um empurrão. O homem não resistiu. Limitou-se a gritar para o operador de câmara:

– Desliga! Desliga!

O operador de câmara continuou a filmar. O muquixe trazia uma máscara de um vermelho veemente. A boca, estreita, estava torcida num esgar de troça.

– Compatriotas. Angolanas e angolanos. Hoje vamos fazer História. Todos à rua pela democracia. Marcharemos sobre o palácio.

A emissão ao vivo foi substituída pelo videoclipe de um grupo brasileiro de pagode. Decorridos cinco minutos apareceu um locutor, no estúdio, sério e aprumado. Um grupo de desordeiros – explicou – interrompera o desfile do carnaval. Apelou à população para regressar a casa até o restabelecimento da ordem pública. Zinho ligou o computador. No Facebook surgiam os primeiros vídeos da manifestação. Trezentos muquixes tocando tambores, dançando e saltando e avançando, enquanto, diante deles, os soldados desertavam num rápido movimento de pânico. Centenas de populares seguiam os muquixes aos gritos e às gargalhadas. Desdobravam-se faixas, erguiam-se bandeiras.

Zinho fechou o vídeo, mas continuou a ouvir o rugido da multidão. Compreendeu que chegava do exterior, das ruas concretas e próximas, dos quarteirões que se apertavam em redor do palácio. Saiu do quarto. Ia por todo o edifício intensa azáfama. Na sala, as irmãs gritavam uma com a outra. Kaxexe também lá estava, bem como vários generais. O pai entrou nesse instante. Os militares ergueram-se. Um deles adiantou-se dois tímidos passos:

– O helicóptero está à espera, Excelência. Temos de ir.

O presidente forçou um sorriso:

– Sim, vamos! Ao menos o céu ainda é nosso.

Zinho olhou para o jardim através das amplas vidraças e viu um muquixe a correr. A máscara pesada, emoldurada por uma enorme juba feita de fibras vegetais, não parecia incomodá-lo. Erguia um javite na mão direita. Erguia-o muito alto.

O sol refulgia na lâmina do machado.

Era bonito, aquilo.

Era real.

Disse chamar-se escuridão

Disse chamar-se Welema, nome que em umbundo significa Escuridão. Nenhum de nós o contestou. Ninguém se riu. Faltou-nos coragem. O rapaz tinha um jeito desagradável de lamber os lábios, e uns pequenos olhos piscos e pérfidos que sustentavam com dificuldade o fulgor da tarde. Perguntou se podia jogar connosco, e, embora não houvesse lugar para ele, dissemos-lhe que sim e um de nós abandonou o campo e foi sentar-se na areia, à sombra esparsa e verde de um coqueiro.

Escuridão não podia ser considerado um bom jogador, pelo contrário, tirando a rapidez. Ficávamos a vê-lo passar como um clarão, a áspera cabeleira da cor do capim seco e a pele luminescente, que dali a dez anos estaria já semeada de sinais e manchas noturnas, como a casca de uma banana demasiado madura. Naquela época, porém, Escuridão tinha apenas onze anos, como todos nós, e a pele – insisto – brilhava à luz do sol, límpida e lisa, semelhante à dos anjos loiros nos manuais da catequese.

Ainda aplaudimos os quatro primeiros golos. Ao quinto, porém, erguemos o sobrolho, sentados à sombra verde do coqueiro, e soltamos um sonoro muxoxo de desprezo: «Afinal!»

Não mais do que isso. Ninguém se atreveu a questionar os golos. Alguma coisa nele nos amedrontava, embora não soubéssemos precisar o quê. Sim, depois discutimos isso. Discutimos durante anos. No fundo dos olhos piscos morava uma aranha na sua teia. Ou então seria aquele jeito desagradável que ele tinha de passar a língua pelos lábios, «tipo cobra», como lembrou um de nós. Ou ainda a voz demasiado aguda, como um giz riscando a ardósia. O rapaz foi aparecendo nas tardes de sábado, e ganhava sempre, fosse qual fosse o jogo, futebol, berlinde, corrida de bicicleta, dominó ou braço de ferro.

Escuridão não discutia, não ameaçava. Limitava-se a piscar os olhos, a passar a língua pelos lábios, e nós deixávamos cair o braço. Ele sorria:

– Ganhei outra vez.

Voltamos a encontrá-lo muitos anos mais tarde. Foi fácil reconhecê-lo, não obstante a calvície cruel e a pele em tão mau estado que parecia roubada a um morto após rijo combate. Creio que o teríamos reconhecido ainda que entretanto houvesse mudado de raça, de sexo, ou mesmo de clube, porque voltamos a sentir um aperto no estômago, a antiga agonia, assim que espetou em nós o ferrão em brasa dos pequenos olhos piscos.

– Olha quem são eles!

Pousamos as cartas na mesa, um de nós puxou uma cadeira, apertamo-nos um pouco – «unidos caberemos todos», era o nosso lema – e Escuridão sentou-se connosco. Mandamos vir mais cervejas.

– Há quantos anos?

Haviam decorrido décadas. Quisemos saber por onde andara. Desenhou com a mão direita uma vasta curva, abarcando o oceano que dormia aos nossos pés, numa modorra de cachorro velho, e, para além dele, o mundo inteiro e os seus escuros recantos:

– Por aí. Muito por aí. Muitíssimo...

Por onde quer que tivesse andado continuara a vencer. Vestia uma camisa estampada com osgas, calças brancas e sapatos do mais fino couro. Trazia a cabeça protegida por um genuíno panamá, os quais, não obstante o nome, são fabricados à mão no Equador, e vendidos por uma pequena fortuna nas melhores chapelarias de Paris ou Nova Iorque. No pulso esquerdo exibia um pesado relógio de ouro, que sacudiu diante dos nossos olhos assombrados.

– Ah, como tudo mudou. Ainda ontem eu era o candengue pobre. Não tinha dinheiro nem para comprar uma bola de futebol. Lembram-se? Agora sou o dono da bola. Sou o dono da bola, do campo de futebol e dos jogadores.

Quando tentamos saber em que área profissional se movimentava, Escuridão encolheu os ombros, evasivo: «Negócios, importações e exportações.» Regressara ao país, explicou, movido pelo anseio patriótico de colaborar na grande aventura da reconstrução. Falou sozinho sobre o seu anseio patriótico durante longos minutos. Um de nós ainda se atreveu a recordar os tempos duros que havíamos vivido na trincheira firme do socialismo, comendo peixe-espada com arroz, por alcunha o «cinturão das fapla», ou arroz com arroz, meses a fio, enquanto alguns daqueles que agora regressavam para colher os generosos frutos da paz viajavam pelo mundo com passaportes estrangeiros. Escuridão passou a língua pelos lábios e logo se fez um silêncio aflito.

– Não há pior sofrimento do que o exílio.

Depois pediu que déssemos as cartas, e jogamos o resto da tarde. Vimos o sol desaparecer no mar. A água escurecer e encrespar-se. Perdemos com admirável dignidade. Finalmente Escuridão pousou as cartas:

– É bom voltar a casa – murmurou. Sorriu satisfeito.

– Já estava cansado de ganhar sozinho.

Alá depois da fátwa

Serafim Bezerra da Silva acabara de se estender na rede, para dormir a sesta, como sempre fazia após o almoço, com a diferença de que nesse dia quase não comera, quando escutou vindo do interior de si mesmo o rangido de uma porta a abrir-se. O artista ouviu apenas o rangido, não viu a porta, pelo que esta tanto podia estar a abrir-se como a fechar -se. Ele, porém, tem a certeza de que a porta se abriu. Disse-o em todas as entrevistas concedidas na sequência do histórico dia em que anunciou ao mundo o seu novo nome:

– Ouvi uma porta se abrindo dentro de mim. A porta se abriu e uma voz me nomeou: és Alá!

Para os detratores, e são muitos, tratou-se de uma sórdida manobra de *marketing*. Se foi assim, deu certo. Antes de a porta se abrir, poucas pessoas conheciam Serafim Bezerra da Silva, e menos ainda a sua obra, tirando uma meia dúzia de artistas que, como ele, haviam alugado casa e estúdio na Rua do Amparo.

Serafim sobrevivia graças a uma pequena herança e a biscates vários, que incluíam passear turistas pelas ruas de Olinda e, eventualmente, trocar carícias e fluidos corporais com alguns deles. Além da pequena pensão, o artista herdou da mãe uma cadelinha de raça bassê chamada Epifania. A pobre morreu, de pura velhice, no dia em que Serafim decidiu mudar de nome. Nenhum jornalista reparou na infeliz coincidência. Serafim convocou a imprensa para um anúncio importante. Compareceu um único jornalista, um jovem alegre e festeiro chamado Araújo, amigo de todos os artistas da Rua do Amparo. Araújo não tomou a sério a revelação:

– Muito engraçado, você.

A seguir reparou no grave semblante de Serafim e assustou-se (abro um parênteses aqui para realçar a expressão «grave semblante». Nunca recorreria à palavra semblante se não fosse em conjunto com grave). Regressemos ao susto de Araújo:

– Porra, Serafim! Você não tá falando sério. Tá?

Serafim manteve o grave semblante. Na manhã seguinte, o prestigiado *Diário de Pernambuco* noticiava que o pintor Serafim Bezerra da Silva decidira alterar o nome artístico para Alá. Nos três dias seguintes, as pessoas entretiveram-se a troçar de Alá. Ao quarto dia, Alá teria voltado a chamar-se Serafim, e o episódio cairia no completo esquecimento, não fosse uma nota irônica na *Folha de São Paulo*. Nessa mesma noite, as principais redes nacionais de televisão apareceram em Olinda. Menos de vinte e quatro horas depois a CNN emitiu uma reportagem, mostrando as ruas tortas da cidade e o apertado *atelier* do pintor. Alá revelou-se ao mundo vestido com uma camisa estampada com pequenos falos voadores e um lenço cor-de-rosa a cobrir as grossas tranças de rastafari.

Foi um escândalo magnífico. Os primeiros protestos surgiram em países árabes. Manifestantes tomaram as ruas do Cairo e de Teerã. Pisaram e queimaram a bandeira do Brasil. Associações islâmicas brasileiras apresentaram queixas na justiça. Alá começou a receber chamadas a meio da noite. Vozes iradas. Insultos e ameaças de morte. Outras pessoas, pelo contrário, telefonavam para o felicitar. Nas ruas do Recife eram mais os aplausos do que os olhares de viés.

Finalmente veio a fátwa, e, é claro, a glória.

Alá deslocou-se ao Rio de Janeiro para participar num debate televisivo com um teólogo islâmico moderado. Levou vestida mais uma das suas camisas estampadas com falos voadores. Por essa altura, já começara a ser procurado por colecionadores e galeristas. Todavia, ganhava mais dinheiro a pintar pênis voadores em camisas de seda do que com as telas.

O pintor esteve muito bem no debate. Quis saber que autoridade religiosa possuía competência para lançar uma fátwa contra Alá. Referiu o caso de numerosas pessoas, nos países de língua portuguesa, chamadas Deus sem que isso incomodasse quem quer que fosse. João de Deus. Deus Pinheiro. Etc. Ele mesmo conhecia em Caruaru um bom sujeito que atendia pelo nome de Senhor Deus dos Aflitos – o Deusinho Sapateiro.

Os anos passaram e Alá foi-se fazendo cada vez maior. Trocou o *atelier* por uma cobertura em São Paulo. Mais tarde casou com um gringo e foi viver para Nova Iorque. Às vezes, ainda passa por Olinda. Demora-se na Rua do Amparo a rever os amigos. Araújo continua a trabalhar no *Diário de Pernambuco*. Sempre que se encontram, o jornalista recorda o dia em que Serafim se transformou em Alá. Certa noite, já muito bebido, animou-se a perguntar:

– E aquela porta, Alá?! Você ouviu mesmo a porta se abrindo?

Alá encolheu os ombros, distraído:

– Ou foi isso ou foi fome. Nesse dia não comi. Vai ver era só fome mesmo.

Ia estender a mão para se servir de mais cerveja quando alguma coisa lhe ocorreu. Ficou estático, um instante, como os cães de caça ao farejarem a presa.

– A fome! Quanto há de fome em qualquer epifania, você já pensou?

Disse aquilo e desinteressou-se. Era sábado. Era sábado, completamente. Já a noite se ia formando no ar, macia e fresca, boa de se vestir, como uma camisa de seda. Os dois amigos estavam num desses quintalões, úmidos, ávidos, sufocados de verde até ao topo dos muros. O ar cheirava a terra molhada e a pitangas maduras. Nos quintais de Olinda um osso de frango, lançado à terra, depressa ganha raízes e folhas, eventualmente frutos. A realidade tende a perder consistência. Em três dias cria delírios e musgo. Ao fim de um mês já é pura fantasia. O artista suspirou, pousou a cabeça na mesa e adormeceu.

Rio Negro

O barco deslizava devagar através da água lisa, quase negra, larga lâmina de chumbo pousada entre a floresta. As margens, muito ao fundo, cobertas pela sombra compacta das árvores, repetiam-se insones e apáticas, dia após dia. Nenhuma asa sobressaltava o ar. Nenhuma barbatana agitava a imensa extensão líquida. Um dos escritores, um jovem rebelde, muito pálido, sugeriu que talvez o barco recuasse todas as noites pelo mesmo trilho por onde, durante o dia, fingia avançar. Pensando melhor talvez nem sequer avançasse. As margens eram sempre as mesmas. As águas, sempre as mesmas. Apenas o céu se renovava.

– Vai ver estamos mortos – acrescentou um segundo escritor – Estamos mortos e ainda não sabemos.

O primeiro escritor daria um morto convincente. Além da palidez e das profundas olheiras, escavadas com raiva num rosto excessivamente magro, exibia no braço esquerdo a tatuagem de uma serpente mordendo um coração. O segundo escritor, embora muito mais velho, parecia, pelo contrário, demasiado jovem e demasiado saudável para um morto. Foi então que o índio, sentado a uma mesa próxima, ergueu a voz:

– Estas águas estão cheias de mortos.

Os dois escritores ficaram à espera que continuasse, mas ele não disse mais nada. O índio viajava a serviço da empresa de turismo corresponsável pelo encontro literário. Nessa manhã levara os escritores numa visita pela floresta. Mostrou-lhes uma palmeira eriçada de espinhos. Arrancou um espinho. Agachou-se junto às raízes de uma árvore enorme e mergulhou a ponta do espinho numa espuma branca:

– Isto é esperma de um sapo. Se tocar num olho, na língua, a pessoa morre em poucos segundos. Paralisa o sistema nervoso.

A seguir cortou, com um único golpe de machete, o tronco estreito, muito liso e redondo, de um pequeno arbusto:

– É oco por dentro. Pronto. Virou uma zarabatana.

Introduziu o espinho na arma e soprou. O espinho cravou -se numa árvore, a escassos centímetros dos olhos espantados do primeiro escritor.

– Caramba! Quase me acertava!

O índio encolheu os ombros:

– Se a intenção fosse acertar, eu teria acertado, moço. Acertava nessa serpente.

Os três homens estavam no deque, junto ao bar. Os escritores bebiam caipirinha. O índio, uma *coca-cola*. Viam passar as margens, muito devagar, como num filme de Manoel de Oliveira. Em determinada altura uma viva agitação percorreu o rio e três botos cor-de-rosa irromperam da escuridão das águas. O índio suspirou:

– A genitália dos botos é igualzinha à das mulheres.

O escritor mais novo soltou uma minúscula gargalhada:

– Como sabe?

O guia lançou-lhe um olhar oblíquo. Troça, talvez desprezo. Terminou de beber a *coca-cola* e levantou-se. Ao final da tarde reapareceu no deque, fantasiado de índio norte-americano, o rosto pintado, um cocar de penas coloridas na cabeça e um violão debaixo do braço. Dirigiu-se para um pequeno palco, improvisado junto ao bar, e começou a cantar, numa voz melancólica, uma canção que exaltava as virtudes da vida simples na floresta, em comunhão com a natureza, por oposição à violência das grandes cidades. O primeiro escritor inclinou-se sobre o segundo, de forma a fazer-se ouvir por entre os gemidos do índio:

– O que ele quis dizer há pouco com aquilo das genitálias dos botos?

O segundo escritor sorriu:

– Os pescadores matam os botos à paulada, sabia? Matam os machos porque rasgam as redes para roubar peixe. Capturam as fêmeas para as violar.

No palco o índio lamentava a poluição dos rios e a destruição das florestas. O segundo escritor alongou-se numa explicação antropológica acerca dos rituais de iniciação feminina de alguns grupos étnicos da bacia amazónica. Recordou a prática de arrancar os cabelos das meninas, fio a fio, logo após a primeira menstruação. O primeiro escritor desviou o olhar para a escuridão e voltou a lembrar-se dos mortos. O barco avançava, ou recuava, ou nem uma coisa nem outra, enquanto a noite emergia do rio com o seu infinito cortejo de estrelas.

Filosofia de elevador

Quase ninguém repara em mim. As pessoas não me veem. Sopram na minha direção, «quinto piso», «décimo quarto», e logo me esquecem. A invisibilidade é uma questão de prática, como engolir espadas. Não falo em engolir espadas por acaso, amigo. Sei do que falo. Antes de ser ascensorista trabalhei quarenta e cinco anos num circo. Aprendi a engolir espadas, fogo, cacos de vidro, escorpiões, inclusive arame farpado. Com a prática, um homem consegue engolir qualquer coisa. Estava a preparar -me para inovar o número, seria o primeiro artista a engolir armas de fogo e explosivos, granadas, cartuchos de dinamite, pistolas, talvez metralhadoras, quando me comecei a sentir mal, muito mal, fortes dores no epigastro, violentas náuseas, e descobri que tinha uma úlcera no estômago. Abandonei o circo.

Foi o Bravo Hugo, o domador de leões, quem me conseguiu este emprego. Ao princípio custou-me um pouco. Bem vê, habituara-me à errância, quero dizer, nós, o povo do circo, somos meio ciganos, multívagos, como gostava de dizer o Assombroso Mandrake, o mágico; um dia estamos numa grande cidade, numa metrópole poderosa e agitada, e no dia seguinte em lugar nenhum. Eu nasci no circo. A minha mãe era contorcionista, Emília, a Prodigiosa Mulher-Cobra. O meu pai, o Alegre Narizinho, o palhaço pobre. Quando eu tinha nove anos, o Alegre Narizinho fugiu com o Admirável Jean-Pierre, o funâmbulo, arrastado por um amor louco do qual ninguém suspeitava, e a mamãe nunca mais recuperou. Emília emagreceu muito. Passava os dias torcendo-se e contorcendo-se, a exercitar novas posições. Enredava-se em si mesma a um ponto tal que depois não conseguia desenrolar-se sozinha, e precisava eu de a ajudar, e muitas vezes me desesperei, e me vi tentado a cortar, com uma tesoura de poda, ali um joelho, acolá um cotovelo, para, enfim, a endireitar. Endireitava-se, mas já mal se sustentava em pé. Há alguns anos levei-a a uma clínica. Fizeram-lhe uma série de radiografias. O médico chamou-me à parte. Mostrou-me uma das chapas:

– Está a ver?

Rodei a chapa nas mãos, inquieto:

– Não, senhor doutor, não vejo nada!

– Precisamente – retorquiu o médico – Não há nada para ver. A sua mãe já nem ossos tem. Nem um para amostra. Um único. Foram-se, dissolveram-se. Trata-se de um caso extremo de osteoporose.

Compreende? Osteoporose. E a gente a chamar-lhe talento.

Quanto ao meu pai, voltei a vê-lo, decorridos muitos anos, num circo miserável, em Afogados da Ingazeira, no Nordeste do Brasil. Àquela altura ele já perdera o Narizinho e todos o conheciam apenas por O Palhaço. Todos neste caso eram muito poucos. A qualidade de um circo mede-se pela extensão e brilho dos nomes dos respetivos artistas. O último circo do meu pai contava apenas com um palhaço, ele mesmo, e com um funâmbulo, o Pierre. O meu pai apresentava-se ainda na pele e osso de Ulio, o homem-mais-magro-do-mundo, um número novo, que me impressionou pela autenticidade. Pierre, por seu lado, desdobrava-se em dois outros personagens: Tarzão, domador de camaleões, e Bruna, dançarina de sapateado. Trocar os leões pelos camaleões pareceu-me uma opção arrojada e inteligente, sobretudo por diminuir em muito os custos com a alimentação e o transporte dos animais. Infelizmente não parece haver público interessado em assistir a um espetáculo de camaleões, ao menos em Afogados da Ingazeira. As pessoas acham mais emocionante ver um homem enfiar a cabeça dentro da boca de um leão, do que a enfiar na boca a cabeça de um camaleão. Eu, que me habituei a enfiar pela boca todo o tipo de objetos perigosos, não penso assim.

A minha primeira ocupação, ainda criança, foi lavar os elefantes. Tarefa árdua, sobretudo porque os nossos, e eram três, já tinham todos mais de meio século, e rugas tão profundas que as escovas se perdiam nelas. Depois passei a assistente do Infalível Barba Ruiva, o atirador de facas, até o dia em que fiquei sem a orelha direita. Engolir espadas parecia-me menos arriscado. Foi o Assombroso Mandrake quem me ensinou o ofício e me deu o meu nome artístico – o Incrível Aladino.

O Assombroso Mandrake, coitado, desapareceu em plena atuação. Entrou para uma caixa, montado no Raríssimo Tigre Branco, e nunca mais o vimos. Nem a ele nem ao tigre. Você não imagina o trabalho que dava pintar aquele tigre. Pensámos primeiro num Elefante Branco, mas não havia verba para as tintas. Eram duas caixas. Eles entravam numa e reapareciam na outra. Dessa vez a Belíssima Pocahontas abriu a primeira e nada. Abriu a segunda e nada. Desfizemos as duas caixas à martelada, e nada. Nem Raríssimo Tigre Branco, nem Assombroso Mandrake. Desapareceram para sempre. Uma noite sonhei com eles. O Assombroso Mandrake montado no Raríssimo Tigre Branco, navegando através das estrelas. O Assombroso Mandrake voltou-se para mim, sorriu, ele era senhor de um sorriso radioso, e disse-me:

– As estrelas são o derradeiro caminho dos multívagos.

Este elevador é agora o meu mundo. Ao menos continuo em movimento. Não paro nunca. Sou um multívago vertical. Corrigi o nome para Ascêncio, o qual, atendendo à função, me parece mais adequado do que Aladino, o Incrível. Por vezes, quando estou mais pessimista, ocorre-me mudar para Descêncio, mas a minha amargura, graças a Deus, é sombra que logo se vai.

A invisibilidade tem vantagens. Ouço muitas conversas. Vejo estranhas coisas. Vou chegando à conclusão de que o mundo, lá fora, não é muito diferente de um circo. Há palhaços ricos e palhaços pobres. Domadores de feras, estalando chicotes contra tigres vegetarianos, que rugem em *playback* para assustar a turba, e são tão medrosos que até uma barata os assusta. Há os equilibristas e os contorcionistas. Os que vivem no muro e os que nunca tiveram coluna vertebral. Há os que fazem surgir coelhos de dentro de cartolas e os que desaparecem com os coelhos e as cartolas, e todo o dinheiro dos justos.

O circo é o mundo condensado. Como o leite condensado, compreende?, meio artificial, mas muito mais doce. A gente aprende a rir. Aprende a rir para combater a dor.

O QUARTO ANJO

Após criar o primeiro anjo, Deus ofereceu-lhe um poderoso par de asas. Explicou-lhe que aquilo era mais um aparato de fé do que de voo.

– Os pássaros – assegurou-lhe – voam por convicção.

O anjo viu como voavam os pássaros, batendo as asas e recolhendo as pernas, e imitou-os. Ao fim de cinco meses tinha ganho uma certa prática e até já conseguia fazer algumas piruetas, incluindo voo picado seguido de um duplo mortal invertido. Não era ainda uma águia, mas também não poderia ser confundido com uma galinha. Enfim, voava.

– Agora tira-as. – disse-lhe então Deus, que o observara, em silêncio, a uma distância discreta, durante todos aqueles dias – Tira as asas e voa.

O anjo olhou para Ele incrédulo. Protestou:

– E eu lá sou doido, ó Deus?! Tiro porra nenhuma!

Deus, o qual, como se sabe, é brasileiro, não estranhou nem que o anjo falasse português, nem sequer o forte sotaque carioca. A língua e o sotaque, aprendera-as com Ele. Compreendeu, todavia, que lhe faltava o essencial, a fé, além de uma educação um pouco mais esmerada, pois, bem vistas as coisas, tratava-se de um anjo, ainda que numa fase de iniciação, e num rápido gesto de enfado, descriou-o.

O segundo anjo era, sem dúvida, um sujeito mais cordato e delicado. Muito loiro e frágil. Muitíssimo anjo. Tinha uma cabeleira comprida, que gostava de trazer sempre limpa e entrançada, num gracioso rabo-de-cavalo. Aprendeu a voar mais depressa do que o primeiro, com uma técnica original, que deixava os pássaros envergonhados. Porém, quando Deus lhe pediu que tirasse as asas e se lançasse assim, inteiramente nu, de um penhasco altíssimo, também ele recusou.

– Ai Deus! Saiba o Senhor que isso eu não faço. Com o seu perdão, faço qualquer coisa, qualquer coisa, entende? Faço qualquer coisa, mas isso não faço, não.

Disse aquilo com voz trêmula e humilde, sem sombra de arrogância, de forma que o Criador se apiedou dele e o deixou ir. O anjo pintou as asas de cor-de-rosa choque e juntou-se a um bando de flamingos. Dizem que ainda hoje é possível ver, em certos crepúsculos inflamados, nalgum palude perdido de

África, um anjo voando, com singular elegância, entre uma nuvem de flamingos. Voando e rindo. Eu nunca o vi, mas pode ser.

O terceiro anjo fê-lo Deus mais prático e destemido. Usava um bigode curvo e era respeitoso e de poucas palavras. Voava sem esforço, mas também sem agrado. Pousava nos ramos das mangueiras, ou de outras árvores igualmente altas e frondosas, e era capaz de ficar por ali, sentado, tardes inteiras, a cofiar o forte bigode, a comer mangas e a fruir a sombra fresca e o canto das aves. Quando Deus lhe pediu que subisse ao penhasco e que tirasse as asas e saltasse, não o contestou. Não disse nada. Voou até ao penhasco, tirou as asas e saltou. Ficou claro, naquele trágico instante, que o que lhe sobrava em disciplina faltava-lhe em fé. Ou melhor, como Deus lhe tentou explicar enquanto ele caía, vertiginosamente, de encontro ao gume feroz das rochas, lá muito em baixo, o problema é que colocara toda a sua fé no instrumento ao invés de a colocar no objetivo. O impacto foi devastador.

O Senhor Deus ficou desgostoso com o novo desaire. Levou muito tempo a recuperar-se. Por fim, tentou de novo. Saiu-lhe, à quarta tentativa, um anjo alegre, até um pouco simplório, que gostava sobretudo de cantar e de dançar, artes, aliás, que ele próprio havia inventado. Para voar não parecia possuir grande talento. Todavia, quando Deus lhe sugeriu que tirasse as asas e tentasse voar sem elas, usando o esforço da fé, ele apenas perguntou, atordoado:

– E é possível?

Depois largou as asas, espreitou o fundo abismo, fechou os olhos, e imaginou que por dentro do seu corpo outras asas se desenrolavam e batiam. Foi com essas, um tanto torto, um outro tanto tonto, que se ergueu no céu.

Deus alegrou-se. Depois dele, fez muitos outros anjos, legiões e legiões, mas poucos, muito poucos foram capazes de imitar o número quatro. Diz-se que esse anjo sem asas passeia entre nós, como uma espécie de agente secreto. Um observador num campo de batalha. Uma testemunha incógnita.

Provavelmente o anjo número dois é mais feliz.

A última fronteira

O polícia de fronteiras levou algum tempo a compreender o que lhe acontecera. Dormia. Sonhava intensamente com qualquer coisa, ou com várias coisas ao mesmo tempo, a bunda de Charlize Theron, chocolates, um veleiro deslizando sobre um mar de esmeralda, quando, de súbito, deu por si numa fila de gente à espera para passar uma fronteira. Supôs, sem susto, que fosse ainda o mesmo sonho num desdobramento imprevisto.

A morte é como os sonhos, mas em maior.

Ao polícia de fronteiras pareceu-lhe natural sonhar com fronteiras. Filas de gente. Passaportes. Carimbos. Um sujeito curvo postado numa guarita. Procurou o passaporte. Não o encontrou. Isso trouxe-lhe súbita angústia.

– É apenas um sonho – murmurou para com os seus botões.

Mau, também não tinha botões. Estava nu, ele e a restante escumalha parada na fila. Reparou a seguir que o sujeito na guarita trazia preso às costas um enorme par de asas muito brancas. Todo ele, aliás, era de um branco implausível. Um anjo inato, como os das gravuras piedosas da sua velha tia.

– Que merda de sonho! – murmurou, e logo se arrependeu do palavrão ao ver que o anjo erguia o liso rosto transparente e o fixava franzindo o sobrolho. Também a escumalha, adiante, o olhava num firme rancor. Velhos e velhas. Acolá um jovem com o aspeto de um arrumador de carros atropelado por um camião.

«Havia de ser eu na guarita», pensou: «Se estivesse eu ali, nenhum destes tipos se safava. Repatriava-os a todos. O drogado era o primeiro.»

Finalmente, o anjo fez-lhe um leve sinal com a cabeça e o polícia avançou.

– Os seus sentimentos, por favor – requereu o anjo, num olhar distraído, as costas dobradas ao peso das asas.

– Não é sentimentos, imbecil! É do-cu-men-tos.

O polícia de fronteiras irritava-se com facilidade. O problema não era dele, como insistia em explicar aos chefes, de cada vez que algum viajante, ofendido, reclamava, o problema era do fígado. Em criança contraíra hepatite por duas vezes e o fígado nunca mais se recuperara. Inclusive nos últimos dias vinha passando muito mal. Um cansaço invencível, o branco dos olhos não tão branco assim, como uma camisa encardida, a pele igualmente baça e amarela, a urina espessa. Ah! E aquela irritabilidade que lhe trazia tantos dissabores.

O anjo sacudiu as asas num rápido açoite, o que nele devia ser um sinal de infinito desagrado.

– Perdão?

Disse aquilo no esplendoroso idioma de que os anjos se servem para comunicar com os gentios, mas foi como se o tivesse dito, na língua de Shakespeare, um aristocrata britânico da mais alta estirpe:

– I beg your pardon?!

Com mais esplendor, portanto, e ainda mais panache. O polícia de fronteiras estremeceu:

– Desculpe, foi sem intenção. O meu fígado, sabe?, sofro do fígado.

– Sofria – retorquiu o anjo impassível – Agora não sofre mais.

Merda de sonho. E escusa você de franzir o sobrolho, senhor anjo de guarda, e vocês também, maldita escumalha, não me assusta o vosso horror. Que merda de sonho, sim, que merda de sonho! Quero acordar e sair daqui. Fechou os olhos e beliscou-se, com o polegar e o indicador da mão direita, no braço esquerdo. Quando abriu os olhos o anjo ainda estava diante dele, mas parecia agora mais concreto, mais verosímil do que alguma vez lhe parecera um polícia de fronteiras em qualquer país.

– E então, posso ver os seus sentimentos?

O polícia de fronteiras sentiu uma imensa vontade de chorar. Percebeu, com violenta lucidez, que não acordaria mais e veio-lhe uma saudade funda das longas filas no aeroporto, do cheiro a suor, do medo no rosto dos parolos, da pancada seca dos carimbos nos passaportes.

– É um bom sistema o vosso – disse ao anjo. Não o disse com ironia e nem tão pouco para lisonjear o outro. Estava a ser sincero – É um bom sistema, isto de os passageiros se apresentarem todos nus.

– Os seus sentimentos, por favor...

O polícia de fronteiras olhou para o anjo em silêncio. Um pouco nervoso. A suar. Não, não estava a esconder os seus sentimentos, palavra de honra. Não mesmo. Só não sabia onde diabo os colocara. O anjo voltou a franzir o sobrolho. Anotou qualquer coisa num formidável caderno de capa branca:

– O cavalheiro sem sentimentos vai ter de aguardar na sala ao lado – disse – Os restantes podem passar.

Sermão em parábolas

«Abrirei a minha boca em parábolas e proclamarei coisas ocultas desde a criação do mundo»

Mt., 13,35

I - Primeira parábola sobre o aspeto enganador do mundo

1 - Viviam rentes ao lodo dos charcos, comendo coisas impuras: batráquios, vermes, pequenos peixes. Eram turvos e miseráveis. Apenas defecavam e entre uma coisa e outra nem lavavam as mãos.

2 - Não tinham nome e nem sabiam que o não tinham. «Antes assim», diziam os homens das margens. Cuspiam ao passar por eles.

3 - Certo dia chegou ao local um estrangeiro. Ignorando os costumes, tomou banho no rio e sentou-se nas margens. Os seus olhos tropeçaram no lodo dos charcos e descobriu-os comendo e defecando. Chocado com tão grande miséria procurou dirigir-lhes a palavra.

4 - Eles não conheciam a palavra. Então o estrangeiro pegou num pau e desenhou um peixe.

5 - Eles vieram e tentaram devorar o peixe.

6 - «Estão loucos», pensou o estrangeiro. Depois refletiu melhor e disse: «Ou talvez não estejam loucos mas apenas muito cansados. Cansados do peso do espírito. Do peso absurdo do espírito.»

7 - Só então reparou que eles tinham asas.

Quem tiver ouvidos que ouça!

II - Segunda parábola sobre o aspeto enganador do mundo

1 - Tendo-se o profeta retirado para orar no coração do deserto, viu sobre um morro um enorme makixe de cinco cabeças.

2 - O qual, makixe[4], defecava.

4 Monstro da mitologia angolana.

3 – Rosas de porcelana.

Aquele que tem ouvidos que ouça!

III – Parábola do campo de trigo

1 – Um lavrador semeou todos os seus campos com milho. E os pés de milho cresceram abundantes e prometedores.

2 – Chegada a época das colheitas, levantou-se no horizonte um poderoso rumor de asas. E um vento maligno de gafanhotos verdes caiu sobre os campos e devorou o milho.

3 – Então o lavrador chamou à sua presença os muitos filhos, e disse-lhes, apontando os campos:

4 – «Nem sempre conseguimos colher aquilo que semeamos. Mas se alguma coisa semearmos, alguma coisa haveremos de colher.»

5 – Tendo dito isto tomou uma mão cheia de gafanhotos e assim mesmo os devorou.

Quem tem ouvidos que ouça!

IV – Parábola do leão e da gazela

1 – «Chegará o dia», disse o profeta, «em que o leão dormirá com a gazela.»

2 – «É possível», retorquiu a gazela, «todavia não dormirei descansada.»

Aquele que tem ouvidos que ouça!

V – Parábola do cego e do pássaro

1 – Um cego encontrou um pássaro. «Escutando o teu canto vejo que és um noitibó» – disse.

2 – «Que te importa a ti, que és cego, que eu seja um noitibó?» – retorquiu o pássaro.

3 – Apenas importa que eu cante como um noitibó.

Quem tiver ouvidos, ouça!

VI – Parábola do homem sábio

1 – Um dia um homem sábio morreu. No reino dos céus encontrou-se face a face com o Senhor Deus. Este perguntou-lhe:

2 – «Tu, que és sábio e viveste inúmeros anos, diz-me o que aprendeste de realmente importante.»

3 - Respondeu o homem sábio:
4 - «Uma só coisa aprendi de realmente importante: a ignorar os mestres.»
5 - O Senhor Deus olhou-o num demorado silêncio.
6 - Depois voltou-lhe as costas e foi-se embora.
Aquele que tem ouvidos que ouça!

VII - Parábola do lavrador ambicioso

1 - Sete meses depois de conhecer o seu esposo, Mateus Ngongo, sentiu a mãe do profeta que dentro de si a criança se agitava. E ouviu -lhe a voz, e disse--lhe o menino que se dirigisse ao templo, o que ela fez. No templo, o profeta começou a falar, e era a sua voz límpida e forte, e todos ali reconheceram o prodígio, e de joelhos o escutaram. Contou o profeta a seguinte parábola:

2 - Existia em certo quimbo um soba ambicioso. Cego de cobiça traiu os antigos costumes e ordenou que colhessem das árvores todos os frutos, inclusive os mais altos, que a sabedoria reserva aos pássaros e ao apetite dos ancestrais.

3 - Fez-se segundo a sua vontade.

4 - Nesse ano, que foi de muita fruta, todos os pássaros morreram de fome.

5 - Com o avançar dos tempos o soba foi enriquecendo. Contudo, uma lenta melancolia tomou-lhe o coração, e os seus pensamentos foram-se tornando mais tristes e turvos.

6 - Consultaram-se quimbandas. Trouxeram à sua presença as mais belas mulheres. Tentaram -se as mais variadas ervas e bebidas. Nada resultou.

7 - Então, num súbito e inesgotável crepúsculo (era novembro) um leve rumorejar de asas atravessou os ares e foi pousar nas lavras. E um noitibó cantou longamente.

8 - O coração do velho soba sobressaltou-se e ele despertou da sua noite.

9 - Compreendeu então que a maior riqueza não está na maior colheita. E as antigas leis foram restauradas.

10 - Isto falou o profeta.

Quem tiver ouvidos que ouça!

Hillary

Fala Hillary, a que veio do ódio.

Hillary está sentada numa cama enorme. Veste um simples roupão branco. Saiu do banho momentos antes. Há um conjunto saia-casaco de cerimônia, em tons de cinza, estendido sobre a cama. Pousado no chão, um par de sapatos pretos. A noite entra pelas largas janelas abertas, juntamente com aquele rumor metálico, ansioso, que caracteriza o pulsar de uma grande metrópole.

Eu não me queixo! Olho para trás e vejo os dias convulsos. Uma torrente de sol e de sombras. Alegrias e tristezas. Muitas vezes duvidei. Então sentava--me e lembrava-me deste dia. Lembrava-me deste dia como se já o tivesse vivido antes, inúmeras vezes. A lembrança deste dia dava-me forças. Dentro de poucas horas serei o homem mais poderoso do mundo.

... É o que dizem meus inimigos...

Eles gostariam que eu fosse um homem. O poder para eles é coisa de homens. Também há mulheres que não gostam de mim. Mulheres que concordam com eles. Acham que tive de deixar de ser mulher para conseguir chegar até aqui. E haverá sempre quem insinue o contrário, ou seja, que cheguei até aqui precisamente por ser mulher. Que cheguei até este dia utilizando os meus atributos femininos.

Numa mulher toda a beleza é culpada.

Há ainda aqueles, e sobretudo aquelas, que me criticam por, tantas vezes, ter calado. Por ter suportado o insuportável. Por ter perdoado. Eu, perdoado?! Elas não compreenderam nada. Não, não perdoei!

Não pretendo perdoar!

Alimento o meu rancor com ternura. Foi o rancor que me trouxe até este dia.

Esta noite sonhei que enquanto dormia a casa envelhecia ao meu redor. Sonhei que despertava sozinha entre ruínas. Acordei a chorar. A casa era ainda a mesma. A luz quase alegre.

Sonhos...

Os antigos egípcios, como tantos outros povos, esforçavam-se por compreender os sonhos. Deixaram-nos livros de sonhos. Sonhos eróticos ocupavam muitas páginas. Se um homem sonhasse que estava a ter relações sexuais com uma mulher, isso era sinal de luto. Mas se fosse com um milhafre significava que deveria estar preparado para um roubo. Uma mulher que tivesse sonhos eróticos com um crocodilo poderia contar com uma vida breve, mas se fosse com um íbis teria uma bela casa. Perguntei às minhas amigas se alguma vez tinham sonhado com crocodilos. Uma confessou, um tanto envergonhada, que o mais perto que esteve disso foi quando sonhou que estava na cama com o *Crocodile Dundee*. Outra quis saber se o Robert Redford poderia ser considerado um crocodilo. Depois fiz a mesma pergunta aos meus amigos. Nenhum assumiu ter tido fantasias sexuais com milhafres ou crocodilos, mas pelo menos um, o Bob, mostrou-se curioso: «Com um crocodilo? Um crocodilo fêmea? É possível, você acha? Muito bom, isso, radical!»

Homens? Homens são capazes de tudo.

Em criança, o meu irmão mais novo tinha fantasias sexuais com anjos. Colecionava postais de anjos. Moças altas e loiras, com belas asas brancas. Trocava postais com outros meninos. A nossa avó acreditava que ele iria para padre. Afinal foi estudar biologia e tornou-se entomologista.

A antiga obsessão dos homens pelas sereias parece-me ainda mais bizarra. Asas até podem ser sensuais, enfim, mas uma cauda de peixe?

Voltemos ao meu sonho: a casa envelhecendo, como que num incêndio, embora sem as chamas, sem o estalar das madeiras, sem o pânico, ou antes, com o pânico, sim, mas num silêncio perfeito.

Talvez a casa seja o meu casamento. A minha relação com Bill. Talvez seja o meu corpo.

Ou talvez seja apenas uma casa.

Reparei pela primeira vez em Bill numa biblioteca pública. Estava sentado, alguns metros à frente, a olhar para mim. Olhava para mim como um homem que pela primeira vez visse uma mulher. Então levantei-me, fui ter com ele e disse-lhe: «Como o senhor insiste em olhar para mim, e a mim me agrada olhar para si, talvez o mais decente seja eu apresentar-me» – e disse-lhe o meu nome. Ele levou uns segundos a recuperar. Naquele momento soube que seria meu. E que seria meu para sempre.

Susan, minha amiga de infância, defende que os melhores amores são os impossíveis. Lembra as grandes histórias de amor, de Romeu e Julieta a Tristão e Isolda. Sempre amores impossíveis. Ela acha que só por isso, por serem impossíveis, esses amores chegaram até ao nosso tempo e ainda nos comovem. Talvez tenha razão mas eu prefiro os amores possíveis, mesmo sabendo que são efêmeros. Desde que passe o amor e fique o resto. O resto eu acho mais importante do que o amor.

O resto, em Bill, era a volúpia do poder. Bill ainda não tinha poder, mas já era óbvio que viria a tê-lo. Há pessoas assim, olha-se para elas e sabemos logo que estamos a olhar para alguém que no futuro terá poder. Uma certa tarde, no início do nosso namoro, combinei encontrar-me com ele num pequeno restaurante, em Berkeley, mas atrasei-me. Quando cheguei, Bill já não estava. Perguntei ao proprietário se havia visto ali um jovem louro, com barba, um *viking* do Arkansas. Ele riu-se. Disse-me que estivera imenso tempo à conversa com alguém que correspondia a tal descrição. «Não sei o nome dele», acrescentou, «mas tenho a certeza de que vai ser presidente deste país».

Portanto eu sabia que não teria um amor para sempre – o que raras pessoas conseguem. Mas também sabia que depois do amor poderia ter riqueza e poder. Bastante poder. Então pensei: «Que se dane o amor!» Quem escolhe um amor e uma cabana acaba apenas com a cabana. Nunca acreditei que o amor fosse compatível com o casamento. Não por acaso os contos de fadas terminam no casamento – «Eles casaram e foram felizes para sempre». Filmes românticos também costumavam terminar no casamento. Final feliz! Uma contradição nos termos. Se o final for feliz não é ainda o final.

Depois do casamento a princesa tem filhos e engorda. O príncipe arranja uma amante. Engorda. Ronca à noite na cama. Diz à princesa que ela parece uma vaca gorda. A princesa interroga o espelho e o espelho confirma: «Sim, vossa majestade parece uma vaca gorda!» A princesa arranja um amante. Também o amante lhe diz que ela parece uma vaca gorda. A princesa corta os pulsos, atira-se da torre mais alta do castelo, ou lança-se com o carro a duzentos quilômetros à hora contra uma sólida parede de betão.

Eu não me queixo! Depois daquilo que se passou com o meu marido...

... Aquilo...

Bem, depois daquilo que se passou com o Bill a minha vida tornou-se uma piada. Podia ouvir as gargalhadas a estalarem atrás de mim. Não há pior desgraça do que a desgraça que faz rir. Como a história de Ésquilo, o filósofo, que morreu ao levar com uma tartaruga na cabeça. Imaginemos que tivesse sido Che Guevara a morrer assim. Hoje não seria um ícone revolucionário. Seria uma anedota. Há mortes que destroem toda uma vida. Há poucas desgraças mais ridículas do que a traição. A traição chega a ser mais ridícula do que levar com uma tartaruga na cabeça. O ridículo é a lepra dos políticos. Nenhum político se atreve a apertar a mão de outro que tenha contraído o ridículo.

Políticos hoje em dia são como estrelas de cinema. Alguns, aliás, eram estrelas de cinema antes de se transformarem em políticos. Um sujeito que fez o papel de presidente num determinado filme pode, pouco depois, ser realmente eleito presidente. A ficção inventa a realidade. Talvez esta mistura entre admiração e inveja, entre distância e proximidade, entre ficção e realidade, explique porque o povo gosta tanto de assistir à humilhação de um político. Creio que nenhum outro espetáculo suscita tanto prazer público quanto a humilhação de um político importante.

Como sabe bem cuspir no leão caído.

Eu gosto do poder mas não gosto da fama. A fama parece-me vulgar, deixa-nos expostos às multidões e ao julgamento delas. Não gosto de multidões, cheiram mal.

Lembro-me da maneira como as mulheres me olhavam. Algumas olhavam para mim com a feroz solidariedade de quem passou por agonia idêntica. Outras com certa piedade. E outras ainda com desdém. Mas o mais difícil para mim era o sarcasmo. Os risos abafados. Os sorrisos escondidos atrás das mãos. Quis matá-las a todas. Matá-los a todos, os filhos da puta. Como se atreviam a troçar de mim? A ter pena de mim?! Quis matar Bill! Quis matá-la a ela! Então percebi que teria de matar muita gente, e ao invés de um massacre preparei um uísque. Sentei-me a tomar o uísque na varanda, e depois preparei outro.

Como pôde Bill ser tão irresponsável? Tão estúpido? Tão homem? Como pôde destruir tudo o que construímos juntos, ao longo de tantos anos e com tanto esforço, por um breve instante de prazer com uma garota gordinha, cuja maior virtude era não ser capaz de produzir nenhum pensamento, além de um discutível talento para o sexo oral? Infelizmente decidiu aplicar ao sexo oral os ensinamentos de Bill sobre a maconha, e foi isso que nos perdeu.

Bem sei, já fui mais bonita! Já fui mais jovem. Acho uma tremenda injustiça. Continuo rebelde, então devia continuar jovem. É costume dizer-se que faltam causas à juventude de hoje. Contudo, mais do que causas, o que me parece faltar à juventude é juventude. Esses jovens deviam ter estas rugas, não eu.

Fala Hillary, a que veio do amor.

Hillary está sentada na cama, de roupão, a pele ainda úmida. Há um vestido cor-de-rosa estendido sobre a cama. Pousados no chão um par de sapatos da mesma cor. Pelas largas janelas abertas entra uma vaga melodia – um piano, ou talvez a voz grave e compassada de um contrabaixo.

O meu irmão mais novo é entomologista. Contou-me uma história que nunca mais esqueci. Há muitos anos habitavam numa certa cidade inglesa diversas espécies de borboletas, todas de cores alegres e vistosas. Veio entretanto a revolução industrial e ergueram-se fábricas ao redor da cidade. Um fumo horrível escureceu o ar, e as árvores e as casas cobriram-se de cinza. Então algumas das borboletas sofreram uma mutação genética e perderam o colorido. Tornaram-se dessa forma capazes de se confundir com o meio ambiente e escapar aos predadores. Essas, as borboletas cinzentas, perduram até hoje. As borboletas coloridas extinguiram-se.

Os tiranos abominam a cor. Alguém consegue imaginar Hitler, Mussolini, Franco, Salazar ou Pinochet vestidos com as camisas em seda estampada de Nelson Mandela? As milícias fascistas de Mussolini usavam camisas negras. As de Hitler camisas cinzentas. Mobuto Sesse Seko, o tirano do Zaire, proibiu nos anos sessenta que os jovens do seu país usassem camisas floridas e calças à boca de sino.

... Bem, no que diz respeito às calças à boca de sino eu compreendo...

Idi Amin Dada, do Uganda, fez publicar um decreto banindo a ocorrência de arco-íris em todo o território nacional.

Acho que os homens, nos países sujeitos a regimes totalitários, entristecem, empalidecem, emudecem, para melhor se confundirem com os muros e assim escaparem aos predadores.

Quando eu era jovem gostava de vestir roupas em cores vivas. Bill aborrecia-se comigo. Na tarde em que nos beijamos pela primeira vez eu trazia um vestido comprido com flores estampadas. Aparecia nos tribunais vestida com calças de camurça cor de laranja flamejante, blusa azul e cor de laranja. Bill, como disse, aborrecia-se comigo. Os meus professores também. Mais tarde, nos escritórios de advogados em que comecei a trabalhar, pediram-me que fosse mais discreta. Pouco a pouco, à medida que fomos enriquecendo, à medida que fomos ganhando poder, cada vez mais dinheiro e mais poder, eu fui perdendo a cor.

O poder acinzenta as pessoas.

Quando dei por mim estava assim. Também eu me tornei cinzenta para me confundir com o meio. Mas quando me sento nesta cama antiga, quando me sento e olho para dentro de mim, o que vejo é ainda uma menina vestida com calças de camurça cor de laranja. Apetece-me pintar o cabelo de cor de laranja e dançar um tango à chuva. Apetece-me é subir às árvores. Fumar liamba e engolir o fumo. Saltar à corda.

Dentro de poucas horas alguém me virá chamar. Alguém virá. Dentro de poucas horas serei a pessoa mais poderosa do mundo. E no entanto, foi um acidente – compreendem?

O amor é um acidente.

Eu estava sentada no regaço de uma mulher de cobre, uma escultura de Henry Moore, e Bill debruçou-se sobre mim e beijou-me nos lábios. E de repente eu amava-o. Amava-o e só isso importava. Reparei nas mãos dele, mãos de pianista. Mãos preparadas para o amor. Ainda hoje gosto de lhe ver as mãos enquanto folheia um livro, enquanto lê um jornal. As mãos dele envelheceram, envelheceram a apertar outras mãos, milhares de outras mãos, a jogar golfe, a assinar autógrafos e documentos importantes. Envelheceram, sim, mas continuam belas. Continuam a excitar-me.

O amor é uma renúncia. Amar alguém é desistir de amar outros, é desistir por esse amor do amor de outros. Eu desisti de tudo. A partir desse dia dei-lhe todos os meus dias. Entreguei-lhe os meus sonhos, os meus segredos, as minhas convicções mais profundas.

Não me queixo!

Não sou ingênua nem estúpida. Quando digo que o amor é uma renúncia, quero dizer que foi assim para mim. Para Bill foi sempre uma outra coisa. Eu sabia que ele reparava noutras mulheres, e que outras mulheres reparavam nele. Um homem feio, com poder, é quase bonito. Um homem bonito, com poder, é quase um Deus.

Apesar da minha educação cristã, ou por causa dela, sempre me recusei a viver sujeita à ameaça do pecado. As grandes indústrias vêm tentando convencer-nos de que é possível tirar o veneno ao prazer e ficar apenas com o prazer: café sem cafeína, cerveja sem álcool, cigarro sem nicotina – amor platônico. Quanta estupidez. Quem bebe café procura a exaltação da cafeína. Quem pede uma cerveja numa tarde de sol quer refrescar o corpo, sim, mas também quer soltar o espírito. Se é para pecar, quero o pecado inteiro.

Bill teve o seu castigo. Tivemos os dois. Foram dias difíceis, foram noites ainda mais difíceis, mas passaram. Uma manhã acordei e já não tinha lágrimas. Noutra manhã acordei e já não o odiava. Finalmente, acordei e estava de novo abraçada a ele.

O amor é um hábito. Como acham que cheguei até este dia? Foi o amor que me trouxe. Maldito seja.

Fala Lilith, o Anjo Negro.

Lilith está sentada aos pés de uma enorme cama. A brisa da noite, entrando através das janelas abertas, sacode devagar as duas grandes asas azuis que ela traz presas às costas. Através das janelas abertas entram também as estrelas e o seu alto silêncio sem mácula.

«Podem chamar-me Lilith, a que vagueia pela noite. Podem chamar-me apenas Lil, que em sumério significa fôlego, mas também ar ou tempestade. Podem chamar-me como quiserem, decidam vocês. Que importância tem um nome? Quando o Senhor Deus criou o primeiro ser humano, a partir de simples argila e do seu sopro sagrado, este era metade homem e metade mulher. Então o Senhor Deus cortou-o ao meio. Eu sou a metade mulher. À pior metade o Senhor Deus chamou Adão. Adão, ah! Um sujeito um tanto obtuso. Tinha inveja de mim porque eu podia engendrar e ele não.»

«Adão não conhecia as regras. Receava o que não compreendia, e não compreendia quase nada. Eu via Adão observando-me, meio de lado, morto de medo. Não me surpreendi quando começou a conspirar, a propagar contra mim calúnias e rumores. Cansei-me do medo dele, da sua desconfiança, da sua inépcia para o amor. Ele olhava para a minha nudez e não a via. Eu tão mulher, e o estúpido não me via.»

«Conhecem pior ofensa – um homem não ver a beleza da sua própria esposa?»

«Um dia deixei-o, fui-me embora. O mundo era tão vasto e tão belo. Qualquer lugar onde Adão não estivesse me parecia o Paraíso.»

«O meu ex-marido enlouqueceu de fúria. A seguir entristeceu. Andava pelos campos, curvado e escuro, e por onde quer que andasse fazia sempre inverno.

«Então o Senhor Deus apiedou-se dele, porque o viu tão sozinho e tão angustiado, e ofereceu-lhe uma outra mulher. Não era eu, era eu sem a luz da evidência, mas ainda assim continuava a ser uma mulher. Pouco a pouco, geração após geração, Eva foi-se aprimorando. Ganhando força, ganhando consciência dessa força. Vejo-a a cada dia mais parecida comigo. Da mesma forma que o destino da larva é ser borboleta, e voar, o destino de Eva é ser Lilith – e voar.»

«Lembram-se do que diz o Livro sobre a árvore da ciência do bem e do mal?»

Finge abrir um pesado livro e lê:

Vendo a mulher que o fruto da árvore devia ser bom para comer pois era de atraente aspecto, e precioso para esclarecer a inteligência, agarrou no fruto, comeu dele e o deu a seu marido que estava junto dela, e ele também comeu.

«As consequências deste gesto foram terríveis. O Senhor Deus não se limitou a expulsar o casal do Paraíso. Lançou contra todas nós, as mulheres, uma maldição cruel.»

Volta a fingir que lê:

Aumentarei os sofrimentos da tua gravidez, os teus filhos hão de nascer entre dores, e procurarás com paixão aquele a quem serás sujeita – o teu marido.

«Adão foi condenado a ganhar o pão com o suor do próprio rosto, isto é, a trabalhar para sobreviver. Daqui se conclui que o trabalho é um castigo para os homens, e que os homens são o castigo das mulheres. Também se conclui que o amor é uma escravidão e que o poder receia a inteligência. As altas instâncias, incluindo o Senhor Deus, não apreciam aqueles que sabem demais.»

«Os homens eram felizes, segundo o Livro, porque andavam nus e não sabiam. Não havia pecado porque não havia sequer a consciência do pecado. Eram eternos porque não tinham a consciência da morte. Ignoravam a morte. Eram eternos, afinal, como um verme é eterno. Aquela era uma eternidade sem grandeza alguma. Graças à Mulher a humanidade trocou o Paraíso pela consciência. O homem foi condenado ao trabalho e a mulher ao amor.»

«Querem saber o que faço aqui? Não adivinham? Vim por causa daquela mulher. A mulher que estava há pouco neste quarto. Estou a vê-la agora a erguer a mão e a jurar sobre o Livro. Estou a vê-la a assinar papéis. Aquela mulher já sou eu, ou sou quase eu, mas ela ainda não sabe disso. O que há de mim nela é a paixão. O pouco que nela falta de mim é ainda mais paixão. Ela está dividida em duas e ignora qual a verdadeira. As duas mentem, separadamente. Juntas não. Juntas não mentem. Foi o ódio que a trouxe até este dia. Foi também o amor que a trouxe. O ódio e o amor, juntos, de mãos dadas, a luz e a escuridão, como tem de ser.»

Lá fora começa a chover. Lilith cala-se um instante. Escuta o rumor da água.

«Acham que a chuva se pergunta, enquanto cai, se vai favorecer a vida, ou se a vai tirar? A chuva cai sem consciência ética. A chuva é sempre boa, mesmo quando destrói. Eu sou como a chuva. Sou a ânsia das mulheres no instante do orgasmo. A pequena morte, a embriaguez dos abismos. Sou eu quem recolhe os seus gritos e os seus espasmos. Sou o excesso que luz. O ardor na face das virgens. A que se abre em cores. A que se abre – caramba! – a que se abre! A que conduz as aves em direção ao Sul. A carne das papaias. O perfume das goiabas. Sou o afago do Sol, e o abraço da Lua. Sou as Fúrias. Sou aquela por quem uivam os lobos. Aquela por quem o lume chama nos altares da luxúria. Fui eu quem inventou a música, a dança, o teatro e a poesia, e tantos outros exercícios inúteis. Tenho certa propensão para o mistério. Fora isso existo em todos os lugares onde prospera o riso.»

«E agora, querem saber como será o mundo depois que as mulheres tomarem o poder?»

Ri-se. Um súbito clarão ilumina a janela, logo seguido de um profundo ribombar.

«Não sei!»

Ri-se às gargalhadas:

«É que não faço a menor ideia! Sou um anjo cético. Um anjo que não acredita em anjos. Aliás, reparem bem, até estas minhas asas são de fantasia. Só as coloquei para parecer mais verosímil. Às vezes é preciso falsificar a realidade para que as pessoas acreditem nela.»

Solta as asas das costas e lê a etiqueta:

«*Made in China.*»

Volta a colocar as asas nas costas. Sacode-as com naturalidade, como o faria um pássaro. Um pássaro muito grande:

«Portanto, não sei como será o mundo depois que as mulheres tomarem o poder. Na pior das hipóteses as mulheres governarão como os homens, pelo menos enquanto governarem com os homens: mimetismo! Suponho que a esse período poderemos chamar Purgatório. Para a humanidade o Purgatório será também um tempo de espera. Um tempo de reflexão. Depois virá alguém, uma mulher. E finalmente a humanidade inteira poderá dançar com as estrelas. No princípio era a Mulher. No fim será de novo a Mulher. O homem? Ah, um breve acidente no longo percurso da evolução. Por vezes agradável, sim, por vezes mesmo muito agradável, mas quase sempre perigoso. Em todo o caso um acidente. Eles não sabem disto, os homens, ainda não sabem disto, mas suspeitam. Estão assustados.»

Levanta-se e dança pelo quarto.

«Olhem à vossa volta: a velha ordem é uma casa a ameaçar ruína. Ela sonhou com isso, aquela mulher. Mas não compreendeu o significado do sonho. Os machos estão confusos. Continuam a matar-se uns aos outros, como sempre fizeram, nesses estúpidos jogos de homens a que chamamos guerras. Mas já lhes vai faltando convicção. Já nem se matam por ideias. Matam-se pela ideia de um Deus, o que só não incomoda Deus porque a Ele já nada o incomoda.»

«Aquela mulher que estava aqui há pouco, neste quarto. A que está agora a erguer a mão e a jurar sobre o Livro. Pois bem, desci até aqui para lhe entregar estas asas. Quero dizer: a convicção. Desci até aqui para unir as duas metades. Para fazer dela uma só. Para a fazer inteira.»

«As minhas filhas estão hoje por toda a parte: Estados Unidos, Argentina, Libéria, Dinamarca, Noruega, Paquistão, Moçambique, eu sei lá. Inclusive no Brasil. Evidentemente, nem sempre uma mulher com poder é uma mulher de poder.»

«Conhecem a história do machado e da floresta? Quando o machado entrou na floresta, as árvores ficaram em pânico. Uma delas, muito jovem, tentou tranquilizar as restantes: "Calma malta! Vamos lá a ter calma. Não vai acontecer nada, reparem, o cabo é de madeira, o cabo é nosso!"

«Mal terminou de dizer isto o machado derrubou-a.»

«Ah, mas no fim continuaremos de pé! Tudo o que floresce e frutifica nos é semelhante. Tudo o que ri, o que ilumina, o que festeja a vida. O mar, que também é fêmea, o grande ventre de onde nasceu toda a vida. Devia dizer-se, aliás: a mar. A mar e as suas marés. A mar e todas as suas tempestades. A hora em que a manhã se desabotoa e a luz desnuda os rios e o seu torpor. As tardes úmidas onde voam borboletas. O verde do capim, depois das chuvas. O canto das baleias ecoando pelos mares. O lume das estrelas. O espanto das constelações em movimento. Buganvílias explodindo ao crepúsculo.»

«As minhas filhas estão por toda a parte, sim, com o seu poder de regenerar e de multiplicar. Quando a Senhora Deusa criou o primeiro ser humano, a partir de simples argila e do seu sopro sagrado, este era inteiramente mulher. Então a Senhora Deusa fez com que essa mulher concebesse e nasceu o primeiro homem. O homem vem da mulher. A mulher vem da mulher. Inclusive o George Bush, por muito que me custe admitir, veio também de uma mulher.»

«... Erros...»

«Temos então que a humanidade veio da mulher.»

«O céu a seu dono.»

«E no fim o homem regressará à mulher.»

Inéditos em Livro

Esquecimento

As paredes altas, em solene granito, as arcadas largas, a luz fria estremecendo na piscina. Ao longe, a cidade descendo languidamente até ao rio, o rio mergulhando no mar. Pensou: "os franceses é que estão certos, devia dizer-se, a mar". Recostou-se na cadeira e fechou os olhos. Podia ouvir o lento rumor da floresta em volta. Vozes, em surdina, como fantasmas extraviados. Manteve os olhos fechados, esforçando-se por reconstruir o corpo da mulher por quem esperava. Sabia exatamente de que elementos precisava, os materiais nobres, as cores raras: pele suave, dourada, um sorriso trocista. Pernas altas, pescoço longo, peito breve. Sabia do que precisava mas isso não era suficiente. Perdera-lhe o rosto. Nessa manhã estivera a estudar a tapeçaria de Almada Negreiros, a poucos metros dali: em 135 a.C., soldados romanos capitaneados por Decimus Junius Brutus alcançaram a margem esquerda do Lima e recusaram-se a avançar, julgando estar perante o rio Letes. Então Brutus atravessou o rio, segurando o estandarte das águias de Roma, e do outro lado chamou pelo nome de cada um dos seus soldados. Aquele não era o rio do esquecimento.

Ou talvez fosse.

Também ele tinha cruzado as águas. Ainda sabia o nome dela, mas esquecera-se do rosto. Espreitou o menu: caldo verde, bacalhau gratinado em posta com molho de tomate e maionese. Não, maionese não. Leu o resto. Arroz de galo "Pica no Chão" (arroz de cabidela). Torta de Viana. Chamou um empregado e pediu o arroz de cabidela.

Haviam combinado encontrar-se ali cinco anos antes. Ele não fora. Não tivera coragem para começar uma vida nova. Compreendera depois que não ter ido era uma rendição, uma aceitação da velhice. Guardara o endereço eletrônico dela. Escrevera-lhe. Escreveu-lhe meses a fio. Nunca recebeu resposta alguma. Silêncio. Sim, o silêncio é uma resposta. A única que não se pode contestar.

Abriu os olhos e deu com uma mulher parada diante dele. Sorria. Não era a mulher por quem esperava. "Conhecemo-nos"? A mulher voltou a sorrir. "Não me lembro", disse. Também ela tinha atravessado o rio.

A primeira noite

Na primeira noite do resto da minha vida olhei para mim (de algum ponto situado muito acima) e achei-me triste e sem destino, como uma lagosta no aquário de um restaurante. Uma água turva e fria flutuava sobre a cidade, prendia-se aos cabelos e aos gestos, embaraçava o mais simples raciocínio. A multidão, animada por um *DJ* congolês, dançava aos encontrões sob um enorme toldo de plástico. Os ritmos tropicais pareciam deslocados, como um filme de terror com a banda sonora de uma comédia romântica.

"Não há nada mais deprimente do que a alegria dos tristes", comentei alto, enquanto me arrastava – uma lagosta num aquário cheio de lagostas, com as pinças presas por um elástico – em direção ao bar. "A alegria nunca é fácil", respondeu-me uma rapariga alta e loira na qual até àquele instante não tinha reparado. Voltei-me para a ver melhor: o cabelo escorria-lhe sobre os ombros como se tivesse acabado de sair da água, uma náufraga entre náufragos, uma lagosta tropeçando noutras lagostas. Reparei ainda com mais cuidado. Seria uma náufraga não fosse pelo brilho dos olhos. Não eram olhos de náufraga. Não eram olhos de uma lagosta presa num aquário. Naquela noite só os olhos da rapariga loura estavam em sintonia com os ritmos tropicais.

O *DJ* interrompeu a música e começou a contar os segundos que faltavam para o ano terminar. O céu iluminou-se de repente em largos borrões azuis, vermelhos, amarelos, que logo alastraram pelas margens úmidas da noite como numa aguarela. Pombas esvoaçavam em pânico. A rapariga loira sorriu:

– Não trouxe passas?

– Não. Pior: não trouxe desejos.

– Toda a gente tem desejos – disse a rapariga. – Mas se quiser dou-lhe uma dúzia das minhas passas, e uma dúzia dos meus desejos.

– Isso vale?

– Claro! – Tirou da bolsa um pacote de passas, abriu-o e ofereceu-me algumas. – Vale tudo. Ao contrario de você eu sofro de um excesso de desejos. Convém-me imenso um desejador de aluguer.

Disse-me que fechasse os olhos e me concentrasse. Depois foi-me ditando os desejos. Os cinco primeiros pareceram-me um pouco surpreendentes, sim, mas ainda de acordo com o espírito da época. O sexto, porém, tirou-me o fôlego. Abri os olhos e ela estava diante de mim, de olhos fechados, com o sobrolho franzido num esforço de concentração. Vi sobre nós o céu em convulsão, o alvoroço das pombas.

– Não posso desejar uma coisa dessas. – Protestei – É impossível.

– Concentre-se – disse ela – Tem de se concentrar. Vai ver que consegue.

Para formular os desejos seguintes concentrei-me tanto que deixei de escutar o ruído em volta. Quando reabri os olhos o céu era de novo um oceano compacto e escuro, e a multidão voltara a entregar-se, com renovado furor, aos ritmos tropicais. O ar continuava encharcado, frio, mas agora a música já não me parecia um equívoco. A rapariga loira conseguiu furar até ao balcão do bar. Regressou pouco depois carregando em triunfo duas latas de cerveja.

– Vamos dançar?

Fomos. Era como tentar dançar numa pista de patinagem, sem os patins, e sem a prática de patinar. Felizmente a multidão estava tão concentrada que ninguém conseguia cair. Achei que se poderia retirar dali uma lição revolucionária – unidos não cairemos –, mas quando procurei a rapariga loira para lhe dar conta da minha descoberta, ela desaparecera. Levei alguns minutos até conseguir romper o apertado círculo dos dançarinos. Ainda a vi parada no passeio, de braço erguido, a chamar um táxi. Tinha colocado uma boina vermelha. Ali ao fundo, muito direita, estava para a turba como um ponto de exclamação num texto confuso e fastidioso.

Fui procurar alguém que tivesse passas. Ocorrera-me um desejo. Mesmo sendo o décimo terceiro, mesmo estando ligeiramente fora de prazo, era meu, e talvez ainda funcionasse.

A ÚLTIMA

A primeira vez foi numa festa. Sofia tinha bebido três caipirinhas, talvez quatro, já não sabia ao certo. Numa roda de amigos um rapaz de barba rala exaltava as qualidades da cachaça, enumerando os nomes carinhosos com que o povo se refere à bebida: "Apaga-tristeza, amorosa, cobertor-de-pobre, cura-tudo, dengosa, fogosa, santinha, pinga-mansa". Estavam nisto, rindo, colecionando as alcunhas da cachaça, quando alguém se aproximou de Sofia e lhe soprou ao ouvido:

– Tenha cuidado. Somos cada vez menos!

Sofia voltou-se, assustada, a tempo de ver um homem a afastar-se, abrindo caminho, quase a correr, por entre o fumo e o atordoado torpor da trupe. Ficou intrigada, mas depressa se esqueceu. Só voltou a lembrar-se do caso quando semanas depois, num cinema, alguém lhe colocou um bilhete no bolso do casaco, cuidadosamente dobrado em quatro. Desdobrou-o e leu:

– Somos cada vez menos. Evite andar sozinha.

Então, sim, assustou-se. "Tenho um *stalker*", pensou: "há um maluco nesta cidade obcecado em perseguir-me". Depois, sossegou. O tipo era provavelmente inofensivo. Além disso, o caso conferia-lhe um certo estatuto de estrela. No íntimo sentia-se lisonjeada. As amigas iriam morrer de inveja.

Não tardou a descobrir que se enganara: não, não tinha um admirador secreto. Era outra coisa. Ao sair de casa, numa escura e desamparada manhã de domingo, uma mulher tropeçou nela. Vinha a correr, descalça, embrulhada num roupão vermelho, em seda. Deteve-se um instante, a olhá-la. Havia surpresa e medo nos olhos dela:

– Você também?! Esconda-se! Acho que somos as últimas.

Antes que Sofia a pudesse agarrar e perguntar-lhe alguma coisa, a mulher entrou num táxi e desapareceu. Voltou a vê-la nessa mesma noite, no telejornal. A mulher flutuava nua, de olhos abertos, mas vazios, na água nublosa de um lago. O roupão ondulava em redor, como uma mancha de sangue. Ou talvez fosse realmente sangue.

A televisão não tinha som. Sofia gostava de assistir aos telejornais em silêncio. Via as imagens e esforçava-se por imaginar o contexto. Assim, de uma certa forma, era ela quem criava as notícias. Não se limitava a ser uma simples espectadora. Naquele momento, porém, sentiu-se vencida pela realidade. Em tudo o que realmente importa a vida tende a revelar-se mais criativa do que a melhor ficção. Foi à procura do comando do aparelho, mas quando o encontrou já tinham passado para uma outra morte. Os telejornais, pensou Sofia, transformaram-se num catálogo de crimes domésticos. Consulte à vontade e escolha o crime que mais lhe convém. Pague à saída.

Nesse momento tocou o telefone. Atendeu. Ouviu uma voz fatigada, mas segura. A voz de um homem que devia ter sido, noutros tempos, muito bonito ou muito poderoso, ou ambas as coisas:

– Fuja! – Ordenou-lhe o homem. – Não a conseguimos proteger mais. A partir de agora está por sua conta.

Sofia vestiu um casaco e saiu para a rua. Correu para a estação de metro mais próxima. Desceu as escadas, e avançou para a plataforma. Fugir, quando não sabemos para onde vamos, quando não temos nenhum plano, não é fugir, é um erro. Tentou controlar as batidas do coração. As batidas do coração não a deixavam pensar. O melhor seria sentar-se, acalmar um pouco e ligar a alguém. Poderia também voltar para trás, subir as escadas e procurar uma esquadra da polícia. Hesitou. Imaginou-se a entrar numa esquadra e a contar a sua história a um dos agentes de serviço. Não lhe pareceu uma boa ideia. Um forte ranger de ferros anunciou a chegada da composição. Entraria na carruagem, sentar-se-ia, e pensaria no que fazer a seguir. O empurrão atirou-a para diante.

– Sinto muito – escutou, enquanto caía – Você era a última.

Notas

Muitos dos contos incluídos neste livro foram publicados pela primeira vez nas páginas da revista *Pública*, suplemento semanal do jornal diário português *Público* e, posteriormente, pela Dom Quixote, em seis antologias: *D. Nicolau Água-Rosada e outras histórias verdadeiras e inverosímeis* (1990); *Fronteiras Perdidas* (1998); *A Substância do Amor e outras crónicas* (2000); *O Homem que Parecia um Domingo* (2002); *Catálogo de Sombras* (2003); *Passageiros em Trânsito* (2006) e *A Educação Sentimental dos Pássaros* (2011).

O conto «Catálogo de Sombras», foi escrito a convite de Clara Ferreira Alves, para a belíssima revista *Tabacaria*; «O Homem da Luz», foi publicado originalmente na revista *Ficções* e depois selecionado por Vasco Graça Moura para a coletânea *Os Melhores Contos e Novelas Portugueses*, numa edição das *Seleções do Reader's Digest*.; o conto «Discurso sobre o Fulgor da Língua», que surgiu primeiro, numa versão reduzida, nas páginas da *Pública*, e foi reescrito, meses depois, para ser publicado numa edição sobre a língua portuguesa e o mundo lusófono da revista brasileira *A Revista* (versão disponível na internet nas páginas do Ciberdúvidas), integra também a *Antologia de Contos Africanos*, publicada pela União de Escritores Africanos em 2009, juntamente com «*A Bigger Splash*»; o último foi escrito a convite da revista *Egoísta* para um número dedicado ao amor, e posteriormente adaptado para o cinema, pelo realizador Jorge Paixão da Costa. «O Corpo no Cabide» foi publicado na revista *Ícone*, entretanto extinta; e «Rita Cantava uma Canção Redentora» foi publicado na *Magazine Artes*.

O conto «O Inferno de Borges», do livro *A Substância do Amor e outras crónicas* (2000), foi adaptado pela cantora luso-moçambicana Amélia Muge. *O Inferno de Borges* foi incluído no CD *A Monte*, lançado pela cantora em Portugal, a 15 julho de 2002.

Do livro *Passageiros em Trânsito*, obra vencedora do Grande Prêmio de Conto Camilo Castelo Branco, da Associação Portuguesa de Escritores, o conto «K 40» foi escrito para as comemorações dos quarenta anos das Publicações Dom Quixote e incluído na recolha *40*; e «É Doce Morrer no Mar» foi escrito propositadamente para figurar na antologia de contos inspirados em canções da música popular brasileira, *Aquela Canção*, publicado em São Paulo pela Publifolha em 2005; *Passageiro em Trânsito* foi ainda adaptado para áudio-livro, pela MHIJ Editores, na voz de David Borges.

Do livro A *Educação Sentimental dos Pássaros*, uma primeira versão do conto «Sermão em Parábolas», bastante diversa da atual, foi publicada em março de 1986 nas páginas do suplemento «DN Jovem», do *Diário de Notícias*, e mais tarde integrou a antologia *DN Jovem - Prosa* (*Diário de Notícias*, Lisboa, 1990); «A Última Fronteira» foi publicado na revista brasileira *Bravo*; o conto «Rio Negro» foi publicado na revista *Ler*; e «Hillary» é uma adaptação de um monólogo escrito para a atriz brasileira Marília Gabriela, levado a cena com o título *Aquela Mulher*. Para escrever o conto «A Educação Sentimental dos Pássaros» recorri a artigos de jornais e a informação contida nalguns livros; entre estes não posso deixar de citar *Jonas Savimbi - Uma chave para a África*, de Fred Bridgland (Editora Perspectivas & Realidades) e *Campanha do Bailundo em 1902*, de Francisco Cabral de Moncada (Lisboa, Livraria Ferin, 1903). Parece-me importante acrescentar que, excluindo a figura de Jonas Savimbi, todas as restantes personagens deste conto são ficcionais. Para escrever «Hillary» recorri também a artigos de jornais e alguns livros, entre os quais *Living History*, uma autobiografia de Hillary Rodham Clinton.

O conto «Esquecimento» faz parte de uma compilação de textos inéditos de 39 artistas, entre escritores, músicos e arquitetos, que partilharam as experiências vividas em cada uma das Pousadas de Portugal espalhadas pelo país e pelo Brasil, publicados no livro *Pousadas de Portugal - Moradas de Sonho*.

Este livro foi composto na tipologia Minion Pro, em corpo 11/13,2,
e impresso pela Gráfica Nova Letra, em papel offset 75g/m²
e a capa em papel cartão supremo 250g/m².